Das Anna-Phänomen

Petra Wodtke

DAS ANNA-PHÄNOMEN

Roman

SCHWARZKOPF & SCHWARZKOPF

Inhalt

*Danke an Markus, Michael und
an meine beiden Straßenmädchen
Christiane und Karen.*

*Und ganz besonders danke ich euch, Sam und Dinah.
Mit euch fing alles an.*

1

Der Männermund

»Wie ist das für dich, Max zu betrügen, Anna?«, fragt Olli. Er liegt neben mir, nackt, in den verschwitzen Laken und hat nur mit einem beiläufigen Griff den Deckenzipfel zwischen seinen Beinen bis knapp unter den Bauchnabel gezogen. Meine Augen haften an seinem Körper. Ich finde Olli attraktiv. Er hat die angenehm griffige Statur eines Mannes, der einmal viel zu viel Leistungssport gemacht und viel zu spät damit aufgehört hat. Früher war er muskulös und trainiert gewesen. Jeden Abend war er ins Fitnessstudio gerannt oder ins Schwimmbad oder durch den Tiergarten oder mit dem Rad raus nach Erkner, Bernau oder Potsdam gefahren. Ich habe mal ein Foto von ihm gesehen aus der Zeit. Da hat er eines dieser engen Leibchen an, die den Namen »Trikot« nicht verdienen und die sitzen wie eine zweite Haut. Dadurch hat er ausgesehen wie eine antike Statue. Als habe Polyklet ihn höchstpersönlich gemeißelt. Wenn ich daran denke, muss ich stumm seufzen.

Heute hat Olli kaputte Knie oder Hüften oder Schultern oder alles zusammen und ist gesetzter geworden, mit weniger oder besser mit anderer Struktur, kleinem Bäuchlein und eher verstecktem Bizeps. Aber zupacken, das kann er noch. Wenn er nach mir greift und mich umschlingt, um sich an mir zu reiben, dann ist das kraftvoll. Dann weiß er, was er tut. Und das mag ich. Wenn ich an das Foto von ihm denke, von dem mir unbekannten Mann von früher, dann will ich diesen anbeten. Von dem jetzigen will ich nur gefickt werden.

Und dann sein Mund! Wie der früher war, das weiß ich nicht, doch heute ist er mir sehr recht. Schön geschwungen, für einen Männermund, mit ebenmäßigen Zähnen. Wenn seine Zunge zwischen meine Lippen gleitet, egal ob die oberen oder die unteren, dann vergesse ich alles. Ich verdrehe innerlich die Augen bei dem Gedanken daran und lasse mich in die Kissen sinken.

»Wie ist das für dich, Max zu betrügen?«, fragt Olli mich nun. Und plötzlich wird alles ganz schwer an mir.

*

»Wie fandest du den Film?«, hat er mich noch vor einer halben Stunde gefragt. Wir lagen nebeneinander in seinem Bett und schauten an die fleckige Zimmerdecke. Draußen tanzten dicke Schneeflocken, die nur im mattgelben Lichtkegel der Straßenlaterne sichtbar waren. Die dicke weiße Decke, die sich auf alles gelegt hatte, absorbierte sämtliche Laute und ließ nur gedämpft Beleuchtung zu, die sie zerstreute, sodass alles verlangsamt und entrückt schien, doch nicht unwirklich zäh, sondern eher angenehm verklärt. Hier drinnen hatte Olli den Kachelofen angeheizt. Er hatte ihn routiniert befeuert und ordentlich nachgelegt, bis diese spezielle alte Kachelofenwärme in der Luft lag, die ich nur aus dieser Stadt kenne. Stickig erfüllte sie den gesamten kleinen Raum. So konnten wir nun hier liegen, nackt und warm, und hinausschauen auf die dicken Flocken, die Berlin und den Rest der sichtbaren Welt immer tiefer in das alljährliche und wie immer unvorhersehbare Winterchaos stürzten.

Ich konzentrierte mich ganz auf das Hierliegen. Spürte die Daunendecke an meinen Zehen, eine Falte des Kissens in meinem Rücken, spürte den dampfenden Olli an meiner Seite und die trockene Luft in meinen Lungen. Dazu noch die kribbelnden Arme und Beine, die gerade sehr gut durchblutet waren, und das stumme Brausen in meinem Kopf, das allmählich nachließ. Verstörend langsam sickerte die Erkenntnis dort ein, dass Olli mir eine Frage gestellt hatte und es wohl höflich sei zu antworten.

»Welchen Film?«, fragte ich abwesend.

»Na den Pitt«, sagte Olli. Wir hatten *Troy* (OmU, versteht sich) gesehen, bevor wir sein Bett zerwühlt hatten. Er hatte den sehen wollen. Ich hatte ihn schon gekannt und musste nur die Zeit bis danach totschlagen. Für mich war es ein mehr oder weniger notwendiges Vorspiel gewesen.

Im Film ist die Stirn der Mund des Mannes. Wenn Kerle, also Krieger oder Helden oder heutzutage auch Antihelden, sich in Action-, Fantasy- oder Kriegsfilmen ihre Liebe beweisen wollen, ohne dass es die Schwelle zur Homoerotik überschreiten darf, dann schlagen sie ihre Stirnen aneinander. Vielleicht verdrücken sie auch noch eine Träne. Das Stirnaneinanderschlagen ist der filmische und somit gesellschaftlich anerkannte Beweis für die tiefe Zuneigung und Verbundenheit »echter Männer«. Man drückt seinen Kopf an den des anderen, am besten noch mit einem Griff in die Haare oder den Nacken, sagt zwei, maximal drei Sekunden nichts oder nur »ja« – »ja« – »ja« – »ich weiß« (länger dürfen solche Szenen aus dramaturgischen Gründen nicht dauern), und alle Zuschauer wissen, was gemeint ist. Würde ich so ein Bild geschlechtsneutral beschreiben, alle würden sofort an eine Liebesgeschichte denken: Dramatische Musik und die Lippen von Romeo und Julia, Bonnie und Clyde, Scarlett O'Hara und Rhett Butler pressen sich aufeinander. Völlig klar! Doch bei zwei Kerlen ist alles anders. Folglich ist die Stirn der Mund des Mannes.

Ich starrte an die speckige Zimmerdecke. Irgendwie hatte ich das Gefühl, die Stock- und Rußflecken und die Spinnweben nun besser erkennen zu können als noch vor einer Minute. Die Erkenntnis über den Männermund hatte offensichtlich meinen Blick geklärt. »Äh«, machte ich und versuchte, mich an weitere Details des Films zu erinnern. An andere als das Stirnschlagen. Doch es gelang mir nicht, und so ließ ich den Gedanken entgleiten und hinfortdriften. »Weiß nicht«, sagte ich. Meine Zunge war ziemlich schwer. Ich hörte, wie Olli den Kopf zu mir drehte: »Wie, du weißt nicht?« Ich starrte immer noch nach oben, studierte die einzelnen herabhängenden Staub- und Spinnwebfäden, die ich immer deutlicher sehen konnte. Kurz überlegte ich, ihm von meinen Gedanken über den

Männermund zu erzählen, hatte dann aber das diffuse Gefühl, dass das lieber unausgesprochen bleiben sollte. – Kam die Zimmerdecke etwa auf mich zu?

Olli rutschte ganz auf die Seite. Da fiel mir auf, dass ich noch nicht geantwortet hatte. »Na, keine Ahnung. Ganz okay halt.« Ich hoffte, das reichte aus. »Ganz okay?«, wiederholte Olli und stützte nun sogar den Kopf in die Hand. »Du fandest ihn ganz okay?«, fuhr er fort. »Also ich fand ihn ganz furchtbar.« – »Mh«, machte ich. Vielleicht wurden die Fäden von der Decke auch länger, hängen nun tiefer herab als noch vorhin. Konnte das sein?

»Also, wir haben diesen Film doch gerade zusammen gesehen, oder wo warst du da?«, beharrte Olli auf dem Gespräch. »Du musst doch wissen, wie du ihn fandest.« Nun machte ich nach meinem Dafürhalten recht schnell den Mund auf. Aber es kam kein Ton heraus. Ich hätte schwören können, dass der Raum einfach nicht mehr so hoch war wie noch ein paar Minuten davor, dass die Zimmerdecke alles nach unten drückte, die Flecken und die Hitze des Kachelofens, die sich auf mich legte wie der Schnee sich auf die Welt vor dem Fenster. Und dann diese Sache mit dem Männermund! Mich fröstelte und schauderte zugleich bei dem Gedanken an Ollis Zunge. Ich bemerkte, dass ich immer noch nicht gesprochen hatte, nur dalag, auf dem Rücken, meine Lippen halb geöffnet, was sicherlich nicht besonders intelligent aussah, und so riss ich mich los von dem Anblick der herabfallenden Zimmerdecke, drehte mich nun auch auf die Seite und sah Olli an, in die Augen und nicht auf die Zähne.

»Ganz ehrlich?«, fragte ich.

»Ja, klar«, sagte er.

»Der Film hat mich nicht interessiert.«

»Wie?«, blaffte Olli.

»Er war mir egal. Es spielte keine Rolle.«

»Wie jetzt?«, fragte Olli erneut: »Aber warum bist du denn dann zum DVD-Gucken hergekommen? Ich dachte, du wolltest den Film auch sehen?«

Ich drehte mich wieder auf den Rücken. Die Seitenlage war anstrengend, und mein Arm kribbelte nun nicht mehr nur, weil es angenehm war, sondern weil er langsam einschlief. Ich starrte erneut an die Decke. Ja, jetzt war es ganz deutlich: Sie kam auf mich zu! »Nein!«, rief ich und ergänzte dann mühsam: »Ich wollte den Film nicht sehen. Der Film hat mich nicht interessiert. Ich wollte nur ficken. Eigentlich wollte ich vor allem, dass du mich leckst.«

Ich hörte Olli neben mir rascheln. Er rutschte nach oben und setzte sich auf, mit dem Rücken an die Wand. »Also, du bist hergekommen, nicht weil du mit mir einen Film sehen wolltest, sondern nur, weil du wolltest, dass ich es dir mit der Zunge mache?« – »Ja«, bestätigte ich. Die kurzen Worte machten weniger Umstände. »Du wolltest nur mit mir ficken?«, fragte Olli noch einmal. »Wie gesagt, lecken hätte auch gereicht«, antwortete ich erneut, und es kam mir irgendwie gedehnt vor. »Also, ich weiß nicht, also, das ist doch …«, machte Olli und fuhr dann fort: »Und wenn wir einen Kaffee trinken gehen? Oder ein Bier? Oder wenn wir eine Ausstellung besuchen? Machst du das dann auch nur, damit ich's dir anschließend besorge?« – »Na ja …«, sagte ich zu der näher kommenden Decke. Dann wandte ich den Kopf erneut zur Seite. Ich musste ihn stark verdrehen, um Olli ansehen zu können, der sich ganz aufrecht ins Bett gesetzt, ein Kissen in den Rücken geschoben und die Beine angewinkelt hatte.

»Weswegen machst du es denn?«, fragte ich nun meinerseits. »Weswegen?«, wiederholte Olli einmal mehr: »Na weil ich mir halt gerne einen Film ansehen möchte oder eine Ausstellung. Oder weil ich ein bisschen plaudern möchte bei einem Bierchen.« – »Oh, ach so«, sagte ich. Die Haltung, die ich eingenommen hatte, um Olli sehen zu können, war verkrampft, und so drehte ich mich doch wieder auf den Rücken, und da! Da hatte ich nur zwei Sekunden nicht aufgepasst, und schon war sie ganz nahe herangekommen, die Zimmerdecke, die schwarzen Flecken, die Spinnwebfäden, und ich lag und sank, sank ein in das Bett und die Laken und die Matratze, sank ganz tief, weil ich nicht wusste, wo ich sonst hin sollte, um mich vor der herabfallenden Decke zu schützen.

»Also mir ist das alles egal«, sagte ich. Seltsam farblos klang meine Stimme und irgendwie erstickt von der Kohleofenluft oder den alles bedeckenden Flocken. »Mir ist es egal«, machte ich trotzdem tapfer weiter, »was für ein Film läuft, oder wer wo irgendwas ausstellt, oder wie das Bier schmeckt oder der Kaffee. Ich will nur das hier. Nur das. Und dich dabei. Mit dir.« Mit deinem Mund, dachte ich. Wir schwiegen beide eine kleine Weile. Olli hatte mit den Armen seine angezogenen Beine umschlungen und das Kinn auf ein Knie gestützt. Er schaute ins Nichts. »Aber dir ist egal mit wem«, sagte ich. Es war keine Frage, und Olli gab keine Antwort. »Es ist dir egal, mit wem du einen Film siehst, wenn Vera nicht da ist, oder eine Ausstellung, oder mit wem du plauderst oder …« Olli schwieg. »Dir ist egal mit wem. Ich will nur das hier«, sagte ich einmal mehr: »Ich will …« Dann schloss ich die Augen, weil ich nicht mehr die Kraft hatte, die Decke aufzuhalten, und wartete, dass sie auf mich herabstürzte und mich krachend unter sich begrub.

*

Und nun fragt er: »Wie ist das für dich, Max zu betrügen?« Ich atme schwer. »Wir führen eine offene Beziehung«, antworte ich dann gepresst und immer noch mit geschlossenen Augen, »das weißt du doch.« – »Trotzdem muss sich das doch für dich irgendwie anfühlen«, beharrt Olli. Ich will nicht darüber reden. Nicht über meine Gefühle und nicht über Max und mit Olli schon gar nicht. Ausgerechnet mit ihm! Immer diese Gefühlsduselei. Also gehe ich zum Gegenangriff über: »Und wie ist es für dich, Vera zu betrügen?«, frage ich, öffne die Augen wieder und sehe Olli ins Gesicht. Sein Mund ist nun ein schmal zusammengepresster Schlitz. Er starrt mich von der Seite an. »Was soll das denn jetzt?« Er schaut böse. Sehr böse. »Was soll das denn jetzt, ich dachte, wir hätten das geklärt«, herrscht er mich an. »Was geklärt?«, mache ich. »Ich liebe Vera. Ich werde sie nicht für dich verlassen!« Ich muss ehrlich lachen, aber es wirkt nicht befreiend. »Das, was wir haben, ist …« – sag es, denke ich – »nett«, fährt Olli fort, »aber es ist nur eine Affäre.«

»Ja, ich weiß«, sage ich, und obwohl ich gar nichts weiter sagen will, kann ich mich nun nicht mehr stoppen. Wer verletzen will, wird auch selbst verletzt. Ich weiß das, und Olli muss das auch wissen. Wir ficken schon lange genug. »Ich wollte bloß wissen, wie sich das so anfühlt, seine Freundin zu betrügen. Mehr ja nicht. Mach dir mal keine Sorgen«, sage ich.

»Wie fühlt es sich denn für dich an?«, fragt Olli nun. »Was?«, mache ich.

»Na, du betrügst Vera doch auch! Mit mir.« Ich weiß nicht, was ich dazu sagen soll, und schweige, starre wieder an die Decke, atme schwer. Ich habe das Gefühl, dass es ein wenig sticht. Aber vielleicht ist das auch nur die trockene Ofenluft in meinen Augen. Vor dem Fenster scheint es bitterkalt zu sein.

Ich höre, wie Olli sich nun doch bewegt. Er legt sich auf mich, schwer, mit seinem früher so sportlichen Körper, dringt in mich ein und fickt mich hart im schneller werdenden, stampfenden Stakkato, ohne mich dabei anzusehen oder zu küssen. Er fickt mich, bis er kommt. Dabei hält er sich an meinen Schultern fest.

2

Mythen des Alltags

Ich sitze im Zug, in einem Sechserabteil, und lese *Mythen des Alltags* von Roland Barthes, in einer alten Übersetzung. Außer mir sind noch zwei junge Männer im Abteil. Sie kennen sich nicht, und so herrscht eine angenehme Ruhe. Nur der Zug rauscht.

Die zwei Tischplätze am Fenster sind ab Braunschweig reserviert. Ich muss nach Hildesheim zu einem Pitch für die Agentur. Barthes schreibt, dass er über Mythen des Alltagslebens reflektieren wolle:

> *Der Anlaß für eine solche Reflexion war meistens ein Gefühl der Ungeduld angesichts der »Natürlichkeit«, die der Wirklichkeit von der Presse oder der Kunst unaufhörlich verliehen wurde …*

Ich schaue hoch und aus dem Fenster. Dort gibt es Landschaft. Ich sehe den jungen Mann an, der mir schräg gegenübersitzt. Er hat Stöpsel im Ohr und ein Netbook auf dem Schoß. Auf dem Netbook ist ein großer roter Aufkleber in Form eines Tintenkleckses. Ich schiele zu dem anderen jungen Mann neben mir. Er schläft. Sein Mund steht leicht offen. Das DB-Magazin, das er gelesen hat, ist ihm aus der Hand und halb zwischen die Sitze gerutscht. Ich schaue wieder aus dem Fenster. Natur fährt vorbei.

Dann halten wir in Braunschweig. Im Gang wird es laut. »Ach, ist das schön!«, sagt eine leicht alterskratzige Frauenstimme. Jemand klatscht in die Hände. »Ja, geh mal noch ein Stück«, sagt eine Männerstimme. »Ach ja«, sagt die Frauenstimme. »Geh mal, lass mal, bleib mal kurz hier stehen, ich geh mal vor, ich schau mal nach unseren Plätzen«, sagt die Männerstimme. »Ja«, sagt die Frauenstimme und dann noch: »Ach, wie schön.«Vor der Abteiltür erscheint ein Mann. Er ist den 60 wohl näher als den 50 und hat zwei überdimensional große Koffer dabei. Den einen schiebt er vor, den anderen zieht er hinter sich her. Er bleibt vor dem Abteil stehen und kramt umständlich einen Zettel aus der Innentasche seines Anoraks. Den hält er dann recht weit von sich und betrachtet ihn, indem er den Kopf zurückzieht, wie Leute es tun, die eine Lesebrille brauchen. Dann betrachtet er mit demselben Blick die Anzeigetafel für die Reservierungen neben der Abteiltür. Er schaut herein.

»Hier ist es!«, ruft er. »Komm, Mutti.« Er zieht die Abteiltür auf und schiebt an den Koffern. Eine ältere Frau tritt hinzu, wohl um die 80. Sie stellt sich kurz vor die offene Abteiltür, schlägt die Hände vor den Mund, nimmt sie wieder herunter und ruft: »Ach, wie schön!« Dann tritt sie ein, wie über eine Schwelle. Erst in diesem Moment scheint sie zur Kenntnis zu nehmen, dass bereits drei Leute in dem Abteil sitzen. Sie zuckt etwas zurück. »Guten Tag«, sagt sie dann höflich. Wir nuscheln etwas. Der Typ neben mir reibt sich die verschlafenen Augen. Dann dreht Mutti sich um und sagt erneut: »Ach nein, ist das schön!« Ihr Sohn steht noch im Gang und hantiert mit den Koffern. Mutti wendet sich ihm wieder zu. »Ach Günther, lass doch die Koffer«, sagt sie, »lass sie doch im Gang stehen. Das machen andere doch auch. Vorne standen doch auch Koffer im Gang.« – »Ach nein«, antwortet Günther, »hier ist doch noch Platz.« Er drückt den ersten Koffer ins Abteil. Die beiden jungen Männer an der Tür ziehen die Beine ein. »Ach«, sagt Mutti, »ach nein, lass doch, lass sie doch im Gang.« – »Ach was«, sagt Günther, »das geht doch, da ist doch noch Platz hier drinnen, das geht doch. Warte du doch mal draußen.«

Er tritt einen Schritt zurück, um seine Mutti vorbeizulassen, diese kann das Abteil jedoch nicht verlassen, da einer der Koffer in der Tür steht. Vom Gang ertönt eine unsichtbare Stimme: »Entschuldigung, könnten Sie uns kurz vorbeilassen?« Günther dreht sich um. »Ja«, sagt er unwirsch, »nun gedulden Sie sich doch einen Moment.

Wir müssen uns ja auch erst einmal hinsetzen, nicht wahr?« – »Ach Günther«, sagt Mutti und zupft ihn am Ärmel. Günther zieht nun den einen Koffer wieder aus der Abteiltür, winkt und drängt seine Mutti heraus, schiebt sie im Gang vor die anderen wartenden Fahrgäste, bugsiert dann den Koffer wieder in das Abteil, wuchtet ihn auf die Gepäckablage, wobei er die Hilfe des jungen DB-Magazin-Lesers ablehnt, zerrt dann den anderen Koffer herein und hievt ihn auf die andere Gepäckablage, wozu er zunächst meinen Koffer zur Seite schiebt. Dann geht er wieder vor die Abteiltür und holt Mutti herein. Diese macht zwei kleine Trippelschritte vom Gang zu uns. »Guten Tag«, sagt sie höflich. Auf dem Gang schwappen Leute vorbei. »Ach, ›Guten Tag‹ hatten wir ja schon«, sagt Mutti dann. Günther greift an ihr vorbei und schließt die Abteiltür.

»So«, sagt er. »Welche sind denn nun unsere Plätze?«

Der Netbook-Typ hört Musik und schaut auf sein Netbook. Der junge Mann neben mir schaut wieder ins DB-Magazin. Ich schaue aus dem Fenster. Der Zug ist inzwischen wieder angefahren.

Günther schaut sich um. Dann zieht er wieder den Zettel aus der Innentasche seiner Jacke und betrachtet ihn. »86 und 87«, liest er mit zurückgezogenem Kopf vor. »Ach, wie schön«, sagt Mutti. Beide stehen kurz und schauen. Dann geht Günther an ihr vorbei, öffnet noch einmal die Abteiltür, steckt den Kopf hinaus und schaut erneut auf die Anzeigetafel für Sitzplatzreservierungen. »Es sind die beiden am Fenster«, sagt er dann, als er den Kopf wieder hereinzieht. »Nein, wie nett«, sagt Mutti.

Sie rücken auf ihre Plätze am Fenster mit dem Tisch in der Mitte. Beide legen ihre Arme darauf, er verschränkt seine und beugt sich vor, sie rückt ganz nach hinten an die Lehne, streckt die Arme weit von sich und dreht auf dem Tisch ein besticktes Stofftaschentuch zwischen den Fingern. »Schau mal«, sagt Günther, »da kannst du schön aus dem Fenster gucken.« – »Ja, schön«, sagt Mutti, »schön kann man hier aus dem Fenster gucken.« – »Und da hast du dann die ganze Natur und so, die Landschaft«, sagt Günther. »Ja, schön, die ganze Landschaft«, sagt Mutti. Günther lacht sie an. Er freut sich. Dann breitet er die verschränkten Arme aus. »Und hier, hier hast du sogar einen Tisch«, sagt er. »Ja, schön, sogar einen Tisch«, sagt Mutti, »ja, das ist fein, ganz fein ist der Tisch.« Dabei reibt sie mit den Händen über die Platte, die eine ausgestreckt, in der anderen das Taschentuch fest umklammert.

»Da, schau mal, da ist das Gefängnis«, sagt Günther. »Was ist da?«, fragt Mutti, die noch versonnen oder stolz die Tischplatte betrachtet. Sie hebt irritiert den Kopf. »Da draußen«, sagt Günther und dann: »Ach nichts, ist schon vorbei. Aber schön kann man hier aus dem Fenster gucken, nicht wahr?« – »Ja, schön«, wiederholt Mutti, »schön kann man da aus dem Fenster gucken, schön. Ich bin so glücklich«, sagt Mutti. »Ja«, sagt Günther. »Ich bin so glücklich, dass ihr mir so ein schönes Geschenk zum 80. Geburtstag gemacht habt, ihr drei. Meine drei Jungs. Eine Kreuzfahrt. Das ist so schön«, sagt Mutti. »Ja«, sagt Günther. »Ja«, sagt Mutti. Beide schweigen kurz. Er sieht aus dem Fenster, sie auf den Tisch. Oder auf ihre Hände. »Und man muss ja auch nicht immer mit dem Auto fahren«, sagt sie dann. »Nein, muss man gar nicht«, sagt er. »Man kann ja auch mal mit dem Zug fahren«, sagt sie. »Ja, kann man«, sagt er, »und das ist ja auch so komfortabel.« – »Ja«, sagt sie, »und Autofahren ist ja auch Stress.« – »Eben«, sagt er, »und hier ist es ja schön.« – »Ja, schön«, sagt sie. »Siehst du, hier kannst du schön aus dem Fenster gucken.« – »Ja, schön«, sagt sie und tut es. »Und hier hast du schön einen Tisch«, sagt er und breitet nun seinerseits die Arme darüber aus. »Ja, ist das nicht schön?«, sagt sie und zieht ihre Hände etwas zurück. »Ja, wie schön«, bestätigt sie dann sich selbst. »Die ganze Landschaft«, sagt er dann. »Ja, schön, die Landschaft«, sagt sie.

Vor der Abteiltür schiebt sich ein Snackverkäufer mit asiatischem Migrationshintergrund vorbei. Er sagt: »Kaffaa, Taa, Wassa, Apfalsaft, haßa Gatranka.« – »Ach, ist das nett«, sagt Mutti. Ich schaue in mein Buch, und Barthes schreibt:

Ich litt also darunter, sehen zu müssen, wie »Natur« und »Geschichte« ständig miteinander verwechselt werden, und ich wollte in der dekorativen Darlegung dessen, »was sich von selbst versteht«, den ideologischen Mißbrauch aufspüren …

Günther reibt seine Hände über den Tisch und sagt: »Also hier am Tisch, da können wir schön lesen.« – »Ja«, sagt sie, »wir haben ja auch extra noch in dem Laden am Bahnhof Zeitungen gekauft.« – »Ja, haben wir«, bestätigt er, »eine für dich und eine für mich.« – »Ja, das haben wir«, sagt sie, und: »Wie schön.« Und er sagt: »Gib mir doch mal meine Zeitung für die Zugfahrt, Mutti.« – »O ja, Günther, das ist eine gute Idee«, sagt Mutti und fährt dann fort: »Ich habe unsere Zeitungen doch hier in meine Tasche gesteckt.« – »Ja, du hast sie da in deine Tasche gesteckt«, bestätigt Günther. »Ja, hier in der Tasche habe ich sie«, sagt Mutti und dann noch: »Wie schön.«

Sie dreht sich zu ihrer Tasche, die sie auf dem einzigen noch freien Platz neben sich abgestellt hat, und holt eine Zeitung hervor. »Hier habe ich die Zeitung«, sagt sie. »Ah, die hattest du dir doch ausgesucht, für die Zugfahrt, die Zeitung«, sagt Günther, »ich hatte eine Zeitschrift.« – »Stimmt ja, ja, stimmt«, sagt sie, »ich hatte mir eine Zeitung ausgesucht und du dir eine Zeitschrift.« – »Leg sie doch hier auf den Tisch, die Zeitung, Mutti«, sagt Günther. »Ja«, sagt sie und tut es. Es ist eine BILD. Sie kramt weiter in ihrer Tasche. Dann zieht sie eine Zeitschrift daraus hervor. »Und hier habe ich deine Zeitschrift, Günther«, sagt sie und reicht sie ihm herüber, es ist eine AUTO BILD. »Ja«, bestätigt Günther, »diese Zeitschrift habe ich mir ausgesucht. Siehst du«, fährt er fort, »hier am Tisch kann man doch schön lesen.« – »Ja, schön«, sagt Mutti, »sehr schön und schön aus dem Fenster gucken.« Das fügt sie nun schon ganz selbstständig hinzu.

Beide sitzen kurz schweigend und schauen auf ihre Lektüre, ohne sie aufzuschlagen.

»Ach, ich bin ja noch nie Zug gefahren!«, sagt Mutti dann und fügt hinzu: »Und nun zum Geburtstag. Da habt ihr mir eine Kreuzfahrt geschenkt. Das ist so schön.«

»Ja«, antwortet Günther, »man muss ja auch nicht immer mit dem Auto fahren.« – »Nein, muss man nicht«, sagt Mutti. »Man kann ja auch mal Zug fahren.« – »Ja, und siehst du, hier, hier kannst du auch schön aus dem Fenster gucken«, sagt Günther und deutet auf das Fenster. »Ja, wie schön«, sagt Mutti. »Nein ist das nett«, sagt Mutti dann noch, und in meinem Buch steht: *Der Mythos entzieht dem Objekt, von dem er spricht, jede Geschichte.* Und weiter:

> *Der Kleinbürger ist ein Mensch, der unfähig ist, sich den Anderen vorzustellen. Wenn der Andere sich seinen Blicken zeigt, wird der Kleinbürger blind, oder er ignoriert oder leugnet ihn, oder aber er verwandelt ihn in sich selbst.*

»Und jetzt, Mutti«, sagt Günther, »gib mir doch mal eines der Brote, die wir für die Fahrt geschmiert haben.« – »O ja«, sagt Mutti, »das ist eine gute Idee.« Sie kramt erneut in ihrer Tasche und nimmt eine Butterbrotpapiertüte heraus. »Hier hast du ein Butterbrot«, sagt sie und gibt es Günther. »Danke«, sagt der, beißt ab und ergänzt dann mit vollem Mund: »Siehst du, hier kann man schön essen, am Tisch.« – »Ja, schön«, sagt Mutti und schaut dann auf das Fenster. »Ich freue mich auf eine schöne Kreuzfahrt«, sagt sie zu dem Fenster, und ich lese mittlerweile nicht mehr, denn ich bin schon ziemlich erschöpft von dem ganzen Dialog und dem ganzen Mythos.

*

In Hildesheim holt Max, der mein Arbeitskollege, mein Nachbar und auch meine Beziehung ist, mich vom Bahnhof ab. »Na, wie war deine Fahrt?«, fragt er. Ich öffne den Mund. »Sag mal, wie stellst du dir eigentlich unsere gemeinsame Zukunft vor?« – will ich ihn eigentlich fragen. Doch mir wird übel, und so klappe ich den Mund wieder zu. Werde ich jemals so werden?, frage ich mich selbst. Doch ich gebe mir keine Antwort. Max gibt mir stattdessen einen Kuss, und ich lasse es geschehen. Mir ist immer noch übel. »Okay«, sage ich dann, ohne mich daran erinnern zu können, wie die Frage gewesen ist.

Wir laufen durch die Innenstadt von Hildesheim zum Pitch. Max hält meine Hand. Er erzählt: »In der Sparkassenfiliale ist eine Fotoausstellung eines lokalen Künstlers. Lisa und ich wollen da in der Mittagspause mal hingehen. Hast du Lust mitzukommen?« Mir ist immer noch übel, und ich habe das Gefühl, dass ich mich übergeben muss, wenn ich den Mund zu einer Antwort öffne. Also ziehe ich ein Gesicht, das alles bedeuten kann. »Es gibt Luftbilder, glaub ich«, sagt Max, »von England und Frankreich und dem Meer dazwischen, oder so. Glaub ich. Angeblich kann man den Tunnel unter Wasser erkennen.« – »Nein wie schön«, sage ich und schlage mir dann die Hand vor den Mund.

*

Den Vormittag sitzen und stehen wir in verschiedenen Besprechungsräumen und besprechen verschiedene Dinge. Sie kommen mir unwichtig bis unerträglich überflüssig vor. »Ja, wie schön«, oder »nein, wie nett«, kommentiere ich hin und wieder die Vorschläge von Max und Lisa. Etwas Geistreicheres habe ich nicht beizutragen.

»Kommst du mit in die Sparkasse?«, fragt Lisa mich nach unserer leidigen Präsentation. »Nein«, antworte ich, und weil sie nicht weggeht, sehe ich mich genötigt, noch zu ergänzen: »Ich kann nicht.« Lisa zuckt mit den Schultern. »Okay, wie du meinst«, sagt sie.

In der Mittagspause gehen die beiden zusammen weg. Ich greife nach dem Barthes, doch da wird mir schon wieder übel. Ich gehe in die Innenstadt, in die entgegengesetzte Richtung der Sparkassenfiliale. Dort gibt es ein Antiquariat. In einer Bananenkiste vor dem winzigen Schaufenster liegen einige Bücher für zwei Euro pro Stück. Wahllos greife ich hinein und ziehe eines heraus. Es trägt den klingenden Titel *Geisteswissenschaften heute. Eine Denkschrift*. Ich schlage irgendeine Seite auf. Dort steht: *Mythen stabilisieren bestehende Verständnisse*. Mir wird wieder schlecht.

Nach der Pause kommen Max und Lisa lachend und schwatzend zurück. »Das war interessant«, sagt Lisa. »Es ging gar nicht um Landschaftsaufnahmen«, sagt Max. »Nein, es ging um Fabelwesen, es waren Fotomontagen«, sagt Lisa. »Ja, also um so Chimären ging es. Und ich habe unterwegs ein 2-Euro-Stück gefunden«, ergänzt Max. »Ja«, sagt Lisa, »also so Mischwesen wurden da gezeigt, als Collagen. Und Max hat zwei Euro gefunden.« – »Nein wie nett«, sage ich, und Barthes schreibt:

> *Der Mythos tendiert zum Sprichwort … Das volkstümliche, überlieferte Sprichwort hat noch etwas vom instrumentalen Erfassen der Welt als Objekt. Auf dem Land bewahrt eine Feststellung wie »Es ist schönes Wetter« noch eine wirkliche Verbindung mit der Nützlichkeit des schönen Wetters. Es ist implizite eine technologische Feststellung.*

3

Die Beerdigung

Natürlich bin ich eitel. Ich habe auch allen Grund dazu. Alles, was ich an mir mag und nicht mag, ist in meinem Gesicht. Ich habe unfassbar tolle Augen. In ihnen liegt die Welt. Das sagen auch die Kerle. Ein Strahlen, ein Beben, Verachtung, der pure Sex, das alles ist in meinem Blick, wenn ich es nur will. Lisa hat das auch mal gesagt, als sie ziemlich betrunken war, aber nüchtern hat sie es dann wieder bestritten. Wahrscheinlich ist sie neidisch. Ich beherrsche aber auch die kalte Ignoranz, wenn es um den anderen Aspekt in meinem Gesicht geht, den, den ich nicht mag.

Auf meiner rechten Wange hoch zum Nasenbein habe ich eine Narbe. Früher hasste ich sie. Ich dachte, sie entstellt mich, macht alles hässlich, was jemals schön an mir gewesen ist oder hätte sein können. Sie ist nicht besonders groß. Aber trotzdem. Ich habe versucht, sie überzuschminken, habe Pflaster daraufgeklebt und riesige Sonnenbrillen getragen. Doch bei allem hatte ich den Eindruck, dass es die Blicke der Leute erst recht auf sie lenkt. Später habe ich mir angewöhnt, die Haare strähnig über das Gesicht fallen zu lassen. Das hilft bis heute. Also meistens.

Früher hasste ich die Narbe, hasste sie aus tiefstem Herzen. Auch weil sie hin und wieder schmerzt. Bei Wetterumschwung zum Beispiel. Oder bei Neuwahlen. Wenn die Bahn oder die BVG streiken, oder wenn ich zu viel getrunken habe. Dann brennt meine Narbe, und ich kann nichts dagegen tun. Ich fasse dann unwillkürlich hin oder ziehe Grimassen, als ob diese das Stechen in meiner Wange verhindern könnten. Aber es hilft nichts gegen die politische Großwetterlage, den Bahnstreik oder den Kater.

Aber da ist noch mehr mit meinem Gesicht. Anscheinend hat es irgendwas. Seit es dem kindlich Pausbäckigen entwachsen ist, sagen die Leute zu mir, mein Gesicht sei »interessant«. Vor allem die Männer sagen das. Sie nennen mich nicht »hübsch« oder »wunderschön«, nein, »du hast so ein interessantes Gesicht, Anna«, sagen sie und berühren es dann ungefragt. Von dort aus geht die Hand dann schnell weiter nach unten und schiebt sich in die Kleiderritzen, bevor ich überhaupt etwas darauf erwidern kann.

Lange Zeit wollte ich kein »interessantes Gesicht« haben. Ich wusste nicht, was das sollte. Ich wollte schön sein, bezaubernd und umwerfend. Und nicht irgendwie »interessant«! Doch es nutze nichts. »Bemerkenswert« sei mein Gesicht, sagte einmal ein Typ zu mir. »Ereignisreich« beschrieb es ein anderes Mal eine Frau. Die wollte ich am liebsten schlagen. Dann tauchte plötzlich Kate Moss auf und verscheuchte die geleckten Werbeschönheiten wie Cindy Crawford, Naomi Campbell, Claudia Schiffer & Co. Und da offenbarte sich mein Geheimnis: Ich hatte ein Gesicht wie die neue, unperfekte Ikone des Heroin-Chics der 90er – mit diesen markanten Zügen und dem extravaganten Ausdruck, zwischen geisterhaft, androgyn und Lolita-Zuckermund.

Mein Mund war klein, aber rund, meine Nase eher lang und schmal, mit hohen Wangenknochen. »Interessant« bekam plötzlich eine völlig neue Bedeutung. Also versöhnte ich mich mit meinem Gesicht. »Interessant« war allemal besser als »durchschnittlich« oder gar »langweilig«. Auch der kleine helle Strich auf meiner rechten Wange wurde ein Teil von mir, und ich begann, ihn nicht mehr ganz so abstoßend zu finden. Zwar mag ich ihn bis heute nicht besonders und ertappe mich manchmal dabei, wie ich bei einem Date den halben Abend meinen Kopf in die Hand stütze, um die Narbe mit den Fingern zu kaschieren, was wohl eher wie ein Daraufzeigen wirkt. Aber ich habe mich mit ihr arrangiert. Irgendwie gehört sie zu mir, ist ein Teil meiner Lebensgeschichte. Sie machte aus »interessant« »erfahren«.

In den späten 90ern war ich in dem Alter, wo ich locker hätte Supermodel werden können. Doch meine Figur gab das irgendwie nicht her. Ich war nicht dick. Aber mein Körper war auch nicht herausragend. Meine Titten nicht besonders groß oder klein, mein Arsch nicht zu prall oder zu flach, mein Bauch weder dick noch dünn, meine Beine – ganz normale Beine eben. Es gab nie Grund zur Klage, doch etwas Besonderes war auch nicht daran. Daher war mir mein Körper irgendwie immer schon egal. Klar, ein bisschen Sport und Cremes, Yoga, die Ernährung und der ganze Scheiß, das musste schon sein. Aber ansonsten hatte ich ja mein Gesicht, und das war schon interessant genug.

Die 00er kamen und vergingen wieder und mit ihnen kaskadenartig das schnelllebige Schönheitsideal. Mein interessantes Gesicht blieb. Mit meinen Augen, in die ich alles legen kann, was ich nur zeigen will, und mit dieser kleinen Narbe, die es einfach noch ein bisschen interessanter und zeitloser macht. Wie gesagt, ich habe allen Grund, eitel zu sein.

Daran muss ich denken, als ich meine Haare im Spiegelbild des Fensters aus der rechten Gesichtshälfte streiche und zu einem lockeren Dutt hochdrehe. Wie normal der Anblick dieses kleinen Makels geworden ist, wie gewöhnlich. Ich sitze mit Max in einer Kirche. Es ist eines dieser modernen Kirchengebäude, die keine Geschichte haben und keine Altehrwürde ausstrahlen. Stattdessen stinkt es nach scharfem Reinigungsmittel und Engagement, dass einem schlecht wird.

Die Kirche liegt in Neukölln. Wie Max und ich hier hineingeraten sind, das ist in der Tat merkwürdig gewesen, aber jetzt auch egal.

Wir nehmen an keinem Gottesdienst teil, sondern sitzen in einem der hinteren Räume im Kreis auf kleinen gefalteten Papphockern, die verschiedene Farben haben, ich auf einem gelben und Max auf einem rot-grauen. Die Mitsitzer um uns sind ganz untypische Berliner. Sie wirken gar nicht hip oder so stylish ungestylt, sie haben keine Jutebeutel, keine Nike Free und keine großen Kopfhörer. Nicht einmal Stöpsel. Also hören sie wohl mit ihren Ohren, denke ich. Diese Mitsitzer sind irgendwie ganz normal. Es fällt mir schwer, das zuzugeben. Mir wird ein bisschen unbehaglich bei diesem Gedanken. Ich weiß nicht, wo ich hinschauen soll, daher geht mein Blick wieder zum Fenster mit meinem schwachen Spiegelbild darin. Auf der einen Seite neben mir sitzt Max. Auf der anderen sitzt ein junges Pärchen, zwei Jugendliche, die vielleicht nicht an Gott glauben, aber an die christliche Kirche und einander wohl durch ebendiese kennengelernt haben. Bei einer Gesellschaftsspielegruppenstunde vielleicht oder auf einer Messdienerfahrt. Dann der erste Kuss, eines Nachmittags, zu Hause, in einem ihrer Jugendzimmer. Ich sehe sie an, ganz offen und unverhohlen. Der Grund, weshalb ich hinsehen muss, die ganze Zeit hinsehen und nicht wegschauen kann, sind ihre Augen. Denn die sind einfach wunderschön. Ihre Gesichter sind es ganz und gar nicht, nein, das kann man wirklich nicht sagen. Nicht einmal interessant. Sie ist ziemlich klein und hat zu vielen langen Zöpfen geflochtenes Haar, er ist sehr groß und etwas untersetzt, trägt das lockige Haar ebenfalls lang, es ist ganz tiefbraun. Ich mag lockiges Haar. Aber sie strahlen, nicht durch Liebe oder diesen ganzen Scheiß, so habe ich den Eindruck, sondern aus sich selbst heraus und mit ihren Augen. Was sich in ihrem Blick widerspiegelt ist ein ganz unbefangenes Staunen, und niemals würde ich es wagen, diesen beiden ihren Glauben streitig zu machen. Beide lächeln, jedoch nicht verklärt, sondern in einer tiefen Zufriedenheit. Dieser Ausdruck in ihren Augen, er ist mir unerträglich.

Normalerweise ist es mein Blitzen, das den Betrachter fasziniert. Doch hier ist alles anders.

Ich schaue sie von der Seite an, sehe hinein in den Spiegel, den sie mir vorhalten. Diese Augen! Nur ein kurzes Verharren noch. Dann ist es vorbei, entgleitet mir der Moment. Mich überkommt ein unendliches Mitleid. Plötzlich fühle ich mich unsagbar alt, so alt wie noch nie zuvor in meinem jungen Leben. Ernüchternd trifft mich die Erkenntnis, dass ich von dieser ihrer Unschuld nichts mehr besitze, dass es vielleicht keinen Menschen auf der Welt gibt, der weiter von ihr entfernt ist als ich, da ich eben über die Erkenntnis ihrer Abwesenheit verfüge. Wie kann ich meines Lebens jemals wieder froh werden?

Es ist aber auch wirklich kalt hier drinnen. Vielleicht hab ich auch nur Hunger. Ich blicke Max an. Er lächelt zurück. Aber was ist das für eine Armseligkeit. Er sieht mich gar nicht an, kann mich gar nicht sehen, sondern schaut durch mich hindurch und durch die Wand hinter mir und die Wiese vor dem Fenster und hinaus durch die Welt. Auf der Wiese stehen ein paar Kühe. Keine Ahnung, wohin die gehören, hier, mitten in der Stadt. Sie tragen Glocken, und die Laute, die diese von sich geben, wirken seltsam fremd. Ich habe bisher nur einmal Tiere mit Glocken gesehen und gehört. Das waren Ziegen in einem Kreta-Urlaub. Doch die haben ganz anders geklungen. Diese hier wirken eher wie … Keine Ahnung. Wie ein Land mit vielen Weiden. Fremd eben.

Wir sind immer noch in Neukölln, sage ich mir selbst laut in meinem Kopf, um nicht abzudriften. Dann blicke ich wieder auf Max. Er streckt eine Hand nach mir aus, will mich vielleicht am Bein tätscheln. Ich verziehe das Gesicht und wende mich ab, schlage meine eigenen Arme um mich. Auf der einen Seite dieses Lächeln der Engel. Und auf der anderen er. Ich weiß nicht genau, was geschehen ist mit uns. Max in seiner Stagnation widert mich nicht an, er verursacht nur eine tiefe Leere und Gleichgültigkeit in mir. Die vermeidliche Zuneigung zu ihm ist der emotionslosen Erkenntnis gewichen, dass unsere Beziehung beendet ist. Genau hier und jetzt. Es macht mich nicht traurig. Ich schaue Max an, so klar in die Augen, wie schon seit Jahren nicht mehr, und mache den Mund auf, um es zu sagen, um zu sagen: Max, es ist aus zwischen uns. Aber auf einem anderen Papphocker redet eine Frau, und er sitzt nur da und lächelt, wie er es den ganzen Tag und die ganzen letzten Jahre nicht anders getan hat. Also klappe ich den Mund wieder zu und behalte es für mich. Doch es ist endgültig.

Als unser Gruppentreffen geschlossen wird, stehe ich auf und gehe schnell zur Tür. »Bitte seid leise«, sagt die Leiterin, »und geht hinten hinaus, vorne findet jetzt eine Beerdigung statt.« Eine Beerdigung, denke ich, das ist jetzt genau das Richtige in meiner Stimmung. Ich stehe schon vor der vorderen Tür und lege meine Hand auf die Klinke. »Anna, was …«, höre ich die Gruppenleiterin noch sagen. Dann verstummt sie abrupt, als ich leise öffne. Niemand will die Trauerfeier stören, daher unterbleibt eine Maßregelung. Ich betrete den Hauptraum der Kirche durch den unscheinbaren Seiteneingang. Menschen in Schwarz stehen herum. Einige weinen. Sie nehmen gerade auf den Bänken Platz. Ich setze mich dazu und lausche der Predigt. Eine Frau ist gestorben. Sie ist wohl alt geworden, hat ein erfülltes Leben gehabt, so sagt der Pfarrer, der noch sehr jung ist. Es gibt Schluchzen um mich herum. Irgendwann stehen alle auf, es formiert sich eine Reihe, die zum letzten Abschied schreitet. Auch ich reihe mich ein. Langsam geht es voran. Dann stehe ich am offenen Sarg und schaue auf die Tote. Alt ist sie, in der Tat, und ganz klein. Aber wohlgenährt. Ihre Statur ist sehr kompakt, fast wie eine kleine Tonne sieht sie aus, wie sie da liegt. So sieht also eine Tote aus, denke ich und dann: Was gab es wohl in deinem Leben? Doch ich bekomme keine Antwort, und hinter mir weinen Fremde. Also ziehe ich weiter.

Ich gehe noch mit der Trauergesellschaft zur Grabpflege. Blumen mag ich, doch ich war nicht vorbereitet, und so pflücke ich unauffällig eine von einem fremden Grab. Die werfe ich hinab, dann verlasse ich den Friedhof. Als ich nach vorne komme, wartet Max bei den Fahrradständern auf mich. »Was hast du da gemacht?«, fragt er. »Da war eine Beerdigung«, sage ich. »Aber du kanntest die Frau doch gar nicht«, sagt er. Seine Stimme klingt nicht vorwurfsvoll, eher unverständig. »Nein«, antworte ich, »du hast recht, ich kenne sie nicht.«

Dann schweige ich, und wir radeln heim. Seit dem Tag sind wir kein Paar mehr und schlafen wieder getrennt in unseren eigenen Wohnungen. Auch wenn wir gefickt haben.

4

Haus mit Garten

Vielleicht liebe ich Olli. Ich fahre mir mit der Hand durch die Haare: Blödsinn, tue ich natürlich nicht, was denke ich da eigentlich? Warum sollte ich das tun, so wie er sich verhält. Klar bin ich sauer! Dass Olli zu dieser Party Vera mitbringen würde, darauf hat er mich nicht gefasst gemacht.

Vera arbeitet in England. Die beiden führen eine Fernbeziehung, eine geraume Weile schon. Das macht es nicht nur praktisch, sich mit ihm zu treffen, sondern auch unanstrengend. Keine Rechenschaft, keine Nachfragen, kein Erfinden von Ausreden, keine unnötige Geheimnistuerei. Wir können zu ihm oder zu mir gehen, niemanden stört das. Dass wir außerdem auch Arbeitskollegen sind, macht es eher leichter als komplizierter. In unserer Agentur geht das auch gar nicht anders, hat man den Eindruck. Aber nun ist Vera da, und Olli ist nicht konfliktfähig. Dass er sich seit zehn Tagen nicht gemeldet hat, mir auch in der Agentur aus dem Weg gegangen ist, hätte mich stutzig machen können. Doch wer denkt schon an Realität, wenn es nackte Haut zum Zeitvertreib gibt.

Und so sitze ich nun abgelegt bei einem Freund von Olli, den ich nicht kenne, auf abgewetzten Sesseln am Rande der Tanzfläche und betrachte neidvoll das stimmige Pärchen, das sich, eng umschlungen und gelegentlich küssend, im Takt der Musik wiegt. Wenn ich Ollis Blick einfange, meine ich, ihn belustigt blitzen zu sehen. Vielleicht liegt das aber auch an der Discokugel. Es spielt auch keine Rolle, denn ich bin eh schon wütend. Egal was er jetzt tut, es ändert überhaupt nichts. Wäre ich mal alleine ins Prince Charles gegangen, da hätte ich sicher mehr von der Nacht gehabt!

Der Freund von Olli versucht schon seit einiger Zeit, mich in ein Gespräch zu verstricken. Ich habe jedoch kein Interesse, weder an ihm noch daran, mich zu unterhalten. Dass Olli nicht verfügbar ist, bedeutete nicht, dass ich meine Aufmerksamkeit von ihm nehmen würde. Und dass er so dämlich, so absolut dämlich versucht, mich abzuspeisen, mich hinzuhalten und gleichzeitig meine Lust durch eine beliebige Fremdzuweisung zu befriedigen, entlastet ihn erst recht nicht. Und das lege ich auch in meinen Blick. Dann schaue ich den Freund an. Er scheint nett zu sein, macht einen soliden Eindruck. Sieht nicht einmal schlecht aus. Doch ich empfinde kein besonderes Bedauern bei dem Gedanken, dass wir uns niemals innig berühren werden. Erneut spricht er etwas, doch ich habe es sofort wieder vergessen. Stattdessen drehe ich den Kopf nach vorne und sage, mehr zu mir als zu ihm: »Ich finde, Olli und seine Freundin passen überhaupt nicht zusammen.« Ollis Freund starrt mich an.

»Wieso meinst du das?«, fragt er dann nach einer Pause. Wenn er es gehört hat, muss ich mich also nun doch unterhalten. Ich zucke die Schultern: »Weiß nicht, so vom Typ her. Von ihrer und seiner Art.« Ollis Freund starrt mich an und schweigt erst. Dann sagt er: »Ich finde das ganz schön anmaßend und blöd, was du da sagst. Es steht dir gar nicht zu, zu beurteilen, ob die beiden zusammenpassen.« Wir lassen die Worte kurz sacken. Jetzt drehe ich den Kopf zu ihm, betrachte sein Gesicht. Ollis Freund fährt fort: »Ehrlich, ich meine, woran machst du das denn fest? Beurteilst du jedes Paar so? Schaust du sie an und siehst dann an der Größe, dem Alter, dem Aussehen: Die passen und die nicht? Also, nee, scheiße, ich finde echt, also, das steht dir echt nicht zu, so was, das geht dich echt überhaupt nichts an.« Ich betrachte ihn weiter. Dann streiche ich mir die Haare aus dem Gesicht, lege es ganz frei, sage: »Doch, das steht mir zu. Ich habe eine Affäre mit Olli. Eine ganze Weile schon. Schon länger, als er Vera überhaupt kennt. Vera scheint lieb zu sein. Ein liebes Mädel. Und ungefährlich, unanstrengend. Nicht wie ich. Ich habe ein Recht zu sagen, dass die beiden nicht zusammenpassen, wohl das meiste Recht von allen Menschen auf der Welt. Ich erhebe keinen Anspruch auf ihn. Denn seine Träume von der kleinen heilen Familie mit einem Haus mit Garten und einem warmen Essen, das auf dem Tisch steht, wenn er nach der Arbeit nach Hause kommt, und einer Vase, in der Mitte vom Tisch, mit Blumen, die Vera im Garten geschnitten hat, dem niedlichen kleinen Garten, den sie bepflanzt und der einen Rasen hat, für die Kinder zum Spielen, das kann ich ihm nicht bieten. So werde ich niemals sein. Aber das ist es, was er sich wünscht. Doch ich weiß auch, wozu er außerdem imstande ist. Weiß um seine Gier. Und ich sage, die beiden passen nicht zusammen. Aber ja, du hast recht: Das geht mich nichts an.«

Ich stocke, habe noch Luft, unterbreche mich aber. Denn von meinen Gefühlen, von meiner eigenen Leidenschaft, will ich lieber nichts sagen. Das geht nämlich diesen fremden Typen nichts an. Ich schaue auf ihn. Ollis Freund sieht auf eine verstörende und zugleich beruhigende Art betroffen aus. Da er wohl noch einige Augenblicke schweigen wird, bleibe ich einfach sitzen und genieße die so sorglos befriedete Umgebung. Olli und Vera tanzen eng und küssen sich dabei. Langsam ermüdet es mich. Also stehe ich ohne Hast auf, ziehe durch betonte Blicke und übertriebene Gesten Ollis Aufmerksamkeit auf mich, beuge mich zu seinem Freund hinunter und suche für einige Sekunden seine Zunge. Dann schaue ich nicht mehr, sondern drehe mich um und gehe.

5

Ausstellung

Wir gehen als Betriebsausflug in eine Ausstellung. Als Gruppe haben wir ermäßigten Eintritt, aber eine Führung sponsert unsere Medien-und-Consulting-Scheiß-Agentur natürlich nicht. Mit den Freelancern sind wir über 30 Leute, und so ist es in den beengten Räumlichkeiten der Galerie plötzlich sehr voll und sehr stickig. Ich bin interessiert. Heute vor allem an Jan.

Wir stehen noch am Eingang, da gehe ich auf Jan zu, berühre ihn flüchtig am Arm. »Hey, schön dich zu sehen«, sage ich. Er lächelt. Ich beuge mich an ihm vorbei, winke Lisa, die abseits mit Leuten steht, halte Jan auf diese Weise mein Haar unter die Nase, lasse zu, dass meine Wange seine Schulter streift. Dann wende ich mich um, so wie ab, gleite an ihm entlang, sage: »Wir sehen uns, ja?«, hebe noch einmal die Hand und entschwebe in die Menge. Schon schiebt sich unsere Gruppe vor und hinein in die Ausstellungsräume, zwischen die Exponate.

Die Werke sind von einem südosteuropäischen Künstler. Serbe ist er oder Bulgare oder so. Vor dem Eingang stand seine Biografie auf einem Plakat. Ich habe sie jedoch nicht gelesen, da ich ja beschäftigt war.

Als Erstes gibt es ein Kreuz in einem Glaskasten. Der Kasten ist abwechselnd so mit Spiegel und mit Scheiben ausgestattet, dass das Kreuz, je nach Blickwinkel, mal normal und mal wie verkehrt herum wirkt. Dabei kann man nicht erkennen, wie es tatsächlich in dem Glaskasten montiert ist oder ob es überhaupt aus einem Stück besteht. Der Clou ist, dass der Kasten sehr weit unten steht, sodass sich der normal gewachsene Mensch bücken oder in die Hocke begeben muss, um das Kreuz überhaupt betrachten zu können, denn von oben sieht man gar nichts. Oder man muss Kind sein.

»Kleine nach vorne«, kokettiere ich also, und es macht mir Spaß. So stehe ich schon in der ersten Reihe, doch ich will mich gar nicht hinunterbeugen zu dem vielleicht christlichen oder vielleicht auch antichristlichen Symbol. Ich will Jan betrachten. Er steht gegenüber, in der zweiten Reihe. Ich schaue auf sein Gesicht. Unverhohlen. Ich betrachte den Bogen seiner Brauen, den Schwung seiner Oberlippe, die leichten Stoppeln seines Fünftagebarts. Mein Blick gleitet über seine Statur, sein Standmotiv, seine konzentrierte Anspannung, seine erotisierte Ausstrahlung. Ich weiß nicht, ob sie mir gilt oder Lisa, die schräg neben mir steht. Aber das ist auch egal. Wir vögeln ja alle miteinander. Wieso nicht teilen, heute.

Wir gehen weiter. An der Wand hängt eine Reihe von Objekten. Ein Jutebeutel, auf dem Verse von Goethe-Gedichten aufgedruckt sind. Ich identifiziere den *Ganymed*. Es ist eines der wenigen Gedichte, die ich auswendig kann: *»Ich komm, ich komme! Wohin? Ach, wohin?«* Das hatte ich mir ganz gut merken können. Daneben einige enthauptete und gepfählte Barbiepuppen. Anstelle der Köpfe sind Plastikblumen auf die Hälse gesetzt. Wohl so was wie Konsumkritik, denke ich. »Versteh ich nicht«, sagt Lisa. »Da geht es um Schönheitswahn und weibliches Konkurrenzverhalten«, sagt ein Kollege, der neben uns steht. »Stutenbissigkeit nennt ihr das wohl, oder?«, fügt er dann hinzu und sieht Lisa und mich an. »Aha«, mache ich und antworte sonst nichts. Es folgen kleine Bildchen, Ansammlungen von Kronkorken hinter Glas, die ausschließlich von Bierflaschen stammen, wie das Schild daneben verrät. Ich trete näher heran und schaue, ob ich eine der Sorten schon einmal getrunken habe. Ich sehe Mythos, ein griechisches Lager. Das hatte es damals auf Kreta gegeben. Und die Lidl-Hausmarke. Doch die meisten Deckel kenne ich nicht. Wo Schriftzüge erkennbar sind, sieht es aus wie kyrillische Buchstaben. »Na, gibt es Sternburg?«, sagt Jan da plötzlich so dicht an meinem Ohr, dass ich zucke. In mir beginnt es zu prickeln. Ich lehne mich ganz sachte zurück, in der Hoffnung, meinen Körper vielleicht für Augenblicke unauffällig an den seinen schmiegen zu können. Dabei drehe ich leicht den Kopf und erhasche einen flüchtigen Blick. Als er bemerkt, dass ich ihm näher komme, tritt er einen halben Schritt zurück, wie um das Arrangement mit den gesammelten Kronkorken besser betrachten zu können. Ich wende den Kopf nach vorne und den Blick ab, weil ich erröte, und gehe dann mit zwei schnellen Schritten im Schwung der Kollegen weiter zum nächsten Ausstellungsstück. Dabei handelt es sich um ein normales weißes Blatt Papier in DIN-A4-Format, auf dem mit Wachsmalkreide drei krakelige rote Striche aufgemalt sind. Das Bild selbst ist mit einer Stecknadel an die Wand gepinnt. Lisa steht schon davor und betrachtet es. Sie sieht etwas dämlich dabei aus, zugegeben. »Versteh ich nicht«, sagt sie wieder. Ich schaue auf den Bildtitel. *Inside out* lautet er. »Vielleicht ein Hilferuf«, sage ich. »Oder Konsumkritik«, meint der Kollege, der zuvor schon die geniale Idee mit dem Schönheitswahn und dem Konkurrenzverhalten gehabt hat. Er stützt das Kinn in die Hand. »Oder Sushi«, sage ich. Lisa und ich ziehen weiter.

Dann versammeln wir uns alle um eine hohe Vitrine in der Mitte des Raumes. Jan hat einen Block und einen Bleistift dabei und notiert sich einiges. Vielleicht zeichnet er auch. In meiner Fantasie zeichnet er mich oder Lisa, die sich plappernd mit anderen Kollegen beschäftigt, oder uns beide als gemeinsamen Akt. Ich hingegen habe nur meinen Kopf und meine Augen dabei. Ich positioniere mich, zeichnet er mich auch nicht, so formen seine Hände doch meine Umrisse nach, in meinen Gedanken oder auch in seinen. Denn er ist wach, nimmt wahr, wie ich mich gebe, das sehe ich, wie ich auf meine Haltung achte, wie ich, wie zufällig, die Hüfte vorschiebe, meine Hand, wohl gedankenversunken, über mein Schlüsselbein, meinen Hals gleitet, wie ich in vorgetäuschtem Unbewusstsein ein widerspenstiges Haar von meinen Lippen entferne, das sich im blassrosa Gloss verklebt hat, mir scheinbar fahrig eine Strähne von der Wange streiche, ich sehe, wie Jan es wahrnimmt, wie es ihn anmacht, wie er notiert, während alle anderen dösig in den Glaskasten glotzen. Jan schaut nun nicht mehr herüber. Anscheinend hat er das Interesse verloren. Oder ich konnte es gar nicht wecken. Oder er tut nur so cool, um mich zu ärgern und sich selbst wichtig zu nehmen. Er konzentriert sich scheinbar wieder ganz auf seine Notizen oder seine Zeichnung. Ich weiß, dass er sich jederzeit umentscheiden kann. Dass er, gleich nach dem Besuch der Ausstellung, noch im Foyer, kein Wort mehr mit mir reden, sondern nur sein Handy zücken und eine seiner anderen Liebschaften anrufen könnte, oder gleich zu Lisa gehen, ihre fadenscheinige Naivität ausnutzend, aus bloßem Stolz oder aus männlichem Trotz, ganz gleich, Hauptsache nichts zugeben, nur nichts zugestehen. Aber so sei es, ich hatte meinen Spaß bereits gehabt, und alles, was nun noch folgen könnte, wäre reine Zugabe. Und auch diese Aussage lege ich in mein Gebaren und meinen Blick.

Charmant lächle ich Jan durch die hohe Vitrine an. Er sieht nicht her, aber wird er jetzt nicht trotzdem ein bisschen rot? Oder ist das nur die Lichtreflexion auf dem Glas? Wie auch immer, er weiß es nun. Ich wende mich ab.

Das nun folgende und mit Abstand größte Exponat ist ein Spiegel. Er misst drei Meter in der Breite und fünfeinhalb Meter in der Höhe. Wir versammeln uns davor und schauen alle hinein. Die einen auf sich, die anderen auf die anderen. Der Spiegel hängt außerdem schräg, also mit zunehmender Höhe weiter von der Wand entfernt, und so kann man auch die Leute betrachten, die sich im hinteren Teil des Raumes aufhalten oder ihn gerade erst betreten. Eine aus unserer Gruppe, die am Rand steht, liest von dem Schild laut ab, dass es bei diesem Werk gar nicht um den Spiegel gehe, sondern um den Rahmen. Den habe der Künstler selbst und von Hand und mithilfe dieser und jener Technik hergestellt. Das Werk solle zeigen, wie leicht man sich von Äußerlichkeit, Größe und Sichtbarkeit beeindrucken ließe und dabei das Unscheinbare, Kleinere völlig missachte, auch wenn es eventuell den größeren Wert haben mag. Und dass sowieso ideelle Werte mehr zählen als monetäre.

Als die Kollegin das vorliest, drehen sich alle Köpfe zu den Rändern des Spiegels, um den Rahmen zu begutachten. Er ist aus Holz und Stuck und Blattgold und sieht genauso pompös aus, wie man sich den Rahmen für einen Spiegel dieser Größenordnung vorstellt. Und wie sehr man etwas nicht beachte, wenn es den eigenen Erwartungen entspricht, liest die Kollegin weiter vor. Wir alle sind etwas betreten und schauen wieder in den Spiegel. Automatisch fühlt man sich von sich selbst ertappt. Zunächst betrachte ich ebenfalls mich in dem Riesenspiegel, dann Lisa, dann suche ich Jan, der etwas in sein Büchlein notiert. Ich lasse meinen Blick über die Gruppe schweifen und über ihre Köpfe hinweg weiter durch den Saal und zum Eingang. Und plötzlich durchfährt es mich. Ich sehe jemanden, den ich kenne. Oder besser, ich glaube, jemanden zu sehen, den ich kenne. Da, noch an der Tür, ist das nicht Emil? Ist er das nicht, dort hinten, der gerade mit einer Frau hereinkommt? Unwillkürlich zucke ich herum – und starre auf die unmittelbar hinter mir stehenden Kollegen, da ich nur durch den Blick in diesen Riesenspiegel plötzlich so weit gewachsen war, dass ich die Leute am Eingang betrachten konnte. Ich drehe mich wieder zurück, schaue in den Spiegel, sehe Menschen stehen, schaue, suche nach dem einen, den ich meine, erkannt zu haben, suche nach Emil mit der fremden Frau an seiner Seite, was nicht sein kann, da Emil in Australien wohnt und nur selten im Land und in der Stadt ist, und weil er mich immer anruft, wenn er da ist. Ja, er hätte in jedem Fall und ganz sicher angerufen, wäre er wirklich hier, hat er aber nicht, und deshalb kann er es auch nicht gewesen sein, kann er auch nicht hier sein. Ich habe mich bestimmt verguckt, nicht richtig hingesehen, habe mich geirrt, und das war jemand ganz anderes, den ich da für Emil gehalten habe, jemand Fremdes, aber ganz bestimmt nicht Emil.

Meine Narbe beginnt ganz leicht zu pochen. Ich schaue weiter suchend in den Spiegel, entdecke die Gestalt aber nirgends mehr, die ich für Emil gehalten habe, sehe niemanden mehr in dem Spiegel, der Emil auch nur entfernt ähnelt. Ich schaue genauer hin, mustere die Leute aus der Distanz, kneife die Augen zusammen, kann aber nichts entdecken. Emil ist nicht da. Natürlich nicht. Wie auch. Niemals wäre er nach Deutschland gekommen, ohne mir Bescheid zu sagen. Niemals. Er kann es also nicht gewesen sein. Kann nicht. Ich drehe eine Haarsträhne um den Zeigefinger, etwas gedankenverloren, schaue noch einmal.

Alle anderen betrachten den Rahmen oder sich selbst. Eine Kollegin zieht sich den Lidstrich nach. Dann schieben wir alle weiter. Die Ausstellung nähert sich dem Ende.

Den Ausklang dieses Betriebsausflugs-Events bilden einige großformatige Fotos: ein blauer Himmel mit Kondensstreifen, ein Meer mit einer weißen schaumigen Schiffsspur, eine Wiese, an deren Rand nur ein Kuhschwanz ins Bild zuckt. *Bis vorhin* heißt diese Serie. Was das wohl auf Kyrillisch bedeutet, denke ich. Doch dieser Gedanke ist irgendwie unlustig und vermischt sich mit dem vorherigen, der auch nicht gut gewesen ist, und ich laufe schnell vorbei an den Bildern. Sie gefallen mir nicht. Ich finde sie nichtssagend. Lisa und der kluge Kollege kommen nach. Lisa betrachtet das Bild mit der Wiese und dem Kuhschwanz und runzelt die Stirn. »Wo das Bild wohl gemacht wurde?«, sagt der Kollege sinnierend.

»Ist doch egal, Kühe sehen überall gleich aus!«, rufe ich ungehalten mit einem Schulterblick. Die beiden schauen etwas verwundert, und mir fällt selbst auf, dass ich unangemessen laut gesprochen habe. Ich drehe mich wieder um und trete zu ihnen. »Also, ich meine«, füge ich einlenkend hinzu, »auch Himmel und Meer, das ist doch überall dasselbe. Völlig egal.« – »Also, das denke ich nicht«, sagt der Kollege, »wenn man da das Mittelmeer nimmt und den Atlantik –« Er schaut nun Lisa beim Sprechen an, und ich nutze die Gelegenheit davonzustapfen. Niemand will das doch so genau wissen, denke ich.

Von den letzten Fotos begleitet, schwappen alle nach draußen. Schnell finden sich kleinere und größere Grüppchen, die noch gemeinsam etwas essen oder trinken gehen wollen. Ich trete vor die Eingangstür, stehe herum, denke an Emil. Jan gesellt sich zu mir. »Hey«, sagt er. »Und, hat es dir gefallen?« – »Ach«, sage ich und vermeide den Blickkontakt. Ich suche die anderen. Lisa ist nirgends zu sehen, der kluge Kollege im Gehen begriffen, Emil schon fast ein bisschen ganz vergessen. Fast ein bisschen. Meine Mundwinkel zucken. »Und«, sagt Jan. »Und wie geht's Vera?«, frage ich. »Vera«, wiederholt er, »der Freundin von Olli? Keine Ahnung.« – »Wo ist Olli eigentlich?«, fällt mir da auf. Jan zuckt mit den Schultern: »In England, glaub ich.« Er schweigt. »Äh und Stefanie?«, frage ich deshalb. »Wer ist Stefanie?«, fragt Jan zurück. »Ach, vergiss es«, winke ich ab. Wir stehen voreinander. Dann sagt Jan: »Wie fandest du die Nägel?« – »Welche Nägel?« – »Na die in der hohen Vitrine in der Mitte«, sagt Jan. Ich erinnere mich an die Vitrine und an Jans Hände und Blicke hinter den Glasschichten. Hineingesehen hatte ich nicht. »Äh, gut«, lüge ich. Jan schaut belanglos. Ich sehe auf ihn, erröte, beiße mir auf die Lippen, starre zu Boden, scharre mit dem Fuß zwei platt getretene Zigarettenstummel in eine Rinne. Jan sagt: »Okay, fahren wir jetzt zu mir, oder was?« Ich will mich zieren, knabbere an meiner Unterlippe. Ich sage: »Ich bin mit dem Rad.« Er antwortet: »Dann fahre ich mit dem Auto ganz langsam neben dir her.« Ich überlege und ziehe die Brauen zusammen. Dann fällt mir etwas ein, ich schaue auf die Uhr und sage: »Es ist gerade mal vier, wir können doch jetzt noch nicht zu dir fahren und rumvögeln.« – »Warum nicht?«, fragt Jan. Darauf weiß ich keine Antwort. Also werde ich trotzig. »Ich will ein Eis!«, sage ich und verschränke die Arme vor der Brust. Jan kommt einen halben Schritt auf mich zu. Nun überkommt mich das Prickeln seiner Gedanken, ich höre seine Stimme, als wäre sie direkt in meinem Ohr, spüre seinen Atem an meinem Hals, wo nichts ist außer dem Luftzug der Eingangstür. Nur Millimeter trennen noch Haut von Haut. Ich fahre mit der Zunge durch meinen trockenen Mund. Seine übermächtige Anziehungskraft lässt mich erschaudern. Mein Widerstand schmilzt dahin. Laut sauge ich die Luft zwischen den Zähnen ein. Jan senkt den Kopf und hebt den Blick. Gott, wie er mich antörnt!

Er sagt: »Wir können unterwegs am Supermarkt anhalten, uns Eis besorgen, dann fahren wir zu mir und machen so lange rum, bis wir so sehr schwitzen, dass wir uns das Eis auch verdient haben.«

In meinem Kopf drehen sich die Farben, sein Geruch, sein Geschmack, die Vorfreude auf seinen festen Griff an meinem Becken. Ich reiße die Augen auf und starre Jan mit großen Pupillen an. »Okay, wir treffen uns auf dem Supermarktparkplatz, unten an der Kreuzung bei dir«, sage ich, drehe mich um und gehe zu meinem Fahrrad, ohne abzuwarten, wohin er geht.

6

Im Stau

Es ist Montag, 6:14 Uhr, und wir stehen auf der A2 im Stau. Wir wollen nach Hildesheim zur Projektbesprechung. Eigentlich geht es erst um 10:30 Uhr los, doch ich habe unser Vorbereitungsmeeting verfickt, Max hat es versoffen, und Lisa ist schon seit vorgestern dort, weil sie das letzte Mal in der Sparkasse irgendeinen Typen kennengelernt hat. Einen Banker oder so. Oder Schaltermann. Daher haben wir uns heute früher verabredet, um überhaupt irgendetwas halbwegs Anständiges präsentieren zu können. Als wir aufgebrochen sind, hat es gerade angefangen zu dämmern. Auch jetzt steht der Mond noch am Himmel. Und nun, zusätzlich zu den eintätowierten Augenringen, Vollsperrung, Stau in Sachsen-Anhalt. Im Radio sagen sie, dass zwischen X-leben und Y-leben ein Lkw mit Gummistiefeln in Brand stehe. Ich habe noch kein Leben gesehen, seit wir unterwegs sind. Aber ich habe auch noch Mühe mit den Augen. Max fährt. »Ich glaub, das ist noch ewig weit weg«, sagt er jetzt, »man kann nicht einmal Rauchwolken oder so was sehen.« – »Mh«, mache ich. »Scheiße«, sagt Max. »Mh«, mache ich. Und so stehen wir.

Im Radio läuft ein furchtbarer Sender. In den letzten zwei Stunden hat er bereits drei Lieder je viermal wiederholt. Max dreht sich eine Zigarette. Seit wir kein Paar mehr sind, haben wir deutlich seltener Sex. Also, miteinander. Seitdem rauche ich mehr. Er auch, glaube ich.

»Das ist ein Nichtrauchermietwagen«, sage ich. »Ich besorg dann Cockpitspray«, sagt Max. »Drehst du mir auch eine?«, frage ich. »Mh«, macht er und tut es. »Drehst du auch mal am Radio? Ich kanns nicht mehr hören«, sage ich, und er tut es. Das Radio spielt nun Joe Cocker. Wir lassen die Fenster herunter und rauchen. Ich schaue mich um. Es könnte ein schöner Tag werden. Hochnebel liegt über Sachsen-Anhalt. Die Felder jenseits der Leitplanken sind grüngräulich und gelbgräulich. Vereinzelt stehen Bäume herum.

Joe Cocker hat zu Ende gesungen, und das Radio verkündet, dass wir nun den Sender *Brocken* hören. Der Brocken ist über 1.140 Meter hoch. Das weiß ich noch aus der Schule. Ich blicke über das flache Land. Als Nächstes läuft Rednex.

»Hier gibts ja nicht mal Kühe«, murmele ich zu der Landschaft. »Was?«, fragt Max. »Nichts«, sage ich und starre erst auf das Radio, dann auf ihn, »Sachsen-Anhalt halt.« Dann schaue ich wieder aus dem Fenster. *Sachsen-Anhalt, Land der Frühaufsteher* hat vorhin auf einem großen Schild gestanden, an dem wir vorbeigefahren sind. Wer die wohl so sind, diese Frühaufsteher, denke ich. Von uns beiden ist nur Max Sachse.

Ich sehe mich um. Wir stehen auf der linken Spur. Vor uns ein Kombi, beladen mit Eimern, Handwerkszeug, Fliesenpaketen, einem Fliesenschneider. Davor ein Kleintransporter mit der Aufschrift *Fugen-Schulze*. Ich schaue nach rechts. Auf der mittleren Spur ein Kastenwagen, voll besetzt mit Männern, Warnwesten über den Rücklehnen, Bildzeitung. Dahinter ein Neunsitzer. Darin Männer, müde Blicke, Arbeitsjacken. Auf der Tür steht: *Wir bauen Ihr Zuhause*. Dahinter ein Auto mit polnischem Kennzeichen, Hänger mit Unfallwagen darauf. Rechte Spur: Lkws, lettisches Kennzeichen, polnisches Kennzeichen, estnisches Kennzeichen, Potsdam-Mittelmärkisches Kennzeichen. Ich drehe mich um und gucke aus dem Heckfenster. Mercedes, Hamburger Kennzeichen, darin ein Mann im Anzug, Hemden auf Bügeln am Haltegriff der Beifahrerseite, Headset, Mundbewegungen. Das sind sie also, die Frühaufsteher von heute. Wir bewegen uns fünf Meter vorwärts. Neue Umgebung. Dieses Mal ein Kastenwagen mit Landschaftsgärtnern, so steht es auf der Autotür, ein Kleinbus mit Dachdeckern.

Ich überlege.

»Warum warst du eigentlich nicht mit bei dem Ausflug der Agentur?«, frage ich Max dann.

»Hä?«, macht der.

»Na in der Ausstellung.« Ich schnippe die Kippe weg und drehe mich zu ihm.

»Ach so, mh, hat mich nicht interessiert. Hab ich was verpasst?«

Ich schaue wieder aus dem Fenster, damit er mein Gesicht nicht sehen kann. »Ja, war lustig«, sage ich, und meine Stimme bleibt ausdruckslos. Der Sender *Brocken* spielt nun Britney Spears. »Lisa hatte ein sehr kurzes Kleid an«, sage ich noch und grinse auf das Radio. Ich beuge mich vor und drehe Britney Spears weg. Es kommt viel Rauschen und Piepen und dann Guns N' Roses. Ich lehne mich wieder zurück und sehe erneut aus dem Fenster. »Die haben alle Arbeit«, sage ich dann mit einer fahrigen Handbewegung in die Umgebung. Max überlegt, schaut sich um. »Mh, stimmt«, bestätigt er, »die können alle Häuser bauen, ihr Dach selber decken und die Fliesen reinlegen und ihre Gärten bepflanzen …« – »Und Kinder machen«, ergänze ich. Ich weiß gar nicht, warum ich das sage, es rutscht mir einfach so raus. Da schaut er mich an. »Tja, du hast wohl den falschen Job«, sagt er zu mir. »Pah!«, mache ich. »Was wäre denn der richtige Job für mich? Die Kinder kriegen? Kochen, backen, putzen und im Garten Unkraut zupfen?« Ich schaue Max an. Eigentlich ist es nicht als Witz gemeint, und ich bin wirklich ein bisschen sauer. Doch so, wie er zurückschaut, muss ich grinsen und werde rot. Max grinst auch. Süffisant. Dann zieht er seine Unterlippe zwischen die Zähne ein und sagt: »Also, wenn du Kindermachen üben willst, ich stehe zur Verfügung.« Ich winke ab und sage: »Danke, später vielleicht. So langweilig ist mir noch nicht.«

Wir schauen eine Weile aus dem Fenster. Der Hochnebel über Sachsen-Anhalt wird lichter und die Felder noch etwas bleicher. Die Farben stehen wohl erst gegen Mittag auf, denke ich. Der Mond ist immer noch zu sehen, als stark verblichener Schatten auf dem ansonsten makellos fahlblauen Himmel. Wir fahren fünf Meter. »Guten Morgen hier bei uns im Rockland Sachsen-Anhalt«, verkündet mittlerweile eine Stimme im Radio. Ich zucke vor und drehe es schnell weg, hin zu einer Stimme. Die ist ruhig, ganz weich und monoton. Sie scheint irgendetwas zu berichten oder etwas vorzulesen.

Max dreht noch zwei Zigaretten. Wir rauchen. Als er fertig ist, greift er nach hinten in den Fußraum vom Rücksitz und kramt aus seiner Tasche eine Tupperdose hervor. Er holt sie nach vorn und öffnet sie. Darin sind belegte Brote, ein Apfel, eine Tomate. Ich schaue in seine Dose, dann auf ihn. »Du hast dir nicht allen Ernstes belegte Brote geschmiert«, sage ich. Max sieht mich verwundert an. »Doch, klar«, sagt er, »wieso nicht?« Er nimmt eins heraus und beißt herzhaft hinein. Butterbrotgeruch breitet sich im Wagen aus. »Auch eins?«, fragt er mich und hält mir die Dose hin. »Nee, danke«, sage ich und verziehe angewidert das Gesicht. Ich starre ihn eine Weile beim Kauen an. Dann ertappe ich mich, wie ich doch Hunger bekomme. Wir fahren fünf Meter. Das Radio spielte *I Just Can't Get Enough* in einer irgendwie jazzigen Fassung, die ich noch nie zuvor gehört habe. Gefällt mir. Ich sage: »Kann ich vielleicht den Apfel haben?«

Max gibt ihn mir. Dann sitzen wir wieder eine Weile und schauen links und rechts hinaus, auf Sachsen-Anhalt, auf die Frühaufsteher und die zu heiß gewaschene, fahle Landschaft. »Ich hätt schon Lust«, nuschelt Max nach Sachsen-Anhalt hinein. Ich drehe den Kopf und bedenke ihn mit einem *Ach Max*-Blick. Da sagt er: »Wenn man in Hildesheim reinfährt, da gibt es einen Heizungsbauer, direkt an der Ausfallstraße, der hat als Werbespruch *Wir heizen Hildes Heim.*« Nun schaue ich dämlich. Unwillkürlich muss ich an Orte wie Ludwigslust denken. Oder an Karlshorst. *Wir heizen Karls …*

Ich schaue wieder aus dem Fenster. Max steckt eine Kippe an, gibt sie mir und dreht das Radio lauter. Es gibt Verkehrsnachrichten: Gummistiefelbrand, Vollsperrung, fast 40 Kilometer Stau. Immer kräftiger drängt nun die Sonne durch die Hochnebelschwaden. Ich asche aus dem Fenster. Da entdecke ich etwas. Ich sage zu Max: »Du, schau mal, da fährt ein Bulli mit einer Estrichmaschine als

Hänger, und auf der steht *W-W-W, Punkt, estrichboy, Punkt, D-E.*« – »Auf dem steht was?«, fragt Max, der wohl in Gedanken versunken war und nun hochguckt. »Estrichboy.de«, wiederhole ich. »Mh«, macht Max. Dann sagt er: »Ich habe früher in den Immobilienbroschüren immer gelesen *Hause-Strich* und dachte immer, was zum Henker hat es nur mit diesem Strich auf sich, diesem Hause-Strich.« – »Hause-Strich, ja?«, wiederhole ich und muss lachen. Ich betrachte weiter den Hänger, der noch neben uns steht. »Vielleicht heißt das ja auch *e-Strichboy*«, mutmaße ich. »Das ergibt doch Sinn: *Der e-Strichboy, Ihr virtueller Stricherjunge zum Nach-Hause-Bestellen.*« Ich forme mit der Hand ein Werbebanner in der Luft. »Der *Haus-e-Strichboy*«, ergänzt Max, »vielleicht können wir das in unserer Präsi verwenden.«

Wir kichern albern. Es ist wie früher. Max will etwas sagen, stockt, schaut dann beschämt aufs Lenkrad, dann verstohlen auf mich: »Hast du jetzt vielleicht ...?« Mein Kopf bleibt beim E-Strich-Anhänger kleben, damit er mein Grinsen nicht sehen kann. »... Bock auf Sex?«, ergänzt er, so als ob das unklar sei. »Wir können nicht vögeln«, sage ich und schaue ihn nun doch an, verstecke mein Blitzen hinter einem verzogenen Mund. »Wieso nicht?«, ruft Max. Er klingt richtig empört. »Ich blute«, antworte ich. Max verzieht das Gesicht. Ich sehe ihm an, dass er nun gerne sagen würde, wie eklig er das findet, wenn Frauen so etwas laut aussprechen. Viel lieber wäre es ihm, wenn wir stumm bluten oder sagen würden »wir können heute nicht« oder wir seien »unpässlich«. Allerdings fällt ihm gleichzeitig beim Darüber-Nachdenken ein, dass er mir das schon mehrfach gesagt hat, da wir ja mal ein Paar waren und es daher öfter vorkam, dass ich meine Tage hatte, wenn er ficken wollte (und ganz zu Beginn haben wir es auch noch getan, da hat es ihn kein bisschen gestört). Dann hat es immer endlose Diskussionen gegeben, in denen ich vorbrachte, ich fände, im 21. Jahrhundert als Frau das Recht zu haben, laut zu sagen, dass ich meine Tage habe, wann, wo und wie es mir passt. Und dass es ja wohl nicht mein Problem sei, sondern seiner mangelnden gesellschaftlichen Emanzipation geschuldet, dass er das eklig findet. An all das erinnert sich Max in diesem Moment, und so schweigt er lieber und nimmt die Aussage hin. Dabei stimmt es gar nicht, ich hab gar nicht meine Tage. Ich will ihn bloß ärgern.

Und da reagiert er auch schon. »Du kannst mir einen blasen«, schlägt er vor. »Und dann?«, frage ich. »Dann …« Ich warte. »Dann mach ich es dir mit der Hand. Äh, über dem Slip.« Ich ziehe die Brauen zusammen und sehe ihn schräg an. »Blöder Deal«, sage ich, »ganz blöder Deal.« – »Mh«, macht er. Es klingt traurig. »Vergiss es!«, sage ich. Einige Sekunden weide ich mich an seiner Verzweiflung. Gerade will er wieder den Tabak aus dem Seitenfach nehmen, da schwinge ich mich ruckartig herüber und sitze schon auf seinem Schoß mit dem Lenkrad im Rücken. Ich presse meine Brüste an seinen Oberkörper, kralle meine Hände in seine blonden Locken und beginne, ihn wild zu küssen. Sofort regt er sich. Er geht kurz darauf ein, umschlingt mich mit seinen Armen und drückt mich an das Lenkrad – das Radio wird unangemessen laut. Da haben wir wohl einen falschen Knopf erwischt. Ich kichere und beuge mich zur Seite, damit er die Lautstärke wieder herunterregeln kann. Als Nächstes auf die Hupe, denke ich, ganz klassisch. Max hält mich nun von sich, soweit das geht, und schaut mich mit verzogenem Gesicht an. »Was soll das denn, du kannst doch eh nicht«, mault er. Sein Schwanz wird aber nicht weniger hart. »Bitte?«, empöre ich mich. »Du spinnst wohl. Klar kann ich! Nur weil du durch deine gesellschaftliche Konditionierung …« Ich bin inzwischen von ihm abgestiegen und durch die Lücke der Vordersitze auf die Rückbank gekrabbelt. Durch diese beuge ich mich beim Lamentieren nach vorne. Max unterbricht mich, indem er die Hand hebt. »Ja, ja, ist ja gut, ich habs verstanden, alles gut. Du blutest, du kannst trotzdem, und ich bin schuld, weil ich nicht will, weil ich …« Nun unterbricht er sich selbst, dreht den Kopf zu mir, schaut hilflos. Ich ziehe ihn am Kragen zu mir und küsse ihn wieder. Dann löst er sich von mir: »Ich will ja, aber … Ach Mann. Menno!«, sagt er. Nun halte ich es nicht mehr aus. Ich lehne mich in der Mitte der Rückbank zurück, breite die Arme über die Nackenstützen aus und stelle die Beine weit auseinander. »Ich hab gar nicht meine Tage«, sage ich, »ich wollte dich nur ein bisschen ärgern.« – »Mann, du … !«, hebt Max an. Er schaut kurz sehr beleidigt, fast wütend, doch nur ganz kurz, dann verändert sich sein Gesicht so schnell, dass ich fast schon nicht mehr dabei zusehen kann. Ich schnalze mit der Zunge und winke ihm mit dem Kopf. Sofort windet er sich aus seinem Sitz und klettert zu mir nach hinten. Der Nichtrauchermietwagen ist ein Fünftürer, und wir haben glücklicherweise nicht viel Zeug dabei. Max macht sich daran, mit hastigen und ungeschickten Griffen die Rückbänke umzuklappen. Ich knöpfe derweil seine Hose auf, ziehe am Reißverschluss. Er beugt sich vor, stößt sich den Kopf an der C-Säule, flucht unterdrückt. Ich hingegen habe endlich seinen Schwanz hervorgeangelt, beginne, ihn zu lutschen, Max dreht sich, fällt nach vorne, entgleitet mir. Ich drehe mich ebenfalls, erklimme die bereits umgelegte Rückenlehne und schiebe meinen Oberkörper unter das noch aufliegende Verdeck des Kofferraums nach hinten durch. Meine Brüste reiben über die piksende Kunstfaser der Kofferraumauskleidung. Ich höre Max »mhpf« machen, dann hat er offensichtlich endlich eine Position gefunden, in der er irgendwie bleiben kann, denn er nimmt mit einer Hand meine eine Arschbacke, hält mich oder auch sich daran fest und gleitet in mich hinein, wobei ich wieder ein dumpfes Geräusch höre, als er irgendwo gegentritt oder -stößt. Ich stöhne laut auf, als er endlich in mir ist und zu rammeln beginnt, und schließe die Augen – harter, geiler, schneller Autosex. So mag ich das.

Es knallt hinter mir, und Max flucht erneut. Er zieht sich aus mir heraus, ich robbe umständlich unter der Kofferraumabdeckung und durch seine Gliedmaßen hindurch wieder zurück auf die umgeklappten Rückbänke, lege mich dort quer auf den Rücken und ziehe ihn an seiner Haut und seiner Restkleidung, die überall an ihm hängt, was ich eben so zu fassen kriege, zu mir herunter. Wir lecken uns kurz ab, müssen dann aber wieder damit aufhören, um eine Position zu finden, in der wir weiterficken können. Beides geht nicht. Mein Kopf klemmt sich schräg an die Innenseite der Tür. Max rammelt auf mir, als gäbe es kein Morgen und als wäre es der letzte Sex unseres Leben. Ich liebe dieses Gefühl, versuche, die Position zu halten, mich noch besser zurechtzuschieben, trete einen Jutebeutel vom Rücksitz in den Fußraum. »Der Kaffee läuft aus«, stöhnt Max. Er will sich halb umwenden, klemmt aber zwischen meinen Beinen, und ich stemple das eine nun an das Wagendach und lasse ihn nicht. »Die Thermoskanne ist undicht.« Die Worte kommen rhythmisch und eher gestöhnt aus ihm heraus. Ich winkle mein Bein an und zwinge ihn so, in mir zu bleiben. »Lass doch den …«, rufe ich. Meine Hand klatscht von innen an die Scheibe, greift nach oben und erwischt den Haltegriff. »… scheiß Kaffee!«, schreie ich nun in höchster Erregung gleichzeitig mit meinem Orgasmus heraus, und Max grunzt, stößt sich den Kopf erst an der Kopfstütze des Vordersitzes, dann am Autodach, und dann sackt er auf mich und brabbelt in mein Haar. Ich will ihn umfassen, liege aber auf meinem Arm und kann deswegen nur mit der anderen Hand vom Haltegriff verrenkt seine Schulter tätscheln.

Max schrumpft und ploppt aus mir heraus. Er keucht schwer. »Du rauchst zu viel«, sage ich. »Mach keine Spermaflecken auf den Sitz«, sagt er gedämpft in meine Schulterkuhle oder in seinen verknäuelten Pullover oder in beides. Er rollt sich von mir, was bedeutet, dass er nun halb im Fußraum der Rücksitze liegt. Ich sehe nun erst wieder bewusst aus dem Fenster eine Ecke vom blauen sachsen-anhaltinischen Morgenhimmel. Der ist schon gar nicht mehr so fahl wie noch vorhin. Jetzt höre ich Autos hupen. Die vorderen Fenster sind immer noch beide unten. Neben uns grölt jemand. Ich hebe den Kopf und schaue durch die Windschutzscheibe. Vor uns ist eine Lücke von bestimmt zehn Metern entstanden.

Ich schiebe mich durch die Sitze wieder nach vorne, falle auf den Beifahrersitz und beginne, meine Kleider zu ordnen. Max steigt hinten aus, oder besser er hüpft, seine Hose hochziehend, reibt sich den Kopf, den er sich gerade wer weiß wie viele Mal gestoßen hat. Um uns herum beginnen alle zu klatschen. Er ist der Held. Er ist verunsichert, zuckt erst zurück, dann erkennt er die Situation, grinst breit und nickt und lächelt in die Runde. Der große Hengst! Ich rolle mit den Augen, greife nach hinten zur Thermoskanne im Jutebeutel. Es ist nur ein ganz klein bisschen ausgelaufen, zum Glück. Der Fleck ist winzig. Ich drücke mit dem Beutel darauf herum, um den Rest einzusaugen, hole ihn dann nach vorne und schenke mir Kaffee ein. Max hat sich nun genug gesonnt. Vollständig wieder angezogen, steigt er vorne ein. Er grinst mich breit an. »Hehe«, macht er. Ich überlege kurz, ihm von seinem Kaffee anzubieten, entscheide mich dann aber dagegen. Max startet den Motor, lässt den Wagen in Schrittgeschwindigkeit vorrollen, um uns klatscht es wieder. Mit den Handrücken am Lenkrad beginnt er, zwei Zigaretten zu drehen.

»Das war gut«, sagt er. Er wirkt immer noch ein bisschen außer Atem. »Fanden die anderen auch, glaub ich«, antworte ich. Er dreht sich mir zu, schaut mitleidheischend, gibt mir die eine fertige Zigarette. »Ja, ich fands auch gut«, sage ich und nehme sie. Fand ich ja auch wirklich. Max ist ein Guter. Wir wenden uns wieder voneinander ab und rauchen. Im Radio berichtet immer noch die sonore Stimme von der Lage in der Welt. Als der Stau sich auflöst, haben wir fast fünf Stunden darin gestanden. Lisa war danach nie wieder in Hildesheim.

7

Zauberlehrling

Als ich 13 oder 14 war, hatte ich einen Freund, dessen Vater ein Zauberer war. Er war sogar mehr als das. Er hatte einen Zauberbedarfsversandhandel, der so gut lief, dass er seinen bisherigen Job bei der Post aufgab und von da an nur noch zauberte und Zauberartikel verkaufte. Der Freund hieß Matthias, glaube ich, oder Thomas? Markus? Ich erinnere mich nicht, aber sein Name spielt auch keine Rolle. Denn für mich war er einfach ein Zauberlehrling.

Ich besuchte ihn sehr gerne, diesen Freund. Das Haus und das angrenzende Warenlager waren Neubauten, mit allem Schnickschnack ihrer Zeit, farbigen Dachziegeln, weißem Klinker und einer dicken gelben Haustür mit blanker Edelstahlklinke. Das Haus lag am Rande unserer Kleinstadt, kurz vor dem angrenzenden Industriegebiet, in der trennenden Schneise aus Roggen- und Futtermaisfeldern, die in diesen Gegenden üblich waren. Wenn ich ihn besuchte, den Zauberlehrling, machten wir immer ziemlich schräge Sachen. Wir verkleideten uns mit den dunkelblauen und roten Umhängen seines Vaters, suhlten uns in der bis zum Rand mit stark duftenden Plastikblumen gefüllten Badewanne, oder wir spielten mit Karten, die alle das gleiche Bild zeigten. Manchmal spielte der Vater auch mit, dann gewann er immer. Bei der Zaubererfamilie auf dem Klo lagen immer Zauberzeitschriften, in denen Tricks erklärt wurden. Davor stand eine dicke, rot unterlegte Warnmeldung, dass man, sobald man den Trick lese, einem Ehrenkodex angehöre, ihn nicht weiterzusagen. Das machte mich immer ganz ehrfürchtig, wenn ich auf dem Klo saß. Ich las dort die Tricks, verstand spätestens ab der fünften Handbewegung kein Wort mehr, las aber immer aufgeregt weiter, und einmal klopfte die Mutter des Freundes, also die Zaubererfrau, an die Tür und fragte, ob alles in Ordnung sei, da ich jetzt schon so lange im Bad wäre. Eilig kam ich heraus, und auf ihre Frage, was ich denn darin getan hätte, sagte ich »nichts«, denn der dick rot unterlegte Ehrenkodex gebot mir, es nicht zu verraten.

Am schönsten war es, wenn wir im Lagerhaus Verstecken spielten. Denn das Lagerhaus war vollgepackt und -gestellt mit den absonderlichsten Dingen und dem wunderlichsten Tand. Dort gab es kleine Schachteln, die komische Geräusche machten, wenn man sie anhauchte, schwarze Zylinder, aus denen bunte Tücher noch und nöcher quollen, Kisten voller weißer Schaumstoffmäuse. Es gab Faltsärge, Glaszauberstäbe und verspiegelte Schränke mit verschlossenen Türen, in die ich niemals einen Blick warf. Das Beste war ein Fahrrad, das ganz normal aussah, aber sobald man es berührte, sofort in seine ganzen Einzelteile zerfiel, auch dann, wenn man es nur ganz sachte tat. In, zwischen, auf und unter diesen ganzen verrückten Gegenständen versteckten und suchten wir uns gegenseitig, oft stundenlang, und es dauerte immer ewig, bis ich meinen Zauberlehrling fand oder von ihm gefunden wurde. Denn man konnte all diese Wunderlichkeiten ganz fantastisch dazu benutzen, verborgen zu bleiben oder sogar von sich abzulenken. Einmal versteckte sich mein Freund in der Nähe des verrückten Fahrrads. Dann stapfte er so fest mit dem Fuß auf, dass das Rad in alle seine Einzelteile zerfiel. Ich lief gleich hin, weil ich natürlich dachte, er sei dort und habe sich durch eine unachtsame Bewegung verraten. Ich habe ihn um das Fahrrad herum gesucht und gesucht, aber erwischt habe ich ihn nicht, denn er befand sich inzwischen schon ganz auf der anderen Seite der großen Lagerhalle. Da bin ich ihm ganz schön auf den Leim gegangen, dem Zauberlehrling. Ich habe keine Ahnung, wer das Fahrrad anschließend wieder zusammengesetzt hat.

Einmal spielten wir nicht Verstecken, sondern saßen in seinem Zimmer und schauten den Fischen im Aquarium beim Schwimmen zu. Da beugte er sich zu mir herüber und gab mir einen langen nassen Kuss auf den Mund. Ich fand das sehr merkwürdig und auch unangenehm, doch ich dachte, dass man das wohl so mache, in unserem Alter, und ließ es geschehen. Dann nahm der Zauberlehrling seine Hände, legte die eine auf meinen Hinterkopf und die andere auf meinen Rücken. Wir saßen recht weit voneinander entfernt, und er musste sich sehr zu mir herüberbiegen, um mich überhaupt berühren zu können. Sein Anfassen war jedoch kein Greifen, sondern seine schlaffen Jungenfinger streiften nur spitz mein Haar und mein Shirt, nicht einmal sanft, eher wie Fäden von Spinnweben fühlte es sich an. Ich empfand das Ganze mittlerweile als eklig, seinen Speichel, seine nackten schlabbernden Lippen, seine dünnen Spinnenfinger an meinem Shirt klebend, ohne wirklich meinen Rücken zu berühren. Ich hatte mir das alles irgendwie anders vorgestellt, das, was man da so machte, in unserem Alter, wenn man zusammen allein in einem Zimmer war. Irgendwie spannender und aufregend. Doch das war es nicht. Ich dachte in dem Moment an das auseinanderfallende Fahrrad, dachte an die vielen kleinen Details, wie die vordere Leuchte herabsank, wie der Sattel mit einer drehenden Bewegung auf den Boden polterte, wie das Gestänge zur Seite wegkippte, aber ich weiß nicht, warum ich das damals dachte. Als es vorbei war, dieses eklige Zwischenspiel, setzten wir uns wieder gerade hin, schauten uns kurz an und waren beide etwas verlegen, dann holte der Zauberlehrling Saft aus der Küche, und ich schaute wieder auf das Aquarium.

Später spielten wir noch im Lagerhaus. Und da rannte ich in einen der Spiegelschränke. Ich weiß noch, wie ich mich umgewendet hatte, um zu schauen, ob mein Freund schon dicht hinter mir wäre, den Kopf dann wieder nach vorne drehte und noch wahrnahm, wie meine eigene Nase viel zu schnell auf mich zukam, als es auch schon klirrte und ich in dem Spiegel hing, der zerbarst und splitterte und mich vielfach verletzte, im Gesicht, an Schulter, Brust und Arm. Danach weiß ich nicht mehr besonders viel. Ich schrie und weinte, der Zauberlehrling schrie auch, die Zaubererfrau kam ins Lager gerannt, dann später meine Mutter, und wir fuhren ins Krankenhaus. Ich hatte viel Glück gehabt. Die meisten Schnitte waren bloß Kratzer und kleine Macken. Sie verheilten schnell wieder, und man sah nichts mehr von ihnen. Nur eine Wunde war etwas tiefer ins Fleisch gegangen. Sie war an der rechten Wange. »Dort wird wohl immer eine kleine Narbe sichtbar bleiben«, sagte die Ärztin, als sie die Verletzung nähte, »aber sieh es mal so, das macht dein Gesicht doch viel interessanter.« Ich weinte tagelang und konnte mich erst gar nicht mehr beruhigen. So bekam ich sie, meine Narbe, am selben Tag wie meinen ersten furchtbaren und nassen Kuss.

Den Freund besuchte ich nie wieder bei sich zu Hause. Einige Jahre später, als wir bereits den Schulabschluss hatten, sah ich einmal, bei einer Geburtstagsfeier, auf die ich meine Nichte gefahren hatte, den Vater meines Zauberlehrlings, also den Zaubermeister, auftreten. Ich fand die Show damals nur mäßig amüsant, wahrscheinlich, weil sie für Kinder gemacht war, erzählte aber anschließend allen, wie toll und klasse es gewesen sei. Vielleicht war ich da auch schon aus dem Alter raus, in dem man an Zauberer und Hexen glaubt. Er erzählte hinterher überall, wie gut ich ausgesehen hätte.

Den Zauberlehrling habe ich nach unserer Schulzeit nicht wiedergesehen. Ich bin dann weggezogen und nie zu einem Klassentreffen gegangen. Einmal habe ich im Internet nach dem Versandhandel recherchiert. Da kam ein Bild von einem Mann in meinem Alter mit einer spitzen Mütze und einem Sternchenumhang. Darunter stand *Der Sohn des Inhabers nach seiner erfolgreichen Meisterprüfung*. Auch wenn ich den jungen Mann nicht erkannt hätte, wusste ich nun, dass mein Zauberlehrling nun auch ein Zaubermeister war. Das befriedigte mich sehr, und ich konnte ihm alles verzeihen.

Heute denke ich, dass er vielleicht noch gar nicht so recht gewusst hatte, was er da eigentlich tat, mein Zauberlehrling, in seinem Zimmer, mit mir, vor dem Aquarium, oder was er eigentlich hat tun wollen. Dass er ebenfalls gedacht hat, das mache man so, in unserem Alter, ohne dieses »Das« tatsächlich zu kennen oder verstanden zu haben. Inzwischen finde ich es auch nicht mehr so schlimm, geschweige denn eklig. Schließlich habe ich die Tricks in den Zeitschriften auf seiner Toilette auch nicht verstanden. Und immerhin ist er heute Meister.

8

Ananassaft

Ich gehe gerne einkaufen. Damit meine ich nicht shoppen, was ich natürlich auch gerne tue, sondern die Besorgung von Lebensmitteln und Dingen des täglichen Bedarfs, also diesen ganzen Kleinkram, den zu beschaffen die meisten Leute als ungemein lästig empfinden. Spülmittel, Toilettenpapier, Salz, Äpfel und Brot besorgen, das zelebriere ich. Schon die Feststellung, dass mir Butter fehlt oder sich die Milch dem Ende neigt, lässt mich frohlocken. Dann brauche ich eine Weile, um in Ruhe zu überlegen und abzuwägen, welchen der unzähligen Lebensmitteldiscounter in der Nähe ich aufsuchen möchte.

Manchmal konsultiere ich sogar die Prospekte. Steht der Entschluss fest, inspiziere ich noch einmal die ganze Wohnung, um festzustellen, wo ein Mangel herrscht, und mich dann in einer freudigen Erregung mit einer nicht geringen Anzahl an Jutebeuteln auf den Weg zu machen. Vor Ort nehme ich mir Zeit. Es macht mir Spaß, durch die Regale zu schlendern, die verschiedensten Dosen, Tüten, Flaschen und sonstigen Verpackungen in die Hände zu nehmen, ausgiebig zu befühlen und abzuwägen, zu überlegen, was ich essen will, heute, morgen und die nächsten Tage, Preise und Mengen zu vergleichen, Inhaltsstoffe und Brennwerte zu studieren, das Gemüse zu betatschen, das frischste Obst zu finden, an der Kühltheke verschiedene Käsehäppchen zu probieren, bevor ich mich für drei Scheiben von diesem und 20 Gramm von jenem entscheide, auf den Angebots- und Aktionsflächen jeden einzelnen Artikel zu begutachten, in der Non-Food-Abteilung Dinge aus ihren Schachteln zu reißen, die ich niemals kaufen will, anzuhalten, zu befühlen, zu rütteln und zu schütteln oder reduzierte Reste von ganz unten aus dem Regal zu ziehen. Falls ich doch einmal von dem Angebot eines Kochtopfs oder eines Dreierpacks Trockentücher preismäßig so überzeugt bin, dass ich es kaufe, bringe ich es spätestens am übernächsten Tag wieder zurück, da ich zu Hause feststelle, dass ich gar keinen Bedarf an neuen Töpfen und Trockentüchern habe, da ich bereits unzählige besitze, die noch völlig unbenutzt in den Schränken stehen und liegen. Kurz, ich bin die Art von Kundin, die die Verkäuferinnen und die Einräumer hassen und auf die sie am liebsten laut fluchen würden, wenn sie nicht durch ihre eigenen Namensschilder davon abgehalten würden, auf denen Sätze stehen wie »Ich bin freundlich« oder »Hier bedient das Lächeln«.

Einmal, als Jan Lisa und nicht mich mit nach Hause genommen hat, war ich danach sofort einkaufen gegangen, und ich war so sauer gewesen, dass ich ein Sechserpack Eier heruntergeworfen habe. Sie sind mir nicht aus Versehen aus der Hand gerutscht, nein, ich habe sie mit voller Absicht auf den Boden fallen lassen, aus purer Bosheit, und anschließend dabei zugesehen, wie ein Abiturient für wahrscheinlich 4,50 Euro die Stunde die ganze Wabbel- und Dotterschweinerei wegwischen und dabei sagen musste, dass das nichts mache. Hinterher ist es mir besser gegangen.

Heute entscheide ich mich für den Supermarkt um die Ecke. Dort treffe ich Max, der immer dorthin geht, da er zunächst zum Haus liegt, in dem wir beide wohnen. »Hey, wie gehts?«, frage ich. »Ja, ganz gut so weit«, sagt er. Er blickt mich kurz an. Dann schaut er an die Supermarktdecke. Dann intensiv auf das Regal, vor dem wir stehen geblieben sind. Darin ist Katzenfutter. Max hat keine Katze. Ich werde skeptisch. »Was ist?«, frage ich. Max' Kopf schießt in meine Richtung. »Nichts!«, ruft er, hält es aber nicht einmal eine Sekunde aus, bis seine Mundwinkel, seine Augen und sogar seine Ohren anfangen zu zucken und sich dann zu einem perfiden Grinsen nach oben verziehen, wobei sein Gesicht eine dunkle Färbung annimmt. Dabei versucht er, sich breit vor seinen Einkaufswagen zu stellen. Ich bin verwirrt. »Was denn?«, frage ich. »Nichts!«, ruft er wieder viel zu laut, noch bevor ich die zwei Worte ganz ausgesprochen habe. Ich blicke ihn lauernd an. Dann komme ich auf die Idee, einen Blick auf seine Einkäufe zu werfen. Es hätte mich wohl nicht interessiert, wenn er sich nicht so betont unauffällig vor seinem Wagen herumgelümmelt hätte. Er schiebt sich in mein Blickfeld. »Was denn?«, fragt er nun. Da bin ich empört. »Wie, was denn«, rufe ich, »ist das jetzt ein Geheimnis, was du morgen zum Frühstück isst?« – »Jaha«, sagt er und verschränkt beleidigt die Arme vor der Brust. Nun bin ich genervt. »Ey, weißte ...«, sage ich, will meinen Wagen greifen und mich wegschieben, da blickt Max betreten zu Boden und scharrt mit dem Fuß. »Na ja ...«, sagt er. Dann tritt er einen halben Schritt zur Seite.

Ich blicke in seinen Einkaufswagen. Darin liegen mehrere Liter Ananassaft, Ananas in Dosen (leicht gezuckert, in Scheiben und in Stücken), Ananasbuttermilch, Ananasjoghurt (fettreduziert), eine Tafel Ananasschokolade, Fruchtkompott mit Ananas und eine Ananas. Ich ziehe eine Braue hoch. Dann betrachte ich meine Einkäufe. Ich habe ein Roggenbrot, eine Gurke, eine rote Paprika, eine Packung Mehl, zwei Packungen H-Milch 1,5 Prozent, eine Packung Fusilli-Nudeln, eine Packung Bioeier, zwei Flaschen Reinigungsmittel, weil es das in neuen Düften gibt, die ich unbedingt ausprobieren muss, drei Flaschen Wein (verschiedene natürlich, wegen der Abwechslung) – weiter bin ich noch nicht gekommen. Ich sage: »Gabs keine Ananassuppe?« – »Ach Mann!«, macht Max, wird wieder rot und scharrt weiter mit dem Fuß. Ich blicke ihn an. »Nee, im Ernst jetzt«, meine ich, »hattest du eine Ananasallergie, bist nun geheilt und willst alles nachholen, was dir an Ananasgenuss in den letzten 25 Jahren entgangen ist?« Max vermeidet den Augenkontakt, ist weiter rot und sagt: »Nee ... ach.« – »Ja was denn nun?«, falle ich in sein Genuschel. »Ach, ich bekomme Besuch«, sagt er dann und macht eine wegwischende Handbewegung. »Aha«, sage ich, verstehe gar nichts und mutmaße deshalb: »Und der mag Ananas.« – »Nee, ach, Mann, Anna, jetzt lass mich doch mal in Ruhe! Und überhaupt, das geht dich gar nix an!« Ich bin ratlos, zucke mit den Schultern und meine: »Nee, geht mich ja auch nix an.« – »Ja!«, macht Max, verstummt dann und schaut wieder auf den Boden und dann auf das Katzenfutter. Er macht keine Anstalten zu gehen. Selbstverständlich ist er nicht wirklich sauer, und selbstverständlich will er es mir erzählen. Er muss sich halt noch ein wenig bitten lassen. »Also, nun erzähl doch mal«, sage ich ruhig. »Von wem bekommst du denn Besuch?« – »Mmh«, macht er, »von einem Mädel.« – »Aha«, sage ich und verstehe immer noch nichts. Ich warte, ob weitere Erklärungen folgen. Doch Max schweigt. Vielleicht wartet er auch. Auf die Erfindung der Ananasnudel zum Beispiel. Ich blicke ihn durchdringend an, während er wieder beginnt, in dem Regal nach Katzenfutter mit Ananas zu suchen. »Und?«, frage ich dann mit einem inzwischen leicht drängenden Unterton. »Ja«, macht Max und stampft von einem Bein auf das andere, »ja, und da will ich halt vorbereitet sein.« – »Vorbereitet auf was denn?«, platzt es aus mir heraus. »Auf den größten Ananasengpass in der Geschichte der Menschheit?« – »Ach nee«, mault er zurück, »die ist doch halt gut für ne, na ja, also, sie ist halt ein bisschen jünger als ich, und außerdem – gesund ist Ananas auch, und ja, man kann nie wissen, besser ist besser, und sowieso muss ich jetzt auch mal los, ich muss nämlich noch die Bettwäsche waschen, und ja, die ist halt gut für, ne, die Ananas, und du weißt schon, und überhaupt, lass mich doch einfach in Ruhe!«

Damit wendet er sich um, lässt mich stehen und schiebt seine Ananassammlung in Richtung Kasse. Ich blicke ihm kopfschüttelnd nach. Mein Einkauf dauert an diesem Tag auch nicht mehr besonders lange. Ich bin viel zu aufgeregt. Schnell klaube ich alles Nötige zusammen und eile nach Hause, wo ich im Internet den Zusammenhang von »Ananassaft« und »Damenbesuch« recherchiere. Gegen Mittag weiß ich Bescheid. Am Nachmittag höre ich es über mir klingeln. Max' Tür geht auf, kurzes Gerede, eine Frauenstimme lacht im Hausflur. Abends lege ich mich gespannt ins Bett und lausche gegen die Zimmerdecke. Max wohnt genau über mir. Sein Bett steht im gleichen Raum, an der gleichen Wand wie meines. Doch kein Laut ist zu hören. Kein Ruckeln, kein Stöhnen, nichts. Nicht einmal etwas Unterdrücktes. Irgendwann werde ich vom angestrengten Lauschen müde und schlafe ein. Ich träume von Aloha-Bikinis aus Ananasschalen und gekochten Ananasnudeln. Am nächsten Tag muss ich wieder einkaufen gehen, weil ich Weichspüler vergessen habe.

9

Neuer Nachbar

Ich treffe Max bei den Briefkästen.

»Hey, wie wars?«, frage ich.

»Hä? Was denn?«, macht er.

»Äh, nichts, schon gut«, sage ich schnell und frage stattdessen: »Und, wie gehts?«

»Jo, ganz gut. Neben mir ist wieder jemand eingezogen.«

»Ach, stand die Wohnung leer? Wusste ich gar nicht.«

»Mh.«

»Wer ist denn eingezogen?« Max zuckt mit den Schultern: »Keine Ahnung. Irgend so ein Typ.« – »Oh«, antworte ich und mache mir keine Mühe, mein sofort gewecktes Interesse zu verhehlen.

»Wasn fürn Typ? Jung? Alt? Gut aussehend?«

»Ach Mensch, ich hab doch keine Ahnung«, macht Max ungehalten, »irgendein Typ halt, das interessiert mich doch nicht.« Damit geht er in Richtung Haustür.

»Mich aber!«, rufe ich ihm hinterher, doch das interessiert ihn wohl auch nicht.

Am Nachmittag gehe ich in den Hausflur, um die Blumen zu gießen, die ich rund um meine Wohnungstür aufgestellt habe. Das wirkt irgendwie gemütlicher. Von oben dringen Geräusche herunter, Schleifen, Schieben, Rumoren, Scheppern, undeutliche Worte, vielleicht ein Fluchen. Dann ruft eine Männerstimme: »Ey, Herkules!« Und dann schreit jemand wie unmittelbar hinter mir: »EY, HEY, du, was machstn da!« Ich erschrecke mich so sehr, dass sich der Inhalt der in der zuckenden Hand befindlichen Gießkanne über meinen Fuß anstatt in den Topf ergießt. Ich drehe mich um. Auf dem Treppenabsatz über mir beugt sich ein Mann über das Geländer. Er kann 35 oder auch 65 Jahre alt sein, seine Statur ist kompakt, sein schlohweißes Haar steht in alle Richtungen ab. »Äh, hallo«, sage ich nach oben. »Was hastn da!«, ruft er erneut. Ich blicke an mir herunter. »Was, wo?«, frage ich. Der Typ kommt erstaunlich schnell die Treppen heruntergepoltert. Als er vor mir steht, sehe ich, dass eine sehr dürre schwarze Katze um seine Beine streicht, sich immer an ihn haltend. Sie funkelt mich aus stechenden gelben Augen an. Das ist mir sofort unheimlich. Ohne dass ich es verhindern kann, entsteht ein Bild in meinem Kopf, wie ich nachts in meinem Bett erwache, weil ich geträumt habe, ich sei tot, und dann diese Katze auf meiner Brust sitzt, mich mit diesen stechenden gelben Augen fixiert und sich an den aus meinem offenen Körper quellenden Eingeweiden gütlich tut. Mir schaudert.

Ich schüttle das Bild ab, zwinge meine Mundwinkel nach oben und strecke meine freie Hand aus. Die andere hält immer noch die langsam schwer werdende Gießkanne. »Hallo, ich bin Anna«, sage ich. »Sind Sie jetzt oben eingezogen?« Der Typ tritt einen halben Schritt zurück, mustert mich von oben bis unten und stößt dann verächtlich Luft zwischen den Zähnen aus. Er deutet mit dem Kinn auf meine Flurpflanzen. »Was machstn da?«, fragt er einmal mehr und spuckt mich dabei ein bisschen an. Ich nutze die dämlich ausgestreckte Hand, um mir zunächst seinen Speichel vom Kinn zu wischen und dann die Gießkanne von unten abzustützen und sage: »Ich gieße Blumen.« Mein neuer Nachbar gibt ein lautes Schnauben von sich, das fast wie von einem Pferd klingt, und ich drehe mich unwillkürlich etwas zurück. Meine natürlichen Instinkte lassen mich eine seitliche Abwehrhaltung einnehmen, mit der ich die Gießkanne notfalls als Schlagwaffe benutzen kann. Der Typ macht eine abfällige Geste zu den Gewächsen.

»Das werden die niemals dulden, niemals!«, ruft er. Wer wird was nicht dulden?, will ich fragen, komme jedoch nicht dazu, da mein neuer Nachbar nochmals ruft: »Niemals!« Er beugt sich vor und schreit mich weiter an, wobei ich im Regen seiner sehr feuchten Aussprache stehe: »Die lassen das nicht durchgehen, nie! Ich hatte selbst auch mal, also so Blumen, nee. Das werden die, also bei mir, das war, pah! Dieses Zeug hatte ich auch! Und fanden das scheiße, die, das wird nichts, also nee, da haun die dich ganz schön an. Aber so an! Kind, das sag ich dir aber!«

»Äh«, mache ich und wische mir mit der Hand, die nicht die Kanne hält, erneut über das Gesicht. »Also, ich hab die schon ewig da stehen, die Pflanzen«, setze ich an. Dann breche ich ab, weil ich das Gefühl habe, mit logischer Argumentation hier nicht weiterzukommen. Also sage ich: »Na wir werden ja sehen.« Da kneift der Typ, der immer noch zu mir vorgebeugt steht, die Augen zu schmalen Schlitzen zusammen und fixiert mich. Seine Katze tut das schon die ganze Zeit, das habe ich mit schrägem Blick beobachtet. Nun faucht sie.

Da verzieht sich plötzlich das Gesicht meines neuen Nachbarn. Erst bin ich mir nicht sicher. Doch dann erkenne ich, wie sich ein Grinsen darauf ausbreitet, ein fettes, bis zu den Ohren reichendes Grinsen. Und anschließend ein Lachen. »Ha!«, macht er laut. »Ha. Hahaha! HAHA!« Dann schlägt er mir unvermittelt auf die Schulter, sodass das Restwasser nur so aus der Gießkanne schwappt, grinst noch, lacht und dreht sich dann um. Ich stehe verwirrt da. Auf dem Treppenabsatz nach oben macht er noch einmal kehrt. »Schön!«, schreit er mich an. »Schön! Sieht toll aus! Ich bin übrigens Goa-DJ«, ruft er dann und stiefelt damit endgültig die Treppe hinauf. »Aha!«, rufe ich zurück und überlege, ob das wohl sein Name ist. »Komm, Herkules«, höre ich ihn noch brummen. Die Katze macht einen Buckel und ein Geräusch, als habe man auf einen Hamster getreten, und zischt dann wie ein schwarzer, fauchender Blitz davon.

Ich bleibe zwischen den Blumenkübeln vor meiner Tür zurück und fühle mich irgendwie stehen gelassen, mit der Gießkanne und einem nassen Fuß. Dann besinne ich mich. »Und mein ganzer Balkon ist auch voll von dem Scheiß, überall Blumen. Und im Sommer blühen die sogar!«, rufe ich dem seltsamen Paar aus der sicheren Entfernung hinterher. Aber die sind schon weg. Ich höre keine Tür ins Schloss fallen. Nur die Dielen knarren von oben, gefolgt von einem schrillen Schleifen, das wie nichts klingt, was ich jemals zuvor gehört habe. Ich überlege, ob so ein Geräusch wohl von einer Katze verursacht werden kann. Oder von Goa-DJs. Dann gibt es noch ein Knarren vom Holzfußboden. Aber nur ein ganz leises.

10

Am Kanal

Ich habe Lust auf Olli. Seit er mich auf dieser Party mit Vera so vorgeführt hat, hatten wir nur zweimal wortkargen Sex: einmal im Büro auf dem Dach, wobei das eher ein lustloses Rumgepimper gewesen war, ohne Aussicht auf Erfolg, und einmal nach der Ai-Weiwei-Ausstellung im Martin-Gropius-Bau auf der Toilette. Politisch hatte ich mit den Installationen nicht viel anfangen können. Wer kennt sich schon in China aus. Also haben wir das Standardprogramm abgespielt, dafür hatte es gerade so gereicht.

Eigentlich schade drum. Vielleicht ist es nun an der Zeit, Olli zu rehabilitieren. Denn das Wetter ist schön, und ich habe Lust auf ihn. Also, was solls.

Zunächst gilt es herauszufinden, ob er überhaupt verfügbar ist. Ich rufe Jan an: »Hey, und, was machst du heut noch so?« »Mh, och, nichts«, antwortet er, »treff mich vielleicht mit Lisa.« Die Information ist mir recht. »Ah, okay, dann viel Spaß«, sage ich und lege schnell auf, um nicht Gefahr zu laufen, dass er mich fragt, ob ich gemeinsam mit ihnen etwas unternehmen will. Dann rufe ich Angelika an. Das ist Ollis Exfreundin. Und Maxens auch. Vielleicht auch Jans, das weiß ich nicht so genau. Doch das ist auch alles schon ziemlich lange her. Damals hat Angelika auch in der Agentur gearbeitet. Mit Max ist sie zusammen gewesen, lange bevor ich dort angefangen habe. Und dann mit Olli, da war ich noch ganz frisch in der Flaschendrehrunde. Dann hat sie den Arbeitgeber gewechselt, und nun sieht man sich nur noch selten. Sie spielt keine wesentliche Rolle mehr.

»Olli und ich treffen uns heute Abend am Kanal, in Treptow, auf ein Bier«, sagt Angelika jetzt am Telefon. Bingo. »Vera ist gerade wieder in England«, fährt sie fort. »Ah, oh, armer Olli«, mache ich und frage, ob ich nicht auch kommen könne. Angelika hat nichts dagegen. »Vielleicht freut Olli sich ja über etwas Abwechslung«, sage ich. »Ja, vielleicht«, sagt sie.

Ich nehme das Rad. Es ist eine ziemliche Strecke aus meinem Wedding bis hinunter nach Treptow, aber ich bin bockig, weil die BVG schon wieder die Preise erhöht hat. Diese Wichser. Für das Geld bekomme ich im Späti inzwischen locker zwei Sternburg. Bei dem Gedanken an Sternburg wird mir übel. Gut, oder ich bekomme ein ordentliches Bier plus fünf Schlümpfe. Oder plus zwei Lutscher. In drei Wochen würde ich meinen Zorn auch wieder vergessen haben und wie gewöhnlich genervt Bus und Bahn fahren.

Ich finde die Stelle am Kanal nicht gleich. Die gesamte Uferböschung ist mit Bauzäunen abgesperrt, wegen Abrutschgefahr oder Krötenwanderung oder was auch immer. Wegen Instandsetzung jedenfalls nicht. Arm, aber sexy. Der Wildwuchs jenseits des Zauns ist dschungelartig. Großstadtdschungel. Hier und da sieht man Kleidung oder Haut aufblitzen und hört Lachen und Gerede durch das Unterholz. Diesseits auf den gepflegten Wiesen, die offiziell zu den angrenzenden Häusern einer Wohnungsbaugesellschaft gehören, spielen Generationen miteinander Squash, Badminton und Fußball. Mädels, die so alt sind wie ich oder jünger, haben Hula-Hoop-Reifen und Seifenblasendosen. Ich schließe das Fahrrad an, finde den Einstieg und schlage mich durch das Gestrüpp. Das ist gar nicht so leicht. Die Äste ziehen feine rote Striemen auf meine nackten Unterarme. Ich habe Blätter in der Nase und Spinnweben an den Beinen. Eine Buche zerrt an meinem Haar. Es ist halt nicht der Strand, denke ich. Dann entdecke ich sie endlich.

Als ich Olli dort am Kanal sitzen sehe, die Beine baumelnd und den entrückten Blick ziellos auf das andere Ufer gerichtet, beginnt es, in mir zu prickeln. Ich will ihn greifen und umschlingen bis zum Ersticken oder dem drohenden Einswerden unserer Körper. Gierig zerren meine Blicke an seinen Locken, seinem Shirt, das ich nur von hinten sehen kann, seiner Haut.

Er hört mich kommen, dreht sich um, steht auf. Wir umarmen uns. Mir schaudert. Dann umarme ich Angelika. Manchmal, wenn wir zusammen getrunken haben und die Nacht lang wird, will sie rummachen und verlangt nach meiner Zunge. Doch heute ist sie friedlich und erzählt von Freunden, von der Arbeit und von anderen Dingen. Ich setze mich etwas weiter oben auf die Böschung, von wo ich Olli gut beobachten kann. Ich sehe, wie er sich nichts denkt, sehe, dass er mich dann ansieht, sehe, wie er erkennt, was mein Blick fordert, sehe, dass er versucht, weiterhin belanglos zu sein, ganz so, als habe er nichts gesehen. Sehe, wie er gerne in die Gegend schauen und pfeifen würde und wie die in ihm langsam aufsteigenden und durch den Alkohol farbverstärkten Bilder eine Belanglosigkeit nicht mehr zulassen. Ich werde unruhiger. Angelika erzählt von ihrer Arbeit.

Es kommen noch zwei Kollegen von ihr, die ich nicht kenne. Wir begrüßen uns, sie beginnen, sich zu unterhalten. Ich schaue auf Olli. Dann, als mich das Gefühl überkommt, es nicht länger zu ertragen, blicke ich auf den Kanal. Ein kleines Boot schleicht über die spiegelglatte Wasserfläche. Darin sitzen zwei gleichgeschlechtliche Paare; der eine rudert, der andere sitzt ihm gegenüber, trinkt Bier und tätschelt dessen Knie, die beiden Mädels sitzen umschlungen auf der anderen Bank, die eine streicht der anderen gedankenverloren durch die weichen Locken. Ich mag Locken. Ich lasse meinen Blick weitergleiten, vom Wasser zum anderen Ufer. Dort sitzen ebenfalls Leute, die trinken und rauchen, und einige haben sogar einen Grill, von dem leichter Rauch aufsteigt, und wenn man es weiß, dann weht ein feiner Bratwurstduft herüber. In Treptow gibt es tatsächlich noch echtes Fleisch, keine veganen Schnitzel oder Tofu-Würstchen.

Der Boden ist kahl, an jener Stelle des Kanalufers, und erdig braun, da dort durch das viele Laufen, Sitzen, Liegen, Rauchen und Ficken kein Gras mehr wächst. Nur die Bäume sind grün, dort, am anderen Ufer. Wo ich sitze, ist das Unkraut ebenfalls stark zerwühlt, die Reste platt getreten. Es kommen wohl oft Leute hierher, durch den Zaun und das Gestrüpp, um hier zu sitzen und auf den Kanal zu schauen. Obwohl es aufgrund der starken Schräge der Uferböschung gar nicht so sonderlich bequem ist. Man muss die ganze Zeit aufpassen, nicht abzurutschen, sich am besten immer an einem der niedrigen, baumartigen Büsche festhalten. Es ist eben doch kein Strand, hier, am Kanalufer, denke ich einmal mehr. Da mich das irgendwie melancholisch macht, schaue ich wieder auf Olli. Und bin sofort zurück bei meinem Begehren, das ich in meinen Blick und auf seinen Rücken lege, die ganze Zeit, die ich ihn von hinten anstarre, und die ganze Zeit, die Angelika mit ihren Kollegen plaudert. Die ganze Zeit.

Dann sagt Olli: »Ich geh mal mit Vera telefonieren.« Er steht auf, passiert mich, schaut kurz, blickt mich dann direkt an, seine Augen sind intensiv, mein Atem stockt, und er entfernt sich einige Schritte, wo man besser stehen kann, tippt auf seinem alten Handy herum. Ich lausche eine kleine Weile seiner schwachen Stimme. Dann halte ich es nicht mehr aus. Ich stehe auf, ganz belanglos, vielleicht muss ich mich mal in die Büsche schlagen, ich entferne mich, drei, vier Schritte, hangel mich an den Sträuchern zurück nach oben, schlage einen Bogen und stehe bereits unmittelbar hinter Olli, als er spürt, dass ich da bin. Er presst sein Telefon fester ans Ohr. Sein Geruch, die Spannung seiner Nähe zerreißen mir fast die Sinne. Ich schlinge von hinten meine Arme um seine Brust, presse mich an ihn, lasse meine Hände hinuntergleiten, schiebe sein Shirt hoch, fahre mit der anderen in seine Jeans, wo ich sofort alles spüren kann. Ollis Atem stockt. »Mh«, macht er in das Telefon, »und was hat sie dazu gesagt?« Seine Stimme klingt beruhigend klar. »Mh, mh«, macht er wieder und sagt dann: »Und seht ihr euch nächste Woche noch mal?« Ich kann derweilen nichts anderes tun, als meine tastenden Sinne über ihn streifen zu lassen, ihn zu nehmen, mit meiner Nase, meinen Lippen, meinen Fingern, alles von ihm an mich zu raffen und zu vereinnahmen. Dann sagt Olli: »Okay, wir telefonieren wieder, ja? Ja, Freitag, das passt mir. Ja. Okay, ja, o ja, ich dich auch, meine Liebste, ja, Kuss!«

Dann nimmt er das Telefon vom Ohr, drückt drauf herum, starrt es einige Sekunden wie gebannt an, lässt es dann, wo wir stehen, ins Unkraut fallen. Er wirbelt herum, zieht mich hart an sich und zwängt seine Lippen auf die meinen, seine Zunge in meinen Schlund. Ich reiße die Augen auf und scanne mit wildem Blick die Umgebung. Noch ein Stück weiter ist ein Teil der Uferböschung abgerutscht. Dort gibt es eine kleine, einigermaßen gerade Fläche. Niemand scheint sich dort aufzuhalten. Es dämmert auch schon.

Ich schiebe Olli los, auf diese Stelle zu, er stolpert zwei, drei Schritte rückwärts, sieht kurz nach hinten, dann wirbelt er uns herum und mich gleich noch einmal, sodass ich nun mit dem Rücken gepresst an ihm bin und wir beide vorwärtsgehen. Durch seine bereits von mir geöffnete Hose spüre ich seinen harten Schwanz an meinen Shorts, seine eine Hand hält mich an meiner Brust fest an sich gepresst, die andere biegt Zweige zur Seite. Als wir die Stelle erreichen, stößt er mich von sich, sodass ich keuchend nach vorne auf alle viere falle, er ist schon hinter mir, geht ebenfalls auf die Knie, vergreift sich in meinem Haar und zieht meinen Oberkörper daran wieder ruckartig nach oben, und ich nutze seinen Halt, um meine Shorts zu öffnen und knapp herunterzustreifen. Ollis Hand fährt nun von meiner Brust über die Wölbung meines Rippenbogens, meines Bauches in meinen Slip und greift in mein Schamhaar, die andere ist immer noch in meinem Kopf verkrallt. Dann stößt er mich wieder nach vorn, presst sich an mich, reibt hart an meinem Arsch und ist dann auch schon in mir. Ich stöhne auf, versuche, es zu unterdrücken, jenseits des Zauns spielen Kinder. Olli umschlingt meinen Körper, beugt sich vor und schiebt mir eine Hand in den Mund, tief in meinen Rachen, hält mich so und bringt mich gleichzeitig zum Schweigen. Er schmeckt säuerlich nach Erde, Blättern, Bier und Schweiß. Mein Speichel rinnt an seinen Fingern entlang und tropft auf meinen Arm und von dort auf den Boden. Ich bewege mich kaum, kann das so auch gar nicht, in dieser Position, biete ihm nur den natürlichen Widerstand meines weißen Fleisches, an das er nun stößt und schneller stößt, in dem er pulsiert und mich auf diese Weise fickt. Als er kommt, höre ich es kaum, spüre es nur. Noch einmal presst er sich ganz tief in mich.

Dann fallen wir einfach um, auf die Seite, liegen kurz in Löffelchenstellung ineinander verkeilt. Er nimmt nun seine Hand aus meiner Kehle, und daraus läuft mein Sabber auf die braune Erde. Wir werden wohl ganz schmutzig sein, jetzt, denke ich. Zum Glück senkt sich die Dunkelheit weiter über uns. Aus unserer verrenkten Position sehe ich eine kleine gelbe Lichtkugel etwas entfernt im Unkraut aufleuchten. Mit dem Ohr auf dem Boden meine ich sogar, die Vibration zu hören. »Ich glaub, dein Handy klingelt«, sage ich keuchend zu Olli. Er hebt nicht den Kopf, sondern bleibt schwer atmend noch kurz dicht an und halb in mir liegen. Dann umschlingt er mich plötzlich und drückt mich so fest, dass es wehtut und ich nicht mehr atmen kann. Ich spüre seine Nase an meinem Kopf, denke, dass er mich vielleicht nun auf das Haar oder das Ohr küssen wird, doch das tut er nicht. Stattdessen steht er auf, zieht sich mit ein paar Handgriffen wieder an und stapft vor zu seinem Telefon.

Ich bleibe liegen.

»Alles in Ordnung?«, höre ich eine gedämpfte Stimme. Sie kommt aus der Richtung von Ollis Handy. Ich hebe den Kopf und erkenne in der zunehmenden Dunkelheit schemenhaft Angelika, die nun dort steht, wo Olli das Telefon fallen gelassen hat. Sofort ziehe ich den Kopf wieder ein, drehe ihn auf die Seite zum Wasser, drücke mich flach an den Boden, versuche, tiefer darin einzusinken. Jetzt bloß kein weiterer Hangabrutsch!, flehe ich stumm den Kanal an.

»Ich hab mir Sorgen gemacht«, sagt Angelika nun.

»Nein, ach nee«, höre ich Ollis Stimme, ebenfalls gedämpft, da mein eines Ohr sich auf den Boden presst, die Augen habe ich starr auf die spiegelnde Wasseroberfläche geheftet. »Es ist nur, ach – Vera und ich, wir haben uns ein bisschen gestritten, gerade am Telefon. Ich war sauer. Das ist immer blöd, so über die Entfernung, wenn man so was dann nicht direkt wirklich klären kann. Das nervt. Echt nervig.«

»Mh«, macht Angelika. Dann sagt sie leiser etwas, was ich nicht verstehe, und fragt dann: »Wo ist denn Anna hin?«

»Anna? Ach, die ist vorhin schon an mir vorbei. Wahrscheinlich gegangen, nehme ich mal an. Sah so aus. Hat nichts gesagt.«

Kluger Olli, denke ich. Arschloch Olli, denke ich. Ich höre kurz nichts, glaube aber, Angelikas Blick auf meinem halb nackten Rücken oder meinem blanken Arsch zu spüren, wie sie herüber- und mich hier liegen sieht, wie sie mir dabei zusieht, wie ich versuche, nicht da zu sein. Blöde Kuh, denke ich.

»Ja, dann, gehen wir doch zurück«, höre ich sie dann sagen, Olli antwortet irgendwas, und dann werden sie leiser und verschwinden.

Ich warte noch kurz, hebe dann erneut den Kopf, und als ich niemanden mehr sehe, beginne ich, mich im Liegen anzuziehen. In mir brodelt es. Ich bin stinksauer, hab eine Scheißwut, auf Olli, die feige Sau, und noch mehr auf Angelika, die natürlich Bescheid weiß, die alles weiß, mich vielleicht sogar gesehen hat und dennoch so tut, als hätte sie mit alledem nichts zu tun und wäre einfach nur die nette Ex. Ich will sie würgen. Mit Männern habe ich immer Mitleid. Aber Frauen hasse ich, wenn sie das tun, was sie am besten können. Aber eigentlich, genau genommen, liebe ich sie auch dafür. Ich bin ja selbst eine.

Als ich mich fertig angezogen habe, stehe ich auf und klopfe notdürftig Erde, Blätter und Gestrüpp von mir ab. Ich kraxle zurück zum Durchgang im Zaun. Es ist inzwischen ganz dunkel geworden, also so dunkel, wie es im Sommer in Berlin werden kann. Die gepflegten Wiesen haben sich ein wenig von Kindern geleert und dafür mit biertrinkenden Eltern und rauchenden Großeltern gefüllt. Ich gehe zu meinem Fahrrad, schließe es auf. Ich denke an den Sex von gerade und erschaudere kurz vor nachbebender

Erregung. Egal ob Olli ein Arsch ist, geil war es. So hatte ich es mir vorher vorgestellt. Na ja, vielleicht nicht ganz so, aber so ungefähr. So ähnlich. Und dann Olli, der Wichser! Trotzdem geil.

Ich spüre, wie Ollis Erguss aus mir heraus und in meinen Slip läuft. Darüber muss ich grinsen und werde auch rot, was ja niemand sieht im Dunkeln. Und es interessiert auch keinen. Aber mich macht dieser Gedanke an. Wie es dort nun angenehm warm wird, zwischen meinen Beinen, und klebrig, dass ich bei jedem Schritt Ollis Geruch verströme. Ich schwinge mich aufs Rad und verschmiere alles in und an mir mit dem Sattel. Niemand weiß es, dass ich gerade gefickt habe, dass vor wenigen Minuten Olli in mir gekommen ist und ich nun nach ihm rieche. Und nach Erde und Schweiß. Ich kann das spüren. Aber außer mir weiß es niemand. Nur Angelika vielleicht.

11

Lisas Geburtstag

Lisa hat Geburtstag. Und natürlich feiert sie eine große Party. Ich stehe also nackt vor meinem Kleiderschrank, die Türen und Fächer aufgeklappt, die Schmuckschatullen geöffnet, die Tücher und Taschen vor mir ausgebreitet, nippe am Rotwein und kann mich nicht entscheiden. Ich habe allein fast eine Stunde lang Musik für diesen Anlass, also die Kleiderwahl, zusammengestellt, um mich in Stimmung zu bringen: eine solide Mischung aus Jamie Lidell, Bon Iver und Angus & Julia Stone für die chillige Note, Max Prosa für die Melancholie, ein bisschen Blue-Tente- und Flatlex-Style, aber auch *Blue* von Eiffel 65 und *Survivor* von Destiny's Child dürfen nicht fehlen. Sogar The Offspring und The Killers habe ich für angemessen befunden. Schließlich geht es um nichts weniger als Lisas Geburtstag. Das höre ich nun laut, trinke Wein dazu und habe mich eigentlich darauf gefreut, mehrere Stunden lang dieses anzuprobieren, mir jenes vorzuhalten, mit den Fingern über die schmalen messingfarbenen Ketten und großen geometrischen Ohrringe zu streichen und zum krönenden Abschluss einen Berg aus Zara-Stilettos, Vagabond-Boots, Primark-Sneaker, die aussähen wie echte, würden sie nicht so verdammt stinken, und sündhaft teuren Litas unsortiert im Flur zu hinterlassen, um ihn dann später in der Nacht meiner Errungenschaft präsentieren zu können, die ich mitzubringen plane. Um mich dann morgen Mittag, nach dem Ausschlafen und der Entsorgung der Überbleibsel, an den Resten der Auswahlorgie zu erfreuen, die eigentlich viel wichtiger ist als die Party selbst. Es ist schließlich Lisas Geburtstag. Also würde es in jedem Fall voll werden, und an Männern, die sie verehren, würde kein Mangel sein. Vielleicht fällt einer für mich ab.

Doch heute will mir die Stimmung nicht recht gelingen. Von der Kleiderwahl ganz zu schweigen. Meine eine Hand hält das Glas, der Wein ist süffig. Die andere gleitet über Viskose, Wolltweed und weiches Kunstleder und bleibt schließlich an einem anthrazit-orangefarbenen Color-Blocking-Kleid hängen, das mir früher einmal sehr gefallen hat. Ich habe es zuletzt am Tag des Betriebsausflugs getragen. Da war ich hinterher mit zu Jan gegangen, wir haben den ganzen Nachmittag, den ganzen Abend und die halbe Nacht gevögelt, zwischendurch Eis gegessen, Bier getrunken, Jan hatte sogar extra für mich Jever besorgt, und dann wieder den Rest von dem Eis direkt aus der Packung gesoffen, da es in der Zwischenzeit geschmolzen war.

Wir haben ziemlich rumgesaut in Jans winziger Einzimmerwohnung. Das Kleid war hinterher besudelt gewesen, mit Eis- und Bierflecken, mit Sperma und meinen eigenen Körpersäften, Schmiere von meiner Fahrradkette und sogar ein bisschen Blut, weil Jan, der mit dem Auto gefahren war, an einem Abzweig aus Spaß erst ganz dicht vor mir gebremst hat und ich mich dermaßen erschrocken habe, dass ich das Lenkrad verriss und hingefallen bin. Es ist nichts Schlimmes passiert, nur eine kleine Macke am Knie. Wie früher als Kind. In dem schmutzigen, versifften Kleid bin ich dann weit nach Mitternacht noch nach Hause geradelt, dabei trug ich es mit Stolz, eher wie eine Trophäe als wie einen dreckigen Lumpen, der es inzwischen war, wollte es sogar gerne herumzeigen, das schmutzige Kleid, allerdings war es dunkel, und es gab niemanden in dieser Stadt, der sich auch nur im Mindesten für mich und meine Trophäe interessiert hätte.

Ich habe es inzwischen in die Reinigung gegeben. Erstaunlicherweise sind alle Flecken herausgegangen, sogar die Schmiere von der Fahrradkette. Doch obwohl es wieder sauber ist und man ihm nichts mehr von seiner wilden Geschichte ansieht, mag ich es nicht mehr. Ich überlege, ob Lisa gesagt hat, dass Jan käme. Ich bin mir nicht sicher. Jan ist oft wankelmütig, und Lisa würde es an ihrem

Geburtstag nicht ertragen, wenn er mit einer anderen mitgehen oder sogar eine eigene Fickgeschichte mitbringen würde.

Ich betrachte immer noch das Kleid. Ich glaube inzwischen, dass ich es nie wieder tragen will. Es war zwar nicht billig, ist aber trotzdem schlecht verarbeitet. Eigentlich ein Einwegkleid, wie es die minderjährigen Mädchen in Bangladesch millionenfach produzieren, für Frauen wie mich. Von keiner guten Qualität. Eher beliebig. Und außerdem ist Color Blocking echt 2009. Ich weiß gar nicht mehr, wieso ich es überhaupt habe reinigen lassen. Eigentlich hätte ich es auch gleich wegwerfen können, an dem Morgen, an dem ich mit den Flecken zu Hause ankam, als gerade die Sonne aufging.

Ich schenke mir Wein nach, trinke, und die Playlist beginnt zum ersten Mal wieder von vorne mit: »*Yoo, listen up here's the story about a little guy, that lives in the blue world …*« Ich suche weiter in meinen Fächern. Vielleicht doch eine Hose. Mein Blick bleibt an einer Knackarsch-Jeans hängen. Die hatte ich das letzte Mal im vergangenen Winter an, als Emil in Deutschland gewesen ist. Emil. Er wohnt in Australien, kommt nur noch gelegentlich geschäftlich nach Berlin. Er ist ein Machtmensch, ein Macher, Typ Alphamännchen, und das fasziniert mich, obwohl ich nicht schwach bin, eigentlich. Vielleicht liebe ich ihn sogar. Vielleicht. Die Jeans jedenfalls ist nichts für jetzt, es ist viel zu warm. Vielleicht passt sie auch gar nicht mehr. Zwei oder drei Kilo habe ich bestimmt zugenommen seitdem. Ich beschließe, sie nicht anzuprobieren.

Ich trinke mein Glas Wein in einem Zug leer, fülle es wieder, nippe und ziehe mit der freien Hand eine Shorts aus den Stapeln. Da klopft es an der Wohnungstür. Widerwillig drehe ich die Musik leiser und gehe, nur mit meinem Weinglas in der Hand, in den Flur.

»Ja?«, rufe ich.

»Ich bins«, antwortet es von der anderen Seite der Tür. Es ist Max' Stimme.

»Ich hab nichts an!«, rufe ich zurück.

»Macht nichts, ich brauch nur mal eben was.« Toll, denke ich, ich brauch auch nur mal eben was, und zwar was zum Anziehen.

»Moment!« Ich stelle das Weinglas ab, werfe mich in den Bademantel und öffne die Tür. Max steht da und will etwas sagen, dann stutzt er, legt lauschend den Kopf auf die Seite. »Was läuft da für ein Lied?«, fragt er. Das weiß ich auswendig, da ich es gestern erst heruntergeladen habe: »Das ist *Go* von The Chemical Brothers feat. Q-Tip.« Max stellt seinen Kopf wieder gerade und schaut mich blöd an. »Hä?«, macht er. »Der Song heißt *Go* und ist von den Chemical Brothers und Q-Tip«, wiederhole ich. Max glotzt noch drei Sekunden. Dann sagt er: »Q-Tip, sind das nicht die Dinger, die man sich in die Ohren steckt?« – »Ja, eben.« Ich werde ungeduldig. »Hä?«, macht er erneut. »Sag mal, was willst du eigentlich?«, herrsche ich ihn nun an, da ich keine Lust mehr habe, im Bademantel über Ohrschmalz zu reden. »Ah, ja, sag mal, Anna, brauchst du deine zweite Bettdecke gerade?« Ich ziehe eine Braue hoch. »Ich bin nicht nackt, weil ich mich gleich schlafen legen will, falls du das meinst.«

Max winkt ab: »Nee, ich wollte fragen, ob ich sie mir für heute mal ausleihen kann.«

»Wieso?«, frage ich belustigt. »Ist dir jetzt nachts schon kalt, um diese Jahreszeit?«

»Ach, Lisa feiert doch heute ihren Geburtstag.« Eine kleine Pause entsteht. Dann sage ich: »Ja, ich gehe auch hin.«

»Na und Miriam kommt wohl auch.« Ich habe noch nie in meinem Leben etwas von einer Miriam gehört.

»Aha«, mache ich. »Also, vielleicht«, sagt Max. »Ah«, mache ich. »Na ja, also, wahrscheinlich kommt sie auch«, sagt Max. »Mh«, mache ich. »Mensch, Anna, kann ich die Decke jetzt haben oder nicht?«, fährt Max mich nun an, inzwischen sichtlich genervt. »Klar«, sage ich, zucke mit den Schultern und will gerade in mein Schlafzimmer schlurfen, da fällt mir etwas ein. Ich drehe mich wieder zur Tür, nehme mein Glas, das ich auf der Kommode abgestellt habe, und sage zu Max: »Vielleicht brauche ich meine zweite Decke heute ja selbst.« Ich trinke von meinem Wein. Er schmeckt schon viel besser als noch vor einer halben Stunde. Endlich ist er da, der Genuss, den ich die ganze Zeit bei der Kleiderbeschau vermisst habe.

»Ach, Mann, Anna«, sagt Max, »ich hab gar keine Decke.«

»Hä? Wieso hast du keine Decke? Was ist denn mit deiner?«

»Mh, die ist in der Wäsche …« Ich sehe, dass er noch mehr sagen will, es dann aber hinunterschluckt. Doch genau das will ich natürlich wissen.

»In der Wäsche?«, frage ich bohrend. »Soso, da ist sie also schmutzig geworden, deine Decke.«

»Ja!«, macht Max, er faucht es ein bisschen. »Ja, ach Mann, das war …« Er bricht ab und sieht mich an, dann auf seine Füße, dann wieder auf mich. Sein Verhalten erinnert mich an unsere Begegnung im Supermarkt.

Jetzt sagt er: »Das glaubst du mir eh nicht.« Dann schaut er wieder auf seine Füße.

»Versuchs mal«, sage ich und nippe am Wein. Kurz überlege ich, ihn reinzubitten, doch ich will ja nicht, dass es ihm zu gemütlich wird. Max stößt Luft aus, rollt die Augen, beißt sich auf die Lippen.

Dann sagt er: »Das war die Katze.« Jetzt schaue ich ehrlich dumm.

»Was? Welche Katze?«

»Na die von meinem neuen Nachbarn, diese dürre schwarze Katze.«

»Hä?«

»Herkules!«, ruft Max jetzt.

»Ja. Ja, ich weiß, dass die Katze Herkules heißt.« Ich winke ungeduldig ab. Nun muss ich doch mein Weinglas wieder abstellen.

»Wieso war die Katze vom neuen Nachbarn denn in deinem Bett?«, frage ich. Dann bereue ich die Frage sofort, weil mir leise dämmert, dass ich die Antwort vielleicht gar nicht so genau wissen will. Aber meine Neugier siegt, und die Reue verflüchtigt sich schnell.

»Ach, Mann!«, sagt Max und verdreht wieder die Augen. Dann kommen die Worte langsam aus ihm heraus. Und schon nach kurzer Zeit überlege ich, ob es vielleicht nicht doch besser gewesen wäre, wenn ich mir auf die Lippen gebissen hätte, anstatt so störrisch nachzufragen.

»Also«, erzählt Max, »ich bin aufgewacht, weil ich geträumt habe, dass mich jemand auspeitscht« – ich muss grinsen und verschlucke mich kurz, huste, Max schaut böse – »also, da bin ich wach geworden, und auf meinem Bett, also mitten auf der Decke, saß diese blöde Katze und hat sich an meinem frei liegenden Bein die Krallen gewetzt. Als sie gemerkt hat, dass ich hochgeschreckt bin, da hat sie mich völlig wahnsinnig angestarrt mit ihren gelben Augen, und ich habe mich total erschrocken und geschrien – und da hat sie auf meine Decke gekotzt.«

»Bitte?« Ich bemerke, wie ich die Augen ungläubig aufgerissen habe. Ich lache nun nicht mehr.

»Ja, die Katze saß da, und als ich geschrien habe, da hat sie gekotzt, und ich bin halb aus dem Bett gefallen vor Schreck, und dann bin ich gleich rüber und hab Sturm geklingelt bei dem Typen, also meinem Nachbarn. Der hat ewig nicht aufgemacht, und diese wahnsinnige Katze saß da, inzwischen auf meiner Türschwelle, und stierte mich an, und ich dachte, scheiße, wenn der jetzt gar nicht da ist, dann komm ich nie wieder in meine eigene Wohnung, Herkules wird mich nie wieder lebend in meine Wohnung lassen, dachte ich. Und dann hat er endlich aufgemacht und – stell dir vor, der Typ trug eine Schlafmütze! So mit Zipfel und Bommel dran, das war nur peinlich, ein richtiger Albtraum. Also, er hat die Tür geöffnet, und dann hat er mich voll zur Sau gemacht, was mir einfiele, Herkules so zu erschrecken, und dass der einen empfindlichen Magen habe, und überhaupt sei Schlafenszeit, und ich hab ihn gefragt, wie die Katze, zum Henker noch mal, in meine Wohnung gekommen ist, und da hat er gemeint, dass Herkules natürlich Türen öffnen könne. Verstehst du, er hat gesagt *natürlich*, so als ob das das Normalste von der Welt sei, dass eine blöde Katze Türen aufmachen kann, und dann noch Wohnungstüren! Und dann meinte der Typ noch, dass alles meine eigene Schuld sei, und hat dann nur die Katze rübergerufen, und die ist völlig stumm einfach an mir vorbei und bei ihm rein, und er hat die Tür zugemacht, und ich stand halb nackt im Flur, als wäre nix gewesen. Ey, Anna, ich sag dir, hätte ich nicht die Kratzer am Bein gehabt, ich hätte das Ganze für einen Albtraum gehalten. Echt, nur für einen bösen Traum. Na und die Kotze. Die war auch echt. Ja und jetzt ist die Decke halt in der Wäsche. Echt wie ein Albtraum, sag ich dir.«

Max endet. Er hat die Geschichte sehr schnell erzählt und auch sehr gepresst. Ich bin mir nicht sicher, glaube aber, kleine Wasserperlen auf seiner Stirn zu sehen. Oder kommen die aus seinen Augen? Ich verschränke die Arme vor der Brust, löse sie aber sofort wieder und greife nach dem Glas.

»Du hast recht«, sage ich und trinke. »Hä?«, macht Max.

»Du hast recht«, wiederhole ich, »ich glaube dir kein Wort.« Ich leere mein noch recht volles Glas in einem Zug.

»O Mann, Anna, es ist echt wahr, glaub mir, ich fands echt auch alles andere als lustig. Also bitte, kann ich jetzt deine zweite Decke haben, oder was? Bitte«, sagt er.

Max tut mir leid, ich setze erneut mein Glas an, stelle fest, dass es leer ist, knalle es einmal mehr auf die Kommode, drehe mich wortlos um und hole die Decke aus dem Schlafzimmer. »Danke«, sagt Max. Er sieht ehrlich erleichtert aus.

»Wir sehen uns dann gleich, ja? Also gleich, nachher, bei der Party. Ja?«, sagt er noch und dreht sich dann um, die Decke fest an sich gepresst.

»Ja, klar, ja, bis gleich«, sage ich und verziehe das Gesicht, ohne zu wissen, wie das aussieht. Ich schließe die Tür hinter Max und starre sie kurz an. Dann krame ich meinen Schlüssel hervor, stecke ihn ins Schloss und drehe herum. Ich atme erleichtert auf. Einige Sekunden fühle ich mich sicher. Doch anschließend fühle ich mich ziemlich dämlich. Sofort ärgere ich mich über mich selbst, schließe die Tür wieder auf, ziehe den Schlüssel ab und lege ihn weg. Mit gerunzelter Stirn schaue ich auf die Klinke, die sich nicht bewegt. Ich würde doch keine Angst vor einer dürren schwarzen Katze haben. Ganz sicher nicht. Mich von einer Katze in meiner eigenen Wohnung einschüchtern lassen: Niemals! Ich nicke zur Tür, packe mein leeres Weinglas ganz fest und gehe zurück zu meinem Kleiderschrank. Ich schenke mir nach, trinke das Glas leer, gieße erneut ein und konzentriere mich wieder auf die klaren Formen, minimalistischen Farben und gradlinigen Schnitte, die mich aus meinem geöffneten Kleiderschrank anfrosten. Zu cool für diese Welt. Der Anblick beruhigt mich. Ich höre auf die Musik. Die Liste ist schon wieder einmal durchgespielt, und Eiffel 65 fordern mich erneut auf: »*Yoo, listen up here's the story …*«

Nun muss ich mich aber endlich einmal wieder realen Problemen zuwenden. Ich betrachte die Shorts, die ich vorhin noch aus dem Stapel gefischt habe, bevor Max an der Tür war. Doch ich nehme sie schon gar nicht mehr in die Hand. Sie sitzt knackig, keine Frage, betont den Po und zeigt viel Bein, ist umwerfend mit hohen Absätzen und supersmart mit meinen gefaketen Miu-Miu-Slippern. Doch sie hat Grasflecken und ist stellenweise dunkel von Erde. Ich habe sie getragen, als ich mit Olli am Kanal gefickt habe. Nachdem sie danach gewaschen war, war sie aber immer noch schmutzig. Da habe ich sie eingeweicht. Doch auch nach der zweiten Wäsche sah sie aus wie zuvor. Daraufhin habe ich sie wieder eingelegt, vorbehandelt, geseift, geschrubbt und erneut gewaschen, und zwar bei 60 Grad, doch die grünen und braunen Schmutzflecken sind unglaublich hartnäckig. Ganz im Gegensatz zu denen vom Color-Blocking-Kleid. Verblasst sind sie zwar, wie die ganze Hose inzwischen, aber immer noch zu sehen, wenn man mir halt auf den Arsch schaut, was ja der Sinn der Hose ist. Merkwürdig, denke ich, bei dem Kleid ist es so einfach gewesen, es sauber zu bekommen, aber die Hose, die ich vielleicht sonst jetzt angezogen hätte, die ist hinüber. Dann beschließe ich, dass es eigentlich egal ist. Auch sie ist Trash, so wie das Kleid, überteuerte Einwegkleidung, produziert wahrscheinlich in Nordkorea mit gefälschten »Made in China«-Zettelchen. Also weg damit.

Die Zeit ist inzwischen fortgeschritten. Ich ärgere mich, das ganze schöne Auswahlritual ist dahin. Ich will mein Glas stürzen, aber es ist schon wieder leer, also greife ich nach der Flasche, doch auch der kann ich nur noch eine Neige abringen. Gemeine Welt, denke ich. Und dann diese Katze! Ich ärgere mich schon wieder, weil ich das denke, und greife nach irgendeinem Kleid, das jetzt passen muss. Schwarz ist es, und das steht mir, weil es immer und allen steht. Da fällt mir ein, dass ich es zum letzten Mal getragen habe, als ich in einem Club von Olli bei diesem einen Freund abgelegt worden war, da er seine Tussi aus England zu Besuch hatte. Daraufhin ärgere ich mich erneut und will es weglegen. Aber Olli wird heute nicht kommen. Er ist in England, bei Vera. Also beschließe ich, es trotzdem anzuziehen. Vielleicht ist es eine gute Gelegenheit, um das Kleid zu rehabilitieren. Ich muss mich jetzt auch wirklich ein wenig beeilen, wenn ich meinen Auftritt noch zelebrieren möchte, bevor alle völlig betrunken sind. Angemalt habe ich mich schließlich auch noch nicht. Die Playlist beginnt wieder von vorn.

Gerade habe ich das Kleid bereitgelegt, den Bademantel abgestreift und mich dagegen entschieden, noch eine Flasche Wein zu öffnen, da klopft es erneut. Ich zucke zusammen.

»Ja«, rufe ich und stelle fest, dass meine Stimme leicht schrill klingt.

»Ich bins noch mal«, kommt Max' Stimme dumpf von der anderen Seite der Tür. Ich ziehe den Bademantel wieder an und öffne. »Sag mal«, beginnt er, »hast du vielleicht auch noch ein Laken? Meins ist irgendwie … also nicht so … also, es ist auch in der Wäsche …«, sagt er. Dann bricht er ab und wird rot. Wieder starrt er auf seine Füße. Ich starre ebenfalls einige Sekunden, dann drehe ich mich wortlos um, hole ein Bettlaken und gebe es ihm.

Ich werfe den Bademantel wieder von mir, habe auf der Playlist einige Lieder weggeklickt und zur optischen Entspannung erst einmal die Klappen des Schuhschranks geöffnet, da klopft es erneut. Ich stapfe zur Tür und reiße sie auf, so wie ich bin. »WAS?«, schreie ich. Dabei denke ich ganz kurz daran, dass es vielleicht auch der neue Nachbar oder gar seine wahnsinnige Katze sein könnte, ganz kurz nur, eine halbe Sekunde, bevor ich Max erkenne, der sich unwillkürlich wegduckt.

»Anna, ich wollt nur fragen, sag mal, hast du vielleicht noch Kondome?«

*

Die Party von Lisa ist schlussendlich okay. Nicht die Party meines Lebens und wohl nicht einmal die des Jahres, aber okay. Wie so viele, an die man sich nach einer Weile nicht mehr erinnert. Lisa ist die Schönheit des Abends. Olli ist nicht da. Jan kommt mit gleich zwei Mädels, von der die eine jedoch schnell wieder irgendwohin verschwindet. Vielleicht ins Bad oder ins Berghain, das weiß niemand. Die andere scheint kein Interesse daran zu haben, Lisa ihren Geburtstag streitig zu machen. Wahrscheinlich weil man auch einfach so zugeben muss, dass sie um einiges jünger, größer und schlanker ist als alle anderen anwesenden Frauen. Also gräbt Lisa so lange an Jan herum, bis sie es endlich schafft, sich seiner Zunge vor den Augen seiner Begleiterin zu bemächtigen, und lässt die beiden dann von ihren Bittstellern hinauswerfen. Jan meint, er wolle eh noch woandershin gehen, und zwei von Lisas sogenannten Freunden schließen sich gleich an. Einer Miriam begegne ich nirgends. Dann, irgendwann, als ich schon sehr viel getrunken habe, gehe ich zu Max. Ich sage: »Max, sag mal, stimmt das wirklich? Die Sache mit der Katze, mein ich …« Max schaut mich mit großen Augen an.

Sein Blick ist glasig. Dann setzt er sein Bier an, trinkt es in einem Zug leer, stellt die Flasche knallend ab, dreht sich um und lässt mich stehen. Später gehe ich allein nach Hause und schließe die Wohnungstür von innen zu. Vor dem seligen, besoffenen Einschlafen denke ich noch ganz kurz an Emil. Dann bin ich weg.

Am nächsten Nachmittag bringt Max mir meine Bettdecke und mein Laken zurück. Er habe sie nicht gebraucht, sagt er, er habe bei Lisa geschlafen. Auch weil er sich ein bisschen gefürchtet habe, allein in seiner Wohnung zu sein, mit dem neuen Nachbarn. Natürlich, sage ich. Über die Kondome sprechen wir nicht. Ich habe das Bedürfnis, wieder Rotwein zu trinken.

12

Schlüssel

Es klingelt. Ich öffne. Vor meiner Tür steht der neue Nachbar, der Goa-DJ aus dem oberen Stock. Um seine Beine schleicht seine dürre schwarze Katze. Mein linkes Augenlid beginnt, unwillkürlich zu flackern. »Ja?«, sage ich langsam. Der Goa-DJ schiebt sein Kinn vor. »Gib mir einen Schlüssel!«, fordert er mich auf. »Einen Schlüssel? Was denn für einen Schlüssel?«, frage ich ratlos. »Hier von deiner Tür«, sagt er. Ich verstehe gar nichts. Es nervt mich mittlerweile ziemlich, dass in diesem Haus offensichtlich nur Kerle wohnen, die ständig bei mir klingeln, weil sie irgendetwas wollen und sich dann nicht richtig artikulieren können. »Sie wol-len mei-nen Woh-nungs-schlüs-sel?«, frage ich deshalb, jede Silbe betonend. Mir ist eingefallen, dass ich ja nicht einmal weiß, welches eigentlich die Muttersprache meines neuen Nachbarn ist. Vielleicht hat er einen Migrationshintergrund und versteht mich deswegen schlecht. Ich will ja nicht unhöflich sein. »Nein!«, ruft dieser nun unwirsch und schaut mich an, als hielte er mich für besonders dämlich. Dann sagt er: »Nicht deinen! Gib mir einen anderen. Hast du noch einen da? Lass einen nachmachen!«

Ich weiß nicht, was ich sagen soll, und starre ihn zwei Sekunden an. In meinem Kopf arbeitet es. Dann entscheide ich mich für eine Antwort. Doch eher mit dem Bauch als mit dem Kopf. Denn ich bin langsam wirklich gereizt, wegen dieses Typen und noch viel mehr wegen seiner wahnsinnigen Katze, die zu seinen Füßen hockt und mich mit ihren gelben Schlitzaugen anstarrt. Wie in einem Albtraum! Kurz habe ich das Bedürfnis, um Hilfe zu rufen. Dann blinzle ich diese Unsicherheit weg, steigere mich lieber weiter in meine latente Gereiztheit hinein und beschließe die Offensive.

Ich trete einen Schritt auf den Goa-DJ zu. Die dürre Katze faucht. Ich sage lauernd: »Du willst, dass ich dir einen Schlüssel zu meiner Wohnung nachmachen lasse?« Mein Nachbar stellt sich nun gerade hin und zuckt mit den Schultern. »Ja, damit ich mal rein kann, wenn was ist. Oder ihn dir geben, wenn du dich aussperrst. Es ist immer gut, einen Schlüssel irgendwo zu haben. Beim Nachbarn. So macht man das.«

Nun ist es an mir, meine Augen zu schmalen Schlitzen zusammenzukneifen und ihn zu fixieren, als könne ich so seine wahren Beweggründe hinter seiner Stirn lesen. Doch ich sehe gar nichts und spüre schon, wie meine aufsteigende Aggression wieder in einem Rauchwölkchen zu verpuffen droht. Das Gewusel am Boden macht mich nervös. Ich sage langsam: »Ja, das macht man so. Aber Max hat schon einen Schlüssel. Ich glaube, das reicht.«

Der Goa-DJ schiebt nun wieder sein Kinn vor, blickt auf seine Katze, dann winkt er ab:

»Ach ja, ihr bumst ja.«

»Äh«, mache ich, aber es klingt mehr wie ein Husten. Nun weiß ich wenigstens, dass der Kerl doch älter ist, als ich zunächst dachte, da niemand aus meiner Generation plus der nächsten beiden heutzutage noch das Wort »bumsen« benutzt. Und nun ist es an mir, das Kinn vorzuschieben, und ich sage:

»Also, eigentlich geht es dich gar nichts an, aber nein, wir … sind kein Paar mehr.«

»Aha«, macht der Goa-DJ und sagt dann: »Na hast ja auch so genug andere drin.«

»Bitte?«, entfährt es mir, und einmal mehr bin ich sprachlos an meiner eigenen Wohnungstür. Der Goa-DJ winkt wieder ab:

»Also, wenn du was brauchst, oder so, mal jemanden zum Gießen, weißt schon, das Gestrüpp, dann sag Bescheid. Dann leih ich mir den Schlüssel von dem anderen da.«

»Max«, sage ich reflexhaft. »Äh, okay, also …«, mache ich noch, weiter komme ich nicht, denn da dreht sich der Goa-DJ schon wieder um, schiebt mit einem Bein seine Katze zur Seite, ich höre ihn brummen: »Komm, Herkules, ein andermal«, und dann verdrückt er sich wieder die Treppe hinauf. Ich schließe meine Tür. Dann stehe ich innen davor und schüttele den Kopf. In mir hallen seine Worte nach, die er an seine Katze gerichtet hat: Ein andermal! Ich überlege, ob ich wirklich wissen will, was er damit der wahnsinnigen Katze hat sagen wollen. Ich schüttele immer noch den Kopf, kann gar nicht mehr aufhören, fällt mir auf. Ich denke an Max, denke an gelbe schmale Schlitzaugen, denke an einen Albtraum. Dann besinne ich mich, hole meinen Schlüssel hervor, drehe ihn im Schloss herum und lasse ihn stecken. Sicher ist sicher. Auch wenn ich mich gerade nicht so fühle. Aber blöd komme ich mir nun nicht mehr dabei vor. Und auch das beunruhigt mich.

13

Am Strand

Als ich mit der Ringbahn in Richtung Westhafen fahre, dämmert es schon. Vor dem Fenster ziehen rückwärtig gelegene Häuserzeilen vorbei. Viel Altbau. Auf dem breiten Streifen zwischen Häusern und Gleisen gibt es Supermärkte für vietnamesische und libanesische Spezialitäten, Fachhändler für merkwürdige Produkte, Prostitution und sonstiges Kleingewerbe. Vom Westhafen muss ich noch ein ganzes Stück laufen bis zum Strandbad Plötzensee, das um 21 Uhr offiziell schließt und danach keinen Eintritt mehr kostet.

Am Ufer ist noch einiges los. Ich halte Ausschau nach meinem Grüppchen, sehe aber nur Olli und Jan etwas abseits sitzen. Sie trinken Bier und unterhalten sich. Vielleicht starren sie auch nur auf den See, das kann ich in der zunehmenden Dunkelheit nicht richtig erkennen. Ich gehe zu ihnen. »Hey«, sage ich und grinse. »Hallo«, sagt Olli. »Na«, sagt Jan. Ich bleibe vor ihnen stehen, sodass sie zu mir aufschauen müssen. Jan tut das auch. Olli blickt aufs Wasser. »Wo sind denn die anderen?«, frage ich. »Welche anderen?«, entgegnet Olli und schaut mich nun doch an. Er trinkt von seinem Bier. »Na, ich dachte, es wären noch mehr hier«, sage ich, »so Max und Lisa und Angelika ...«

Jan schaut mich weiter an. Olli blickt wieder zum See. »Nee, die sind nicht da«, antwortet Jan. Ich will noch weiter nachhaken, lasse mich dann aber stattdessen einfach auf den Boden sinken. Es ist müßig, Jan jedes Wort aus der Nase zu ziehen, ob sie nun nicht kommen können oder wollen, oder ob die beiden sie gar nicht gefragt haben – das macht auch keinen Unterschied, da ich es nie erfahren werde. So sind also nur wir drei hier am Strand. Auch gut.

»Habt ihr noch ein Bier für mich?«, frage ich. Erst bewegt sich keiner. Dann dreht Jan sich um und kramt in seinen Sachen, öffnet eine Flasche mit seinem Feuerzeug, gibt sie mir. Wir trinken Bier und schauen auf den See und der Sonne dahinter beim Versinken zu. Sie taucht Wolkenstreifen in romantische bis kitschige Farben und verschwindet dann langsam in den Bäumen. Es wird kühler und auch zunehmend leerer am Strand.

Ich drehe mich um, so, als schaue ich nach Fremden, betrachte aber die beiden Jungs links und rechts von mir. Ich bin verunsichert. Schon öfter habe ich nur mit Jan und Olli gemeinsam den Abend verbracht, geredet und gelacht und bis zum lallenden Ende überteuerten Gin Tonic getrunken. Mal bin ich dann mit dem einen im Bett gelandet, mal mit dem anderen. Als ich noch ganz frisch in der Agentur war, so sechs oder acht Wochen vielleicht, und Angelika gerade mit Olli Schluss gemacht hatte, da waren wir drei irgendwo in Kreuzberg in einer Kneipe versackt, und auch wenn ich damals den Eindruck gehabt habe, dass die beiden mich zum Geradestehen genauso brauchten wie ich sie, denke ich mittlerweile, dass sie irgendeinen Plan hatten. Ob der mit den Dingen zu tun hatte, die dann passiert sind, weiß ich nicht. Olli hat gejammert: »Ich kann nicht nach Hause. Da ist Angelika, und ich liebe sie. Ich liebe diese Frau. Warum hat sie das getan? Ich liebe sie. Ich hasse sie. Ich will sie nie wiedersehen, nie mehr! Nicht heute Abend. Ich liebe sie. Ich kann nicht nach Hause.« Und Jan hat geantwortet: »Olli, du kannst bei mir schlafen. Ich wohne ja gleich um die Ecke.« Und ich habe gesagt: »Ich weiß nicht, wie die Nachtbusse fahren. Und wo? Ich hab so was von keine Ahnung. Wo ist denn überhaupt die nächste Haltestelle? Wisst ihr das?« Und Jan hat geantwortet: »Anna, du kannst bei mir schlafen. Ich wohne ja gleich um die Ecke.«

Jan wohnte kein bisschen um die Ecke, und die nächste Haltestelle wäre direkt vor der Tür der Kneipe gewesen. Heute weiß ich das. Damals sind der traurige Olli und die betrunkene Anna einfach dem allwissenden Jan hinterhergetapert, zu einer anderen Haltestelle mit einem anderen Nachtbus, noch zweimal umsteigen und schon waren wir »um die Ecke« im Prenzlauer Berg. Wir stolperten alle in Jans winzige Wohnung, und plötzlich standen wir auch schon nackt voreinander, keiner wusste, wie das geschehen ist. Wahrscheinlich hatten wir uns alle einfach ausgezogen. Wir schlüpften zu dritt unter die übergroße Decke von Jans Kingsize-Bett, ich in der Mitte, und schon lag ich in seinen Armen, unsere Lippen verschmolzen, und er zog mich eng an sich und presste meine Brüste an seine Rippen. Ich hörte Olli von der anderen Seite des Bettes schwer atmen. Da drehte ich mich zu ihm um, er schaute zu uns, ob er onanierte, wusste ich nicht, und Jan sagte: »Nimm du sie«, und daraufhin lächelte ich und fühlte mich hingegeben, ihnen beiden, und ich glitt an Olli heran, der wie wild über mich herfiel und laut stöhnend und schnaufend auf und in mir hin und her rutschte und mich dann halb zur Seite drehte, sodass Jan sich von hinten ebenfalls an mir reiben konnte. »Nimm du sie«, hat der eine zum anderen gesagt.

Daran denke ich, als ich nun zwischen den beiden am Strand sitze und zuschaue, wie die sinkende Sonne den Himmel einfärbt. Da ich mit diesen Erinnerungen nicht alleine sein will, rücke ich näher zu Olli. Der starrt auf das Wasser. Jan sieht mich an. Ich drehe mir die Haare auf dem Kopf zusammen, habe aber nichts, um den Dutt zu befestigen. Also lasse ich sie wieder herabfallen. Ich lehne mich etwas zurück. Dann scheint Olli erst wieder zu bemerken, dass ich auch anwesend bin. Jan steht auf und sagt: »Ich geh mal für kleine Jungs.« Als er einen gefälligen Abstand erreicht hat, schlinge ich den Arm um Olli und schmiege mich an seine Flanke. Ich schiebe meinen Kopf von unten hinauf, um seinen Mund einzufordern, doch Olli starrt mich nur an. »Anna …«, sagt er und dann: »Wie läuft denn dein neues Projekt? Wo ist das noch gleich?« Ich bin frustriert und lasse von ihm ab. »Ach, ganz okay so weit«, sage ich und verschweige geflissentlich den Namen des 20.000-Seelen-Kaffs, lümmel mich neben ihm im Sand herum, male mit dem Finger Kringel hinein. Wir sitzen stumm, bis Jan zurückkommt. Dann habe ich keine Lust mehr, hin und her geschoben zu werden. »Ich geh schwimmen«, sage ich, stehe auf, ziehe mich aus und renne splitternackt ins mittlerweile nachtblaue Wasser. Es ist angenehm kühl auf der heißen Haut, und kleine Wellen plätschern mir an Ohren und Mund. Doch recht schnell wird es ziemlich kalt. Als ich wieder herauskomme, ist Olli fort, und Jan sitzt allein bei meinen Sachen. »Wo ist Olli?«, frage ich. »Dort, wo ich vorhin war«, sagt Jan. Er schaut mir ins Gesicht. Dann gleitet sein Blick über meinen nackten Körper, der nicht verhehlen kann, dass ihn fröstelt. Er lächelt. Aber es wirkt irgendwie nicht freundlich. »Gibst du mir das Handtuch?«, frage ich und deute neben ihn. Er nimmt es, hält es hoch, jedoch nicht mir entgegen. Ich strecke die Hand aus. Inzwischen zittere ich stark vor Nässe, Kälte und vor Erregung, wobei es keine sexuelle ist. Mit dem freien Arm umschlinge ich notdürftig meinen Leib. Jan macht keine Anstalten, mir das Handtuch zu reichen. Ich beuge mich weiter vor, kann jedoch keinen Schritt mehr tun, da ich bereits direkt vor ihm stehe und weil meine Füße sich in den Sand eingegraben haben. So falle ich neben ihn auf die Knie und fingere auf diese Weise, als sich bereits Teile meiner feuchten Gliedmaßen an seine Kleidung pressen, endlich nach dem Handtuch. Doch Jan lässt es nicht los, er senkt nicht einmal den Arm in meine Richtung. Er starrt mich an. Mich an dem Handtuch festhaltend, den anderen Arm immer noch um mich selbst geschlungen, starre ich zurück, die Augen weit aufgerissen zum Sehen, im diffusen Mondschein. Wir führen unsere Köpfe zueinander, und unsere Lippen treffen sich zu einem wilden Kuss. Doch er ist nicht leidenschaftlich. Nach nur Sekunden lösen wir uns wieder voneinander. Jan lässt nun endlich das Handtuch los, ich, immer noch kniend, beeile mich, mich darin einzuwickeln, doch es lindert das Beben nicht. Jan steht auf. Ich schaue zu ihm hoch. »Ich geh jetzt«, sagt er und macht im Sand einen Schritt rückwärts. Ich schaue ihn weiter an und schweige. Er schaut zurück. Dann sagt er: »Wir sehen uns morgen Abend.« Ich schweige. Da dreht er sich um und verschwindet in der Dunkelheit. Olli kommt zurück. »Wo ist Jan?«, fragt er. »Gegangen«, sage ich. »Du zitterst ja«, sagt er da, und es klingt ehrlich erstaunt, so als wolle er sagen: So habe ich dich ja noch nie gesehen. »Mir ist kalt«, sage ich, ohne ihn anzuschauen. »Oh«, macht Olli. Er steht noch, und einen kurzen Moment sieht es so aus, als wolle er sich zu mir herunterbeugen und mich in den Arm nehmen, um mich zu wärmen. Zumindest bilde ich mir das ein. Dann lässt er sich einfach ein Stück neben mir in den Sand plumpsen und nimmt sich noch ein Bier. Wir sprechen nicht viel. Ich schaue auf das Wasser. Doch das Einzige, was sich in den kleinen Wellen spiegelt, ist der zuckende Mond.

Ich mach mich auf den Rückweg durch die dunklen Straßen. Mein Haar ist feucht, und mich fröstelt. In der Nähe des Eingangs vom Strandbad kommt ein fremder Mann zielstrebig auf mich zu. Da ich mit Zittern beschäftigt bin, bemerke ich ihn erst, als er mich anspricht. »Wissen Sie, wie viele Menschen im KZ Plötzensee hingerichtet wurden?«, fragt er mich ohne Vorwarnung. Meine Augen werden groß, ich mache den Mund auf und wieder zu, schlucke trocken. Dann schüttle ich stumm den Kopf. Der Mann sackt ein wenig zusammen und wirkt resigniert. »Ich auch nicht«, sagt er, »aber es müssen Zehntausende gewesen sein. Vielleicht Hunderttausende. So etwas sollte man eigentlich wissen.« Er bleibt noch stehen, so als warte er, ob mir die Zahl noch einfiele. Doch ich bin ganz leer. »Ja, sollte man eigentlich«, erwidere ich dann. Meine Stimme ist sehr kratzig. Der Mann geht kopfschüttelnd davon. Ja, man sollte so viel, eigentlich, denke ich und laufe zur S-Bahn.

Ich fahre durch die wenig beleuchteten Ringgebiete und starre aus dem Fenster, kann jedoch nichts sehen außer mich selbst und dazwischen ein paar spärliche, scheinbar weit entfernte Lichter. Und so sehe ich mich an, betrachte das Spiegelbild des hellen Wagens, wie die Sitze und die wenigen Menschen von innen nach außen strahlen und mittendrin ich, zentriert in meinem eigenen Blickfeld. Ich ziehe mir Grimassen, was jedoch nichts hilft gegen das Stechen in meiner Wange und keineswegs die Bilder aus meinem Kopf verscheucht oder die Gerüche aus meiner Nase. Ich hebe die Hand ans Gesicht. Ja, es ist meine Haut, die so riecht, etwas faulig nach abgestandenem Seewasser, nach Sand, nach Sonne und Schweiß und auch nach Jan. Und wenn ich die Augen schließe, mich sperre vor meinem eigenen Zerrbild, dann kann ich mir einbilden, dass ich auch nach Olli rieche, nur ein ganz kleines bisschen. Oder nach …

Ich reiße die Augen wieder auf. Ich sehe mich, wie ich mich selbst mit zusammengezogenen Brauen anstarre in der reflektierenden Scheibe. Da nehme ich schnell die Hand wieder herunter, lege sie in den Schoß. »Das nächste Mal treffen wir uns am Schlachtensee«, sage ich zu dem Bild im Fenster.

14

Das Spielzeug

In dem Sommer, in dem kein Sommer war, lernte ich Emil auf einer Zugfahrt kennen. Ich kam von einem Sondierungsgespräch, war nach den anstrengenden Tagen reichlich erschöpft und sah vermutlich entspannt aus. Er hat mich angesprochen, erzählt, dass er in Australien wohne, nur gelegentlich geschäftlich noch in Deutschland sei, gefragt, was ich so täte. Ich war durch die vergangenen drei Tage leergeredet, blieb vage, wollte nicht viel von mir erzählen. Mit ihm schlafen wollte ich schon.

*

Nun bin ich wieder mit Emil unterwegs. Das ist immer anregend, und ich befinde mich auf der sicheren Seite. Ist er in der Stadt, ruft er mich an, und wir gehen aus. Manchmal finde ich es sehr unbefriedigend, dass er nicht verfügbar ist, wenn mir der Sinn danach steht. Doch ich habe viel Zeit darauf verwendet, mir einzureden, dass es wohl besser so ist. Denn ansonsten würde es für mich irgendwann kein Morgen mehr geben, und ich würde mich verlieren in seiner Lust, seiner Haut, seinem Verlangen und seinem Zehren und Zerren an mir, bis hin zur gnadenlosen Selbstaufgabe. Denn vielleicht liebe ich ihn. Nur vielleicht. Und so sehen wir uns selten, und wenn er nicht da ist, lebe ich einfach weiter bis zu einem nächsten Mal.

Und nun ist Emil in der Stadt, und wir gehen aus. Wir schieben uns in einen stickigen Club, trinken Bier, lachen und lassen unseren hitzigen Gemütern freien Lauf. Dann treibt es meinen zuckenden Leib auf die Tanzfläche. Eng wabern die Menschen unter blitzenden Lichtern. Es riecht nach Schweiß und Lust und ein wenig nach süßlichem Kraut. Ich wiege mit, lasse mich treiben, spüre Haut an Haut, dann eine Wange auf meiner Schulter, weiche Hände an meinen Hüften. Ich greife nach ihnen, ziehe sie um meinen Bauch, schmiege mich an den nahe gerückten fremden Körper. Dann drehe ich mich um. Mich im Arm hält ein Mädchen, sehr jung noch, mit niedlichen Gesichtszügen, langes dunkles Haar umhüllt sie, mehr kleidend als rahmend. Ich blicke sie an und habe sofort das Bedürfnis, ihr Gesicht zu berühren. Ich hebe die Hände. Doch da stößt sie mich weg, hinaus aus ihrer Umarmung, wirft den Kopf in den Nacken und lacht schallend. Eine halbe Sekunde blitzt es in mir auf. Doch dann lache ich ebenfalls, drehe mich um und schicke mich an, wieder in die Menge einzutauchen. Das kann sie jedoch nicht zulassen. Wieder umschlingen mich ihre Arme von hinten, ziehen mich an sich, wieder drehe ich mich zu ihr herum, dann lange auch ich nach ihr, drücke mich kraftvoll gegen sie und lege nun endlich meine Hände auf ihr Gesicht. Sie hat meinem Willen wenig entgegenzusetzen. Harmlos krallen sich ihre Nägel in meinen Rücken. Ich betrachte ihr süßes Antlitz eine kleine Weile. Dann senken sich meine Lippen auf die ihren, und sie haben sie noch nicht ganz berührt, da schiebt sich ihre Zunge fordernd aus ihrem Mund heraus. Wir küssen uns intensiv und ohne Hast. Dann ist es ihr offenbar genug oder schon zu viel, abrupt stößt sie mich erneut weg, und ich lasse sie, drehe mich um und gehe zu Emil.

»Was tust du, meine Hübsche?«, fragt er mich. »Ich habe jemanden kennengelernt«, antworte ich. Er lächelt, seine Hand legt sich auf meinen Nacken, dann steht das Mädel auch schon vor uns, unschlüssig, ihr Abstand ist gebührend. Vielleicht sagt sie etwas, ihre Lippen scheinen sich zu bewegen, doch wenn, so geht es im allgemeinen Rauschen der Nacht unter.

Ich greife nach ihr, ziehe sie an mich, reibe meine Wange an ihrer, bis unsere hungrigen Münder sich wiederfinden. Sie lässt es widerstandslos zu. Ich schiebe sie leicht herum. So steht sie nun zwischen mir und Emil. Wir lösen uns voneinander, und sie schaut zu dem Mann hoch. »Das ist Emil«, sage ich. Er beugt sich ein wenig zu ihr hinunter, und sofort lässt sie sich auf ihn ein, gibt ihren Mund hin zum Kuss und schlingt einen Arm um seinen Hals. Mir gefällt es sehr, seine Lust zu sehen, zu beobachten, wie ihr Wille dahinschmilzt unter seinen Lippen, wie sie ganz angefüllt wird mit einer Wildheit, die nicht die ihre ist und die sie bis dahin nicht gekannt hat, wie ihr zuckender, weil noch widerständiger Leib verrät. Dann habe ich genug gesehen. Ich will fühlen, brenne, ja lechze vor Verlangen. Ich presse mich von hinten an sie und drücke ihren kleinen Körper an Emil. Mit der einen Hand fahre ich über ihren Arm, der noch um seinen Hals liegt, schiebe sie dann in die ihre und streife mit ihren und meinen Fingern in sein Haar, wodurch seine Küsse noch inniger werden. Die andere Hand greift an ihre Hüfte, tastet sich an der Jeans entlang, schiebt sich dann unter ihr Shirt, über die weiche Haut am Nabel, hinauf, ganz sanft an ihrer Brust vorbei – ein leises Stöhnen entfährt mir – und schiebe von unten den Ausschnitt über ihre Schulter, auf die sich sogleich meine Zunge stürzt, die nur auf pulsierende Haut gewartet hat.

Ich spüre die Kleine zittern, spüre sie unschlüssig werden, wie sie zweifelt, wie sie kippt, wie ihr Kopf sich wieder anschaltet und wohl meint, dass etwas nicht stimme, wie sie vielleicht die Augen aufreißt. Doch nun ist es zu spät. Nun steht sie zwischen uns, spürt wohl auch etwas, und zwar die Auflösung aller körperlichen Grenzen, das überwältigende und alles verschlingende Verlangen, das, einmal freigesetzt, kein Halten mehr kennt. Sie beginnt, an unseren Umklammerungen zu zerren. Da fährt Emils Arm, der bisher locker irgendwo auf ihrem Körper gelegen hat, hoch, legt sich wie ein Schraubstock um ihren Rücken, der andere umschlingt mich und zieht mich so stark an sie heran, dass es mir die Luft aus den Lungen presst. Ich selbst löse meine Finger von den ihren und aus Emils Haar, verschränke meinen Arm mit seinem und fahre mit der Hand quer über ihren Körper zu der Schulter, an der nach wie vor meine Zunge haftet, ihren Oberarm hinab und schließe sie dort fest um ihr Fleisch, sodass sie sich nicht mehr rühren kann. Ein unterdrückter

Laut entringt sich ihrem und Emils Mund. Nun beginnt sie, sich zu wehren, spannt sich, zappelt in unserer Umarmung, zieht an ihren umschlossenen Gliedmaßen und will den Kopf wegdrehen, sich befreien von Emils gierigem und luftabschnürendem Saugen an ihr.

Sekunden beobachten wir fasziniert ihre anschwellende Panik. Dann lockern wir unsere Griffe, lassen ab von ihr und sie frei, und sie duckt sich weg, schlüpft hinaus, aus unserer innigen Mitte, stolpert zur Seite, zwei, drei Schritte, bleibt dann stehen, wirbelt herum und starrt uns an, zitternd, mit weit aufgerissenen Augen. Ich erwidere ihren Blick ruhig. Emil sieht kurz zu mir, legt behutsam den Arm um mich, blickt dann ebenfalls auf sie. Sie steht dort einige Sekunden, atmet, wird ruhiger. Ihr Zittern lässt nach. Dann kommt sie wieder auf uns zu, bleibt dicht bei uns stehen. Wir rühren uns nicht. Sie hebt die Hand und streicht Emil über die Wange. Dann wendet sie sich mir zu, gibt mir nur einen flüchtigen Kuss auf den Mund und schmiegt sich dann eng an meine Schulter. Ich lege schützend den Arm um sie.

Später gehen wir. Ob zu zweit oder zu dritt, macht für uns keinen Unterschied. Ich rede nie viel mit Emil.

15

Heiraten und Hitler, das Pack

Im Feuermelder am Boxi trinkt man Strongbow mit Eis. Olli und ich sitzen uns beim Bier gegenüber. Olli sagt mit fester Stimme: »Anna, wir können nicht mehr miteinander schlafen. Ich liebe Vera. Wir werden heiraten. Ich werde ihr einen Antrag machen. Ich mache ihr einen Antrag, wenn sie das nächste Mal in Deutschland ist, und dann heiraten wir. Also können wir nicht mehr miteinander schlafen.« – »Aha«, sage ich.

Auf der anderen Straßenseite, an der Ecke vom Boxi, gehen zwei junge Männer mit Hunden aufeinander zu. Der eine hat sein Tier an der Leine, der andere nicht.

Olli nippt an seinem Bier. Er stellt die Flasche auf dem Tisch ab, hält sie jedoch fest. Dann hebt er sie wieder und leert sie in einem Zug. Er nimmt sie und meine auch, in der noch eine Neige ist, verschwindet im Inneren des Feuermelders und kommt kurze Zeit später mit zwei neuen zurück.

Der Hund ohne Leine läuft vor. Er beginnt an dem mit Leine zu schnuppern, der die Ohren und den Schwanz aufgestellt hat.

Olli setzt sich wieder, trinkt vom frischen Bier, platziert die Flasche vor sich und lässt sie dann los. »Weißt du«, fährt er fort, »weißt du, Anna, du musst das verstehen. Ich meine, das zwischen uns, also das ist ... also ich meine ... das ist Hammer! Das ist etwas ganz Besonderes, ehrlich, aber ... Nee! Du musst das verstehen, Anna. Ich werde heiraten. Vera und ich, wir werden heiraten. Sie ist die tollste Frau der Welt. Wirklich, sie ist der Wahnsinn! Und sie liebt mich. Ich meine, was wir beide haben ... also hatten, du und ich, das ist wirklich .... aber nee. Du musst das verstehen.«

Der Leinenhund auf der anderen Straßenseite hat sich inzwischen flach auf den Boden gelegt, er scheint zu knurren. Sein Besitzer redet auf den anderen Hund ohne Leine ein, während der zugehörige Mann recht gemächlich herankommt.

Olli hebt die Flasche wieder, trinkt in großen Schlucken, stellt sie laut ab, stiert mich durchdringend an. »Verstehst du, was ich meine?«, fragt er. »Ja«, antworte ich, »ja, ich verstehe.« Ollis Augen werden groß und ruhen auf mir. Dann richtet er seinen Blick auf das Bier in seinen Händen. Er dreht es hin und her und herum. »Es ist komisch«, sagt er dann sehr leise, »ich habe eigentlich nie ein schlechtes Gewissen, wenn wir miteinander schlafen. Es ist so ... es fühlt sich so richtig an. Du gibst mir ein gutes Gefühl.«

An der Boxi-Ecke stehen die beiden Hundebesitzer sich inzwischen gegenüber und reden aufeinander ein. Der Mann ohne Leine hat seinen Hund zu sich gerufen, der sitzt nun brav neben seinem Herrchen und hechelt. Das andere Tier scheint unruhiger zu sein. Die Männer reden lauter. Man kann ihre Stimmen hören, jedoch keine einzelnen Worte verstehen. Der mit Leine gestikuliert auch mit dem freien Arm. Die Strongbows am Tisch neben uns lachen.

Ollis stierender Blick heftet sich wieder auf mich, und seine Stimme wird lauter, als er fortfährt: »Aber es geht nicht mehr. Verstehst du, es geht nicht. Kann nicht mehr sein. Darf nicht sein! Verstehst du das, ich will Vera heiraten. Wir können nicht mehr miteinander schlafen, Anna, ja? Verstehst du? Verstehst du das?« – »Ja«, sage ich und erwidere seinen Blick. »Anna, ich ...«, beginnt Olli. Dann bricht er ab, hebt sein Bier. Plötzlich wird sein Blick trübe, seine Schultern sacken nach unten. Er starrt immer noch. Aber anders. »Ach Mann, Anna!«, sagt er. Dann trinkt er wieder. Ich trinke auch.

Auf der anderen Straßenseite werden die beiden Männer lauter. Der angeleinte Hund hat nun zu bellen begonnen, und sein Herrchen macht keine Anstalten, ihn zu beruhigen. Der Hund ohne Leine liegt nur hechelnd und desinteressiert neben seinem Besitzer. Dieser macht mit den Armen beschwichtigende Gesten. Der andere Mann redet nun doch auf seinen kläffenden Hund ein. Die Strongbows schauen kurz hoch, wenden sich dann wieder sich selbst zu.

Olli erhebt sich, trägt seine leere Flasche in den Feuermelder, kommt mit einer neuen zurück. Er fällt auf die Bank und behält sie direkt in der Hand. Er blickt die Flasche an, nimmt einen Schluck, blickt mich an, stellt das Bier dann doch ab, langt mit der Hand über den Tisch, zieht mich am Arm herüber, beugt sich vor und küsst mich. Ich lasse es zu. Dann löst er sich von mir, seine Hand liegt noch an meinem Arm, allerdings kraftlos, sein Blick hat nichts Starrendes mehr.

Die beiden Männer am Boxi scheinen sich nun beruhigt zu haben. Sie reden normal miteinander, kein Hund bellt mehr. Der Mann mit Leine lacht. Dann heben sie beide je eine Hand wie zum Gruß und gehen mit ihren Tieren aneinander vorbei. Der ohne Leine passiert uns hier Sitzende der Länge nach auf der anderen Straßenseite.

In diesem Moment springt einer aus der Strongbow-Gruppe auf und läuft auf dem Bürgersteig nach vorn. »EY!«, brüllt er über die Straße. »Ey, du! Du da, mit dem Hund! Wen nennst du hier Pack! Hä? Wer is hier Pack! Hitler, der ist Pack!« Ich starre auf den Typen. Olli, der mit dem Rücken zu der Gruppe sitzt, dreht sich kurz um, wendet sich dann aber wieder seinem Bier zu, knibbelt am Etikett.

Der Angebrüllte hebt kurz den Kopf. Dann schaut er über die Schulter zu dem anderen Mann mit dem Hund mit Leine. Der ist inzwischen schon ein gutes Stück weiter. Da schaut er noch einmal her, schüttelt irritiert den Kopf und gibt dann seinem Tier ein Zeichen, das sofort wieder vorläuft.

»Ach scheiße!«, brüllt Strongbow da. Er dreht sich zurück zu seiner Gruppe, schlägt sich mit der Hand auf den Oberschenkel: »Scheiße, seit drei Jahren versuche ich, in Berlin eens uffe Fresse zu kriegen, und es klappt einfach nicht! Hitler, das Pack!«, brüllt er erneut über den Boxi. Dann setzt er sich wieder und stürzt sein Strongbow.

Ollis freie Hand greift wieder nach seinem Bier. »Anna«, sagt er einmal mehr, »wir können nicht mehr miteinander schlafen.« –

»Okay«, sage ich. Olli trinkt. Ich sehe auf den Rücken des Hitler-das-Pack-Mannes aus der Strongbow-Gruppe und denke an Emil, der fort ist.

16

Nudeln

Ich treffe meinen Goa-DJ-Nachbarn im Supermarkt. Oder besser gesagt, ich treffe ihn nicht direkt, ich sehe ihn, wie er zwischen den Regalen mit Teigwaren und Katzenfutter steht, ebendort, wo Max einst vergeblich auf die Erfindung der Ananasnudel wartete. Mein Nachbar steht da und knetet eine Tüte Fusilli in den Händen. Dabei starrt er sie wie hypnotisiert an, als spiele ihm das Knistern des Plastiks eine ganz eigene Melodie, deren Symphonie nur er versteht. Ich gehe auf ihn zu, den Gang entlang, bin auf gleicher Höhe, ziehe den Kopf ein, nuschle »hallo«, bin vorbei und sehe noch von der Seite, wie er die Verpackung ganz sanft mit den Fingern streichelt, als wolle er die Form jeder einzelnen Nudel durch die Tüte befühlen.

Ansonsten zeigt er keine sichtbare Reaktion. So schiebe ich mich verstohlen und aufatmend weiter, bin schon bei den Tiefkühltruhen angekommen, überlege, was ich heute essen will, als es von hinten laut ruft: »Anja!« Ich zucke zusammen. Meine Finger krallen sich um den Griff des Einkaufswagens. Eine halbe Sekunde gebe ich mich der Illusion hin, dass ich mich irre, dass es nicht mein Nachbar ist, der dort soeben meinen Namen falsch durch den ganzen Laden gebrüllt hat. Doch genau das ist geschehen, und so reiße ich mich zusammen, straffe meine Schultern, drehe mich um und schiebe festen Schrittes wieder zu den Nudeln und dem Katzenfutter zurück.

Der Goa-DJ schaut mich nicht an, wirkt jedoch ungeduldig, so als hätte ich getrödelt. Ich baue mich vor ihm auf. »Anna!«, sage ich. »Achim!«, wirft er mir hin. »Hä?«, mache ich. Jetzt schaut er mich doch an, und zwar wieder mit diesem Blick, als würde er mich für total dämlich halten.

»Achim, ich heiße Achim«, sagt er genervt, so, als hätte er mir das schon 20-Mal erklärt.

»Und ich heiße Anna«, poltere ich zurück, fest entschlossen, mich dieses Mal gar nicht erst in die Defensive drängen zu lassen. Das scheint mir möglich, da mein Nachbar zum Einkaufen seine Katze nicht dabeihat, dieses dürre schwarze Albtraumgetier, das sonst immer mit diesem wahnsinnigen Blick um seine Beine streicht. Dieses Mal nicht! Der Goa-DJ, der nun Achim heißt, blickt mich mit in Falten gelegter Stirn an und stößt mir dann die Fusilli-Packung entgegen, die er immer noch in den Händen hält.

»Sind die gut?«, fragt er mich. Ich bin noch immer etwas beleidigt und nehme ihm die Tüte nicht ab, sondern sage: »Das sind Nudeln. Die schmecken wie Nudeln.« Achim stutzt. Dabei verdreht er leicht die Augen, und es sieht nun so aus, als müsse er diese gänzlich neue Information irgendwo in seinem Kopf brauchbar einsortieren. Dann legt er die Tüte zurück und nimmt eine andere der gleichen Sorte zur Hand. Wieder knetet und befühlt er sie ausführlich. Dann streckt er mir auch diese Packung entgegen und fragt wieder: »Und die, wie sind die?« Ich entspanne mich etwas, da es dieses Mal keine größere Bedrohung als die Konfrontation mit ungekochten Teigwaren zu geben scheint, und sage: »Das sind die gleichen. Die schmecken genauso.« Wieder zieht Achim die Tüte zurück und scheint zu überlegen. Dabei drückt er auf ihr herum, als wolle er die Nudeln weich massieren. Er stiert auf die Packung.

»Wie lange müssen die kochen?«, fragt er dann.

»Mh«, mache ich und nehme sie ihm jetzt doch ab. Ich suche darauf herum und sage dann: »Hier steht, so acht bis zehn Minuten.« Achim nimmt einen Beutel Rigatoni aus dem Regal und beginnt, auch diese ausgiebig zu befühlen. »Und die hier?«, fragt er skeptisch: »Wie lange müssen die kochen?« Ich seufze, nehme ihm auch die Röhrennudeln ab und lese nach.

»Auch acht bis zehn Minuten«, sage ich. Achim schaut mich wieder an, als könne ich gar nicht bis »acht bis zehn« zählen, nimmt mir dann harsch die Rigatoni aus der Hand, dazu noch in die andere eine Packung Fusilli und knetet nun beide im Vergleich und knetet und knetet und drückt auf den Tüten herum, wohl in der Erwartung, dass sie ihm unter dieser Folter das Geheimnis ihrer wahren Kochzeit preisgeben würden. Dann streckt er mir die Rigatoni entgegen. »Die fühlen sich aber an, als müssten sie länger kochen«, sagt er, greift noch zweimal kräftig zu, schwenkt die Tüte vor meiner Nase hin und her, nickt, wie zur Selbstbestätigung, und wiederholt dann: »Ja, die müssen länger kochen!« Er wirft die Röhren zurück ins Regal, befühlt noch zwei Sekunden die Fusilli und brummt zufrieden. Dann sieht er wieder hoch.

»Für Mutter!«, schnauzt er mich an. Ich sage nichts, und er hebt die Packung hoch, schwenkt sie erneut und meint dann: »Eine Göttin! Die beste Frau! Du solltest mal …« Er unterbricht sich, schnaubt erneut, was auf mich eher wie ein Anspucken wirkt, und lamentiert: »Ach was! Du doch nicht. Aus dir wird nie was! Und deine Blumen, pah! Nie eine Mutter wird aus dir!« Er zieht ein verächtliches Gesicht, dann dreht er sich mit seinen Nudeln um und lässt mich stehen. Ich starre ihm noch nach, bis er an der Kasse steht. Ich fühle mich ein bisschen angespuckt und ein bisschen stehen gelassen und auch ein bisschen entblößt. Achims Mutter, denke ich und schaue ihm immer noch hinterher. Doch Achim dreht sich nicht nach mir um.

17

Der Klomann

Ich bin heute alleine in einem Club und lehne, mäßig amüsiert, an einem Stehtisch in der Nähe des Eingangs. Die Musik ist zu leise, die Beleuchtung zu hell und das Bier zu schal, die Klientel merkwürdig unerfrischend. Kein Spielgefährte in Sicht. Kein Liebhaber für die verlorene Nacht. Geschweige denn eine echte Herausforderung. Kein Knistern schwebt im Raum. Keine Gelüste sind spürbar. Ich werde melancholisch. Unvermittelt dreht sich vom Nachbartisch ein Typ zu mir. Er nimmt wohl an, die Tatsache, dass ich alleine stehe, gebe ihm das Recht, mich anzusprechen. Er stellt mir eine Frage. Ich registriere nicht, ob es um was zum Rauchen geht, um ein Getränk oder ums Wetter. Ich wende mich ihm zu, schaue belanglos und sage: »Ich rede nicht mehr mit Typen, die karierte Hemden tragen. Hat sich nicht bewährt.« Dann gehe ich weg. Ich weiß nicht, was er tut, glaube, er ist ein bisschen beleidigt. Ich gehe zu den Toiletten.

Als ich die Damentoilette wieder verlasse, ärgere ich mich über den blöden Spruch, der an der Kabinentür gestanden hat: *Regel beim Schiffen? Für Männer: Nicht lesen – zielen! Für Frauen: Nicht schwanger – freuen!* Noch blöder ist nur der Satz, den ich einmal auf dem Uniklo gelesen habe: *Pinkeln gegen die Studiengebühren!* Was kommt als Nächstes: *Scheißen für den Weltfrieden?* Ich denke, dass ich dringend ein nächstes Bier brauche, und will mich durch den Durchgang zu den Toiletten wieder nach draußen verdrücken. Da hält mich jemand am Arm fest. Es ist ein Typ, wohl so in den Mittvierzigern, mit bereits schütterem Haar. Er trägt ein T-Shirt vom Club.

»Du hast deene 30 Cent nich jezahlt«, sagt er.

»Sagt wer?«, frage ich.

»Sach icke!«

»Und wer bist du, der Klomann, oder was?«, halte ich ihm entgegen.

»Janz jenau.«

»Was kostet es denn?«

»30 Cent für eenmalje Benutzung.«

»Aha«, gebe ich zurück und mache keine Anstalten, mein Portemonnaie zu zücken.

»Darf ich mal«, sagt da eine Frauenstimme von hinten. Sie drängt nach vorn und schiebt sich an mir vorbei.

»Schön' Abend noch, wa«, sagt der Klomann und grüßt sie, indem er zwei Finger an den Kopf hebt.

»Wieso muss die denn nicht bezahlen!«, rufe ich ihr hinterher, wobei sich die Frage natürlich an den Klomann und nicht an die fremde Frau richtet.

»Die hat ne Flatrate«, antwortet der, wobei er das »r« wie ein hartes »ch« ausspricht. Diese Antwort überfordert mich: »Was hat die?«

»Na ne Flatrate, die hat eenmal nen Euro jezahlt und kann jetze den janzen Abend, sooft se will, wa.«

»Aha«, mache ich. Sonst tue ich nichts.

»Na und? Wasn jetze? Wir könn' auch noch den janzen Abend hier rumstehn, dann hättste auch gleich dahem bleiben könn'.«

»Ich zahl keine 30 Cent, auf meiner Toilette war kein Klopapier«, sage ich, und das stimmt sogar.

»Welche warn ditte?«, fragt der Klomann, greift unter seinen verhangenen Stehtisch und zaubert zwei Rollen daraus hervor.

»Die gleich links«, sage ich und denke, dass er nun vielleicht das Papier auffüllen geht und ich mich davonstehlen kann. Doch das hat der Klomann nicht vor, stattdessen stellt er die eine Rolle beiseite, nimmt die andere, reißt von der sieben abgezählte Blätter ab und hält sie mir hin.

»Da haste deen Papier«, sagt er, »macht 30 Cent.«

»Was, nur sieben Blätter?«, empöre ich mich. »Dafür geb ich dir höchstens zehn Cent!«

Der Klomann schaut kurz auf mich, dann auf das Papier, das er mir immer noch entgegenhält, dann schürzt er die Lippen. »Jut«, sagt er. »Okay«, mache ich und ziehe nun doch endlich meine Geldbörse hervor, krame darin herum.

»Ich hab nur ein 20-Cent-Stück.«

»Na, is nich mein Problem, wa.« Ich deute mit dem Kinn auf den weißen Porzellanteller auf seinem Stehtisch: »Dann nehm ich mir zehn Cent wieder raus.«

»Nee, du spinnst wohl, Kleene, nüscht jibbet, jarnüscht. Wat drin is, is drin, in meene Schale, wa. Dat is ja keen Selbstbedienungsladen hier. Dit is wie mitm Klo. Wat drin is, is wech.«

»Gut«, sage ich und deutete auf die Klopapierrolle, die der Klomann immer noch in der Hand hält: »Dann gib mir 14 Blatt, und ich gebe dir 20 Cent.« Er schaut wieder kurz.

»Na jut«, sagt er dann, und ich füge schnell hinzu: »Oder gib mir lieber 15, das ist eine rundere Zahl.« Er schaute mich wieder an, irgendwie vertraulich. Fast kann man den Eindruck gewinnen, dass er lächeln will.

»Na jut«, sagt er dann noch einmal, »weil du et bist, ne.« Dann zählt er die Blätter ab, gibt sie mir, ich lege das 20-Cent-Stück auf seinen Teller, nehme das Papier entgegen, falte es sorgfältig und verstaue es in meiner Clutch.

»Aber det nächste Mal zahlste voll, haste jehört!«, sagt der Klomann noch, als ich mich endlich zum Gehen wende.

»Nee, biste blöd«, gebe ich zurück, »das nächste Mal zahl ich höchstens zehn Cent, schließlich bring ich ja dann mein eigenes Papier mit!«

»Na werd ma nich frech, Kleene«, kontert er, »darüber reden wa dann noch, wa.«

»Jaja«, sage ich schnell und bin schon hinaus. Dafür liebe ich diese Stadt, denke ich, oder nicht? Na ja, manchmal jedenfalls.

Als ich aus der Kloecke zurückkomme, ist es ein bisschen voller geworden. Ich hole mir ein frisches Bier, tanze, flirte ein wenig, aber nur ein wenig, stehe wieder herum. Der Abend zieht sich wie Kaugummi. Ich muss an den Klomann denken und weiß nicht wieso. Gerade bin ich von Bier auf Martini umgestiegen, um wenigstens meine Ehre zu retten, da stolpern drei verschüchterte Mädchen herein und schauen zaghaft um sich. Sie stehen in einem engen Kreis beieinander, machen keine Anstalten, etwas zu trinken oder tanzen zu wollen, fingern nervös an ihren Taschen und Halsketten. Sofort ziehen sie meine Aufmerksamkeit auf sich. Wie süß sie sind! Unfassbar betörend, ihr fast noch kindliches Gebaren, ihre naive Anmut. Bingo, denke ich, dann könnte sich der Abend ja doch noch lohnen.

Ich lasse sie erst einmal ankommen. Sie entspannen sich nur sehr zaghaft, zucken immer wieder zurück, sobald von der Tanzfläche eine Gestalt unabsichtlich auf sie zu torkelt oder sich jemand auf dem Weg zur Theke an ihnen vorbeischiebt. Dann, nach einer Weile, fühlen sie sich sicherer, sodass sie nicht mehr in einem engen Kreis zusammenglucken, sondern sich etwas lockerer dem Geschehen öffnen. Sie beginnen sogar zu lachen. Eine so zuckersüß wie die andere, denke ich, herzallerliebst sind die drei. Es wird langsam Zeit für mich. Ich bin auch schon ganz hibbelig, kann nicht mehr warten. Auf Umwegen mache ich mich auf und komme, wie zufällig, bei ihnen zum Stehen. Ich lächele sie an, ganz normal, tue nichts und habe schon gar nichts Böses im Sinn, was sie beruhigt zurücklächeln und sich weiter entspannen lässt. Wenn eine Frau neben ihnen steht, kann sie von dieser Seite wenigstens kein Typ mehr blöd anquatschen. Ein gutes Zeichen. Aus der Nähe betrachte ich sie verstohlen. So geschmeidig sind sie anzuschauen. Herrje, meine Gedanken beginnen ganz leise, Amok zu laufen, verfangen sich in unendlich zarter Haut, dem weichsten Haar, verzücken bei Blitzlichtern von kleinen festen Brüsten und blassrosa Lippen, den weichen Kurven von Schenkeln und den härteren von spitzen

Hüftknochen … Ich muss mich sofort abkühlen gehen, und zwar schnell! Bevor ich mich vergesse und somit noch vor der Erfüllung meiner Wünsche ein Unglück geschieht.

Ich stolpere zu den Toiletten. Hinter der Tür steht der Klomann.

»Ach, du wieda«, sagt er, als er mich sieht, »det macht dann 30 Cent.« Er hebt sein Tellerchen.

»Was?«, antworte ich ihm entrückt. Ich fühle mich glasig. Langsam kühlt mich die Kloatmosphäre oder auch die Klomann-Aura wieder herunter, klärt meinen Blick. Ich bin schon wieder realitätsnäher. Genau das habe ich jetzt gebraucht.

»Nee, falscher Alarm«, nuschle ich und will mich schon wieder umdrehen. Aber der Klomann greift mich am Arm.

»Wat?«, fragt er. »Spinnst du? Du kommst her zum Pullern und willst dann doch nich pullern? Echt ey, dat jibbet ja wohl nich!«

»Wat? Ey!«, mache ich jetzt meinerseits. Doch dann überlege ich, dass er eigentlich recht hat und ein Klogang vor einer Offensive nie schadet. »Okay«, sage ich und will vor zu den Kabinen gehen.

»Dat macht dann 30 Cent«, sagt der Klomann. Ich stocke, dann antworte ich:

»Sag mal, ich habe da mal eine Frage.«

»Eine Frage?«, wiederholt er und schiebt forsch den Kopf vor: »Das kostet aber extra.« Ich verschränke die Arme vor der Brust.

»Also, sag mal, wie merkst du dir das eigentlich, wer schon bezahlt hat und wer eine Flatrate hat und so? Merkst du dir wirklich jedes einzelne Gesicht? Den ganzen Abend lang? Und von jedem Abend die Woche? Es gibt doch bestimmt auch Leute, die öfter kommen, oder? Und wenn die dann einmal für eine Flat bezahlen und einmal nicht? Wie machst du das?«

Der Klomann lacht nun. Ich habe den Eindruck, dass er ehrlich geschmeichelt ist, dass sich jemand für seinen Job interessiert. Verübeln kann ich es ihm nicht.

»Na ja, ick hab halt en jutes Person'njedächtnis, wa. Kann mir jut Jesichter merken, und dann nehm ich noch so Merkmale, so wenn ne Frau beispielsweise so Ohrringe hat, so große, oder nen Schal. Det merk ich mir dann.«

»Ah«, mache ich und dann: »Also, das ist … faszinierend. Weißt du was, ich geh dann mal auf Klo.«

»Das kostet 30 Cent. Plus 50 für die Antwort!«, ruft mir der Klomann hinterher.«

»Zehn!«, rufe ich zurück, ohne mich umzudrehen, und winke dabei über die Schulter mit meinem teuer erkauften Klopapier, das ich aus der Clutch gewühlt habe: »Und vielleicht noch zehn als Trinkgeld!« Er brabbelt mir noch etwas nach, was ich jedoch nicht mehr verstehe.

In der Kabine hat jemand mit einem dicken schwarzen Stift *Die Liebe muss neu erfunden werden* an die weiße Wand geschrieben. Darunter steht, von wem dieses Zitat angeblich stammt, das kann ich allerdings wegen des schwummerigen Lichts, und weil es ziemlich hingekritzelt ist, nicht richtig lesen. Allerdings bin ich ganz froh über die schlechte Beleuchtung, man muss auch nicht alles sehen können, hier auf dem Klo. Was ich allerdings noch lesen kann, ist, dass jemand mit einem Pfeil und einem dünneren Stift danebengekrakelt hat: *Isch lussche schwansa!* Ich habe keine Ahnung, was das bedeuten soll.

Als ich die Toiletten wieder verlasse, darauf fixiert, dem Klomann maximal zehn Cent auf seinen Teller zu legen, traue ich meinen Augen nicht: Der Barhocker hinter seinem Stehtisch ist leer. Er ist nicht da. Ich überlege, was ich tun sollte. Warten? Ihm einfach zehn Cent hinlegen und in mich hineinkichern? Dann fällt es mir ein, und ich besinne mich. Ich straffe die Schultern und marschiere hocherhobenen Hauptes an seinem Tisch vorbei in Richtung des Durchgangs. Ich habe in der Tat offensichtlich entweder schon ein wenig viel getrunken, oder die Fantasien mit den drei Mädels haben mir bereits das Hirn weggebrannt. Dass ich überhaupt erwogen habe, ihm freiwillig Geld dazulassen! Da höre ich seine Stimme aus Richtung der Herrentoilette, wie er sagt: »Nee, ja, det Gras, det könnta schön draußen roochen, hier drin' jibs so was nich, habta jehört? Ick behalt det jetze. Allet klar? Habta det verstanden fürs nächste Ma!«

Man hört eine zweite Stimme, aber ich kann nicht verstehen, was sie sagt. Dann wieder der Klomann: »Nee, da brauchste auch jar nüsch mit mir zu diskutieren, wa, det läuft hier so nich. Da kann ick och gleich hier meine beiden Kollejen von der Tür holen, den Achmed und den Abdul, und die können dir dann auch gleich zeijn, wode da det nächste mal draußen auch gleich bleiben und roochen kannst. Is det klar jetzte? Ja? Und deine 30 Cent, die haste och noch nich jezahlt ...!«

Seine Stimme wird lauter, und ich sehe zu, dass ich Land gewinne.

Nun bin ich dermaßen runtergekühlt, dass ich erst einmal noch einen Martini brauche. Ich gehe zur Theke. Die drei Mädels stehen unverändert, aber ich sehe, dass andere Jäger inzwischen auch schon ein oder zwei Augen auf sie zu werfen beginnen. Ich muss los und mein Revier markieren. Schnell stürze ich den Martini und direkt noch einen, gehe dann zielstrebig und doch lässig auf die drei zu und dieses Mal mit einem charmanten Lächeln direkt in ihren Kreis. Ich wende mich an die Mittlere.

»Entschuldige«, sage ich zu dem Objekt meiner Begierde, »du trägst da eine wirklich schöne Halskette.« Ich lange danach und nehme den langweiligen Anhänger, der fast zwischen ihren Brüsten hängt, die sich lieblich durch das dünne Shirt abzeichnen, zwischen meine Finger, nicht ohne die Gelegenheit zu nutzen, mit dem Handrücken über ihre Knospe zu streichen. Ich spüre sie zucken, doch es war ja keine Absicht, nur Ungeschicklichkeit, und ich habe ein Kompliment gemacht, und außerdem bin ich eine Frau. So muss sie freundlich zu mir sein. Mir schaudert.

»Danke«, antwortet sie verlegen, blickt ihre beiden Freundinnen an, errötet leicht, was ihren Reiz noch steigert. Ich trete noch den letzten halben Schritt auf sie zu, überschreite somit die natürliche

Grenze ihrer Intimität und schaue ihr dabei ins Gesicht, den Anhänger immer noch festhaltend.

»Wo hast du den denn her?«, frage ich mit loderndem Interesse. Ich muss mich nun sehr darauf konzentrieren, dass meine Gier nicht zu stark in meinen Augen flackert und meine Lust mich nicht einfach sofort über sie herfallen und sie ganz umschlingen lässt, mit Haut und Haaren. Ich spüre, wie mein aufwallendes Verlangen sie zunehmend verunsichert, wie sich die ersten Fluchtinstinkte in ihr regen. Ihre Hilflosigkeit macht sie noch anziehender, und ich beginne, vor innerer Anspannung zu zittern. »Mh?«, mache ich, als sie erst nicht antwortet, und schiebe dabei leicht das Kinn vor. »Vom Flohmarkt«, sagt sie da mit schwacher Stimme. Ihr Blick flackert. »Ich …«, setzt sie dann hinzu. Mein Gesicht ist dem ihren inzwischen ganz nah. Der Geruch ihrer undefinierten Furcht verwebt sich mit der Süße ihres Schweißes zu einem puren Aphrodisiakum. »Ja?«, hauche ich ihr auf die Wange und lasse dann die Ewigkeit eines Sekundenbruchteils meine bebenden Nasenflügel ihre Stirn streifen.

Dann drehe ich mich abrupt von ihr weg, öffne meine Arme zu einer raumgreifenden Geste, die auch mein Zittern verbirgt, lächle sie und auch die beiden stumm stehenden Freundinnen an und sage: »Hey, möchtet ihr was trinken?«

Das Halskettenmädchen rührt sich nicht, die eine Freundin schaut verlegen auf ihre lackierten Fußnägel. Die andere hingegen strafft plötzlich die Schultern. Sie tritt einen halben Schritt auf mich zu und sagt: »Ich hätte gern einen Wodka-Red-Bull.« Ich nicke erfreut, schaue noch mal in die Runde, die anderen beiden nuscheln etwas, ich drehe mich lachend um und besorge vier.

Von da an geht alles irgendwie ganz leicht. Die eine ist nun sehr direkt und offensiv, die zweite noch verunsichert, lässt sich aber um den einen und den anderen Wodka-Red-Bull von dem unbeschwerten Lachen ihrer Freundin mittragen. Nur die Dritte im Bunde, die mit der Kette, die scheint irgendwie beleidigt oder angeschlagen zu sein, nimmt sich zunehmend zurück, will dann auch nichts mehr trinken, und wir anderen teilen uns das übrig bleibende Glas, lassen es kreisen.

Dann sehe ich die eine an. Sie hält ihre Freundin an der Hand, ihr Kopf beugt sich leicht vor, doch noch traut sie sich nicht. Schamhaft und unendlich süß beißt sie sich auf die Unterlippe, zeigt dabei ihre blitzenden Zähne. Also ergreife ich die Initiative, hebe meine heiße Hand an ihr wunderschönes Gesicht, sie schließt die Augen, und schon sind meine Lippen auf ihren, und diese sind noch weicher, als ich es mir in meinen Träumen vorgestellt habe. Sie löst sich wieder von mir, dreht den Kopf zu ihrer Freundin, diese schaut halb gierig und halb verunsichert, sie beugt sich zu ihr, flüstert ihr etwas ins Ohr, die kichert daraufhin, die andere nickt, küsst sie dann auch, und ich merke, wie ich bei dem Anblick feucht werde. Dann springt die eine plötzlich nach vorne, zieht ihre Freundin an der Hand mit, streckt die andere nach mir aus, und ich ergreife sie sofort, die dritte Freundin scheint völlig vergessen zu sein. Wir laufen auf die Toiletten zu. Ganz kurz davor fällt mir etwas ein. Ich schiebe mich vor die beiden, bedeute ihnen mit einer Geste zurückzubleiben. Ganz langsam öffne ich die Tür und spähe hindurch. Der Klomann sitzt an seinem Stehtisch, als habe er sich den ganzen Abend noch nicht davon wegbewegt.

»Hey«, sage ich.

»Du schon wieder«, entgegnet er.

»Ja, ich, wir …« Ich komme ins Stocken, die beiden Mädels schieben nach. »Wir wollen nur schnell aufs Klo«, sage ich. Ich erwarte nun eine Tirade darüber, dass Mädchen immer zusammen aufs Klo gehen, dass das hier nicht gestattet sei, also bei *ihm* nicht, dass er den Achmed und den Abdul holen würde oder zumindest, dass es aber zu dritt 90 Cent koste plus 10 Cent Gruppenaufschlag – doch nichts davon geschieht. Stattdessen schaut der Klomann ziemlich gelangweilt und sagt: »Okay.« Ich gucke blöd, die Mädels kichern, und schon sind wir an ihm vorbei und drinnen, in der Damentoilette, und schließen eine der Kabinen hinter uns.

Ich drücke die beiden in der Enge an mich, küsse sie abwechselnd und sie sich, und so reiben, lecken und schmatzen wir an uns herum, streicheln uns auch ein bisschen und verflechten albern kichernd und unterdrückt stöhnend unsere Finger, Zungen und Haare.

Irgendwann sinken die beiden Mädels ermattet auf dem Klodeckel zusammen und kleben keuchend aneinander. Ein zuckersüßes Knäuel aus langen Haaren, hängenden Armen und geröteter Haut. Ich lasse mich mit dem Rücken an die Kabinenwand fallen, atme schwer, betrachte die beiden noch eine kleine Weile zärtlich, und als sie keine Anstalten machen, sich zu rühren, schließe ich die Kabine auf und verschwinde zu den Waschbecken. Erst lutsche ich meine Finger ab. Dann wasche ich mir die Hände und torkle hinaus auf den Gang, zum Stehtisch. Der Klomann sitzt dort, als wäre den ganzen Abend noch nichts anderes passiert, und sieht mich an.

»Na«, sagt er zu mir.

»Sag mal, wie lange machst du das hier eigentlich schon?«, frage ich ihn in einem Anflug von schwelgender Nostalgie.

»Och, na ja, so zwölf Jahre, glob ick«, meint er.

»Du bist seit zwölf Jahren Klomann!«, entfährt es mir. »Alter! Da hast du bestimmt schon einiges gesehen, oder?«, frage ich und denke an das Kleine-Mädchen-Knäuel, das ich in der Kabine zurückgelassen habe.

»Na ditt kannste aber globen«, antwortet der Klomann und lacht.

»Woher kommst du eigentlich?«

»Wer, icke?« Der Klomann lacht wieder. »Aus Rohracker«, sagte er dann.

»Hä?«, mache ich. »Wo ist das denn?«

»Det jehört zu Stuttjart«, antwortet der Klomann. Ich will etwas erwidern, habe aber keine Ahnung was und denke an einen Spruch, den ich vorhin in der Kabine gelesen habe: *Keiner ist gemeiner als der Friedrichshainer*. Also vor vorhin.

Während ich noch überlege, kommt ein Mädel aus der Damentoilette gelaufen. Sie ist sehr aufgeregt.

»Ey, da ficken zwei«, sagt sie halblaut, als sie am Stehtisch ankommt.

»Wat? Wo!«, ruft der Klomann, stürzt hinter seinem Tisch hervor und rennt in Richtung der Damentoiletten. Ich und das Mädel rennen hinterher. »Was … Was machst du denn da?«, frage ich hilflos und sehe zu, wie er sein Handy zückt. »Rufst du etwa die Polizei?« Nun bin ich ehrlich etwas besorgt. Der Klomann dreht sich zu mir um: »Wat? Nee, Quatsch! Natürlich nich!«, ruft er und wischt auf seinem Telefon herum. »Wo denn?«, fragt er das andere Mädel. Diese zeigt stumm auf eine Kabine, und nur ich höre, wie mir ein halbes Gebirge vom Herzen fällt, als es nicht die ist, in der ich noch die zwei Süßen vermute, da ich sie nicht habe an uns vorbeigehen sehen. Er stößt die angrenzende Kabine von der gezeigten auf, steigt auf den Klodeckel und hält sein Handy über die Trennwand. Dabei grinst er mich an. Das andere Mädel dreht sich um und geht. »Hähä«, machte er. Jetzt höre ich die Fickgeräusche auch. Sie dauern noch kurz an, dann kreischt eine hysterische Frauenstimme: »O Mann, was is das denn!« Ich drücke mich von außen gegen die Tür unserer Kabine, um meine beiden Mädels zu beschützen, der Klomann springt von der Schüssel, nebenan geht die Tür auf, er drängt hinein, man hört laute Stimmen, Schreie, Poltern, der Klomann sagt: »Ick hol gleich den Abdul!«, da beschließe ich, mich doch zurückzuziehen und draußen zu warten, da ich plötzlich glaube, gar nicht mitkriegen zu wollen, was der Klomann und Abdul mit dem Ficker von der Damentoilette wohl anstellen, und nehme somit auch in Kauf, was vielleicht schlimmstenfalls dann mit meinem Kleine-Mädchen-Knäuel passiert.

Ich gehe an die Theke und kippe zwei Martini. Dann schaue ich mich um. Die dritte Freundin entdecke ich nirgends. Auch meine beiden sehe ich nicht, beschließe aber, nicht nach ihnen zu suchen. Ich lasse einige Zeit verstreichen. Mein Herz klopft noch, teils vor nachklingender Erregung, teils vor Aufregung und Schrecken.

Irgendwann beschließe ich zu gehen, stehe auf, stolpre jedoch noch einmal, wie magisch angezogen, zu den Toiletten und stehe schon vor dem Klomann. Der sitzt am Stehtisch auf seinem Hocker und schaut das Fickvideo auf seinem Handy an. Dabei grinst er zufrieden. Ich scharre mit dem Fuß. Er beachtet mich nicht.

»Was machst du denn jetzt damit?«, frage ich ihn.

»Na det stell ich morgen ein, bei YouTube. Da gibts schon ne schöne Sammlung von dem Zeug. Det ham wa hier öfter, wa.« Dann schaut er mich an. »Hast du hier schon mal gefickt?«

Ich werde knallrot und sehe schnell auf den klebrigen Boden.

»Ich? Äh, nee, glaub nicht«, nuschle ich und will mich schleunigst verdrücken.

»Hey!«, ruft der Klomann da und hält mich einmal mehr am Arm fest. »Ick krieg noch 30 Cent von dir, wa. Fürs letzte Mal!« Aber noch bevor ich lethargisch und willenlos meinen Geldbeutel zücken kann, entscheidet er sich um und sagt: »Ach weeste was, Kleene, lass ma. Is jut, lass ma stecken. Ick hab ja det Video.« Und da drehe ich mich um, weil ich sein Grinsen nicht mehr sehen kann und das Gefühl habe, dass ich schnell nach Hause gehen muss, bevor ich hier noch jemandem begegne, der mich vielleicht berührt.

18

Stadtblicke – über den Dächern

Ich sitze mit Jan verbotenerweise auf dem Dach unseres Bürogebäudes, wo wir rauchen. Der Notausgang, der dort hinaufführt, darf selbstverständlich nur in Notfällen benutzt werden. Aber er ist aus Kostengründen nicht alarmgesichert, und immer, wenn wir längere Büroaufenthalte haben, also nicht hinaus in ferne Länder oder nach Hildesheim oder in die noch tiefere Provinz reisen dürfen, kommen wir hierher, um zu rauchen, Kaffee zu trinken oder einfach nur, um auf dem Dach zu sitzen und hinunterzuschauen. Gut, es ist nicht der Strand. Aber obwohl das Gebäude nicht besonders hoch ist, ist der Ausblick spektakulär. Die Stadt liegt wie eine Kulisse auf Augenhöhe, die Kuppel des Doms, mit dem weithin strahlenden goldenen Kreuz, daneben der nervige Fernsehturm als Zeichen einer anderen Religion, den man zum Glück nur sehen kann, wenn man sich weit am Geländer vorbeugt, direkt vor uns die Schnörkel und steinernen Amphoren der fetten preußischen Repräsentanzen und überall das Unerforschte und Unsichtbare hinter den die Blicke verstellenden Häuserecken, Giebelvorsprüngen und Fensterwülsten. Das immerwährende und ewig spürbare Geheimnis der großen Stadt, dem man in den Verwünschungen hier oben näher ist als sonst irgendwo. Vielleicht ist es doch eigentlich sogar schöner als am Strand, denke ich, wo man nur darauf schauen kann, was sich im Wasser spiegelt.

So sitzen wir und rauchen und schweigen einfach, und alles ist angenehm. Ich schaue Jan von der Seite an. Mit diesem Mann habe ich gelegentlich Sex, denke ich. Doch das erscheint mir gerade irgendwie absurd, so absurd, dass ich kurz das Bedürfnis habe, es laut auszusprechen, um es mir selbst zu bestätigen. Jan ist ein zuverlässiger Kollege. Oft spüre ich seine Ausstrahlung, dann prickelt es in mir. Oder er wird seinerseits von meiner eingefangen, denn es macht mir Spaß, sich im Dunst des Alltags umeinanderzuschlängeln und gelegentlich kleine Belanglosigkeiten zu stilisieren; die Augen bei der Weitergabe irgendwelcher Unterlagen, dann ein Erröten, er lacht verlegen, ich schaue vielleicht weg, sitze dann den ganzen weiteren Tag mit einem feinen Lächeln an meinem Schreibtisch. Der Sex ist auch gut. Aber real oder gar erregend erscheint mir das gerade irgendwie nicht.

Wir schweigen und rauchen weiter. Ein leichter Wind kommt auf. »Bist du noch lange in der Stadt, oder schicken sie dich bald wieder weg?«, fragt Jan nun. Ich blicke auf die Häuserkanten und Straßenfetzen und sage: »Ich weiß nicht. Wenn ich Glück habe, darf ich bald wieder fort. Aber wenn ich Glück habe, kann ich noch eine Weile bleiben.« Dann sitzen wir wieder. Plötzlich langt Jan nach meinem Oberschenkel. Er sitzt relativ weit von mir entfernt und muss sich sehr strecken, um mich zu erreichen. Ich rühre mich nicht. Dann beugt er sich umständlich zu mir herüber und küsst mich. Nicht fordernd und nur ein wenig lustvoll. Eher entspannt. Fast freundschaftlich. Von irgendwo schlägt eine Turmuhr. Eine Tram klingelt auf der Straße. Ein paar spanische Wortfetzen wehen herauf. Vielleicht sind es auch italienische. Großstadtlärm. Jan löst sich von mir, setzt sich wieder gerade hin, als wäre die Distanz zwischen uns nie überbrückt gewesen. Er schaut mich an. »Gut siehst du heute aus«, sagt er. Ich lächle etwas verlegen. Ich weiß immer noch nicht, ob ich lieber bleiben oder lieber die Stadt so schnell wie möglich wieder verlassen will. »Lass uns runtergehen«, sage ich. Wir steigen hintereinander die Holztreppen hinab. Eine Stufe knarrt bedenklich. »Vorsicht hier«, sage ich. »Ja, ich weiß, da ist was lose«, sagt Jan.

19

Weggehen

Lisa hat sich von ihrer aktuellen Liebschaft getrennt. Oder auch diese sich von ihr, das geht aus ihren Ausführungen nicht ganz klar hervor. Ich weiß nicht, wer es war, aber nun ist es auch egal, denn es ist ja eh vorbei. Ich frage sie am Telefon, ob ich ein paar Leute zusammentrommeln soll, um sie aufzumuntern, dann kann sie sich zur Ablenkung einen aussuchen. Lisa schnaubt in der Leitung.

»Ach scheiße!«, ruft sie: »Wen denn?«

»Na, zum Beispiel Jan …«, sage ich.

»Der Blödmann!«, schnappt Lisa. »Auf den bin ich noch sauer wegen der Sache auf meinem Geburtstag.«

»Olli …«, schlage ich vor, und genau in der Sekunde fällt mir ein, dass ich gar nicht weiß, ob Lisa weiß, dass er Vera heiraten will. Mir wird kurz ganz heiß.

»Olli! Komm mir nicht mit dem!«, ruft sie da noch erregter als zuvor. Ich bin erleichtert und temperiere mich wieder normal. Ich habe keine Ahnung, was es da gibt zwischen Olli und Lisa, oder gegeben hat, halte es aber für besser, jetzt nicht danach zu fragen.

»Max?«, frage ich noch, aber schon ziemlich leise. »Mh«, macht Lisa, und ihr Grollen scheint ein bisschen nachzulassen.

»Oder was ist mit diesen Typen da von deiner Party …« Weiter komme ich nicht, weil mir kein einziger Name mehr einfällt von den Bittstellern, die Lisa so gerne um sich schart. Nur Miriam weiß ich noch. Doch die war ja dann nicht da.

»Ich will was Neues, was Neues zum Ficken«, mault Lisa.

»Okay, okay«, sage ich, um sie zu entspannen, »dann lass uns doch weggehen.«

*

Und so ziehen wir los, um einen unanstrengenden Entspannungsfick für Lisa zu akquirieren. Ich sichere ihr meine volle Unterstützung zu und achte durch gezielte Fragen im Vorfeld sorgfältig darauf, dass mein Ausschnitt keinesfalls tiefer ist als ihrer, meine Absätze keinesfalls höher, meine Lippen keinesfalls röter. Ich sage zu ihr: »Such dir einen aus, ich kümmere mich dann um den Freund.« Sie lacht und antwortet: »Du nimmst also in jedem Fall den Freund von dem, den ich mir aussuche?« Oje, denke ich, wenn sie nun keinen passenden Typen findet, dann würde sie sich damit amüsieren, den Kerl mit dem schrecklichsten Kumpel im ganzen Laden anzumachen, nur so, um trotz allem ihren Spaß zu haben. »Na ja«, sage ich, »oder vielleicht den Freund von dem Freund … Ach, da wird schon was klappen.«

Die Pirsch beginnt schleppend. Der Tequila stimmt uns nur langsam gnädig. Wir stoßen auf der Tanzfläche auf einen Typen, den wir beide ganz süß finden. Wir flirten ein bisschen mit ihm, doch Lisa ziert sich, und auch ich bin in der Laune, mich ein wenig bitten zu lassen. Außerdem will ich nicht Gefahr laufen, eher fündig zu werden als sie, dann würde sie mir wieder über Wochen auf alles die Stimmung verderben. Wir verlassen die Tanzfläche und setzen uns zum Rauchen an einen Tisch. Ich will Konversation betreiben.

»Wer war das denn nun eigentlich, dein Kerl?«, frage ich, weil ich sie ablenken will und auch weil ich neugierig bin.

»Ach keine Ahnung, kennst du nicht«, sagt sie.

»Okay. Und was ist da mit dir und Olli?«, frage ich weiter. Lisa zuckt zusammen und starrt mich an, als habe ich etwas ganz Unaussprechliches ausgesprochen.

»Gar nichts!«, ruft sie viel zu laut. »Da ist nichts mit Olli! Wir haben auch nichts miteinander, klar? Er ist nur ein Kollege. Einfach nur ein Kollege, irgendeiner!«

»Ja, ist ja gut, ist klar.«

»Wie kommst du überhaupt darauf?«, fragt Lisa dann, und ihr Blick wird lauernd: »Habt *ihr* etwa was am Laufen?«

»Was?«, frage ich und bin froh, dass das Licht schummerig ist und der Tequila noch nicht seine volle Wirkung entfaltet hat. »Wer, wir? Also ...«, setze ich an und besinne mich dann, dass die besten Lügen immer nahe an der Wahrheit liegen. Ich sage: »Also, wir hatten mal was miteinander. Einmal. Damals auf meiner allerersten Weihnachtsfeier in der Agentur. Erinnerst du dich? Wo Angelika noch da war. Da war er auch noch mit ihr und nicht mit Vera zusammen. Du warst doch auch da. Erinnerst du dich nicht?«

Lisa starrt mich an. Sie scheint zu überlegen. Dann hellt sich ihr Gesicht auf. »Ja«, sagt sie, und dann hellt es sich noch weiter auf, als ihr die ganze Geschichte wieder einfällt. »Ja!«, ruft sie noch einmal: »Ihr beide habt doch – ihr wart im Aufzug. So war das doch, oder? Ihr wolltet aufs Dach fahren, weil Olli dir den romantischen Ausblick und den Sternenhimmel zeigen wollte, aber der Aufzug geht ja gar nicht bis aufs Dach, weil das ja nur ein Notausgang ist, und dann habt ihr im Aufzug rumgemacht, und der ist dann wieder heruntergekommen, und die Türen sind aufgegangen, und du standest da, mit offener Bluse und Olli mit heruntergelassener Hose, und die Türen gingen auf, und alle, die im Vorraum standen, haben es gesehen. Der Chef und, hier, diese Frau Professor von der Uni und der Typ, der dann dein erstes Projekt leiten sollte, und die Sekretärin und auch, hier, seine Freundin damals, wie hieß die noch gleich?« – »Angelika«, sage ich leise. »Ja, richtig, Angelika«, ruft Lisa, die nun voll in Fahrt ist und weitererzählt: »Also, alle haben das gesehen, du mit offener Bluse und Olli mit heruntergelassener Hose, und die Angelika, die ist doch dann ganz fuchsteufelswild geworden, nicht wahr? Ist zu euch rein, in den Aufzug, und hat angefangen, um sich zu schlagen und euch zu beschimpfen, wie eine Furie ist die da rein, und dann ist der Aufzug wieder abgefahren, und wir standen alle im Vorraum und haben erst dämlich geguckt, und dann sind echt alle in ein schallendes Gelächter ausgebrochen, also wirklich alle haben euch total ausgelacht, die ganze Abteilung, eigentlich der ganze Laden, und als der Aufzug wiederkam, wart ihr alle weg, und wir haben noch den ganzen Abend gewitzelt, wer von euch wohl überhaupt am nächsten Morgen wieder lebend zur Arbeit kommen würde, wir haben sogar Wetten abgeschlossen, aber ich hab auf dich gesetzt, denn ich kenn dich ja. Oder? Ich weiß gerade gar nicht mehr genau, vielleicht habe ich auch auf Olli gesetzt. Ich weiß nicht mehr. Aber es haben sich echt alle schlapp gelacht, auf dem Boden gelegen haben sie!«

Lisa bricht ab und grinst noch weiter vor sich hin bei der Erinnerung an diese Begebenheit. Ich lächele auch. Zufrieden und erleichtert. Nicht wegen der Geschichte, die genauso vorgefallen ist, wie Lisa sie erzählt hat, sondern deswegen, weil ich sie erfolgreich von ihrer Frage nach mir und Olli abgelenkt und dabei nur ein ganz kleines bisschen gelogen habe. Ein ganz vertretbares bisschen. Denn was Lisa nicht weiß, ist, dass es an dem Abend nur das erste Mal war, dass es ein Olli-und-ich gegeben hat. Dass wir danach eine ziemlich heftige Affäre begonnen haben, in der wir uns zu Beginn bis zu fünfmal die Woche trafen, dann seltener, dann wieder häufiger, nachdem Olli mit Vera zusammengekommen war und immer völlig aufgegeilt zurückblieb, wenn sie nach England abreiste, und er dann immer zu mir kam, in den ersten Wochen und Monaten, um sich abzureagieren und zu befriedigen, dass es dann wieder seltener geworden war, mit den Jahren, dann doch auch mal wieder häufiger, und dass sie jetzt heiraten würden, Olli und Vera, wobei mir da einfällt, dass ich immer noch nicht weiß, ob Lisa das eigentlich weiß. Ich will den Mund aufmachen, um sie danach zu fragen, besinne mich dann aber – jetzt muss ich auch keine schlafenden Hunde mehr wecken. Stattdessen lächele ich Lisa weiter an.

»Wie ist das da eigentlich ausgegangen, an dem Abend?«, fragt sie da. »Wie? Was denn?«, frage ich zurück, aus meinen Gedanken gerissen. »Na das mit dir und Olli und seiner Freundin«, sagt Lisa. »Angelika«, ergänze ich einmal mehr und fahre fort: »Also …« Dann breche ich wieder ab. Ganz kurz überlege ich, Lisa die Wahrheit zu sagen. Die Wahrheit ist, dass Angelika, als die Fahrstuhltür sich geschlossen hatte, sich plötzlich mit Gewalt an mich gepresst hat, mir ihre Zunge aufnötigte, mich ableckte oder eher biss, mit ihren Zähnen fast zerfleischte, wütend und stürmisch, mein Gesicht und den Hals hinab, mir die ohnehin schon offene Bluse vom Leib riss und noch im Fahrstuhl die Hand in meine Strumpfhose schob, dass sie dann, als wir mit einem Pinglaut im Erdgeschoss ankamen, Ollis Hand und meinen Arm gegriffen und uns zu ihrem Auto gezerrt hat, das, wie vorbereitet, in der dunkelsten Ecke des Parkplatzes stand und in dem wir dann unglaublich wilden und geilen Sex zu dritt hatten, wobei Olli eher eine Nebenrolle spielte. Die Wahrheit ist weiterhin, dass Angelika damals schon wusste, dass sie die Agentur verlassen und dass sie sich von Olli trennen würde, und die Wahrheit ist außerdem, dass eigentlich vor allem, ja vor allen anderen Beweggründen, diese Begebenheit den Ausschlag für den Beginn von Ollis und meiner Affäre gegeben hat, da ich gar nicht unbedingt ihn so sehr wollte, zumindest zunächst nicht, sondern weil ich dieses Gefühl wollte, so begehrt und verlangt zu werden, wie Angelika es mir vermittelt hat, und dass ich hoffte und immer hoffte und manchmal auch leise spürte, dass ich es durch Ollis Körper und den Sex mit ihm nachschmecken konnte. Ja, dass es zunächst nur das war, was ich wollte, dass ich hoffte, durch ihn einen leisen, einen ganz vagen Schauer dieser unheimlichen und nie wiederkehrenden Begegnung wieder spürbar machen zu können. Denn Angelika blieb und bleibt für immer unantastbar.

Das alles ist die Wahrheit, und ich stöhne innerlich bei dem Gedanken daran. Dann sage ich zu Lisa: »Also, ach, das war dann alles ganz blöd und unspektakulär. Wie man es sich halt vorstellt. Angelika war sauer, Olli war geprügelt, und ich war die blöde Kuh, die ihn angeblich verführt hat. Dabei hab ich hinterher erfahren«, füge ich oberflächlich lachend hinzu, um auch von diesem Thema abzulenken, »er hat das ja wohl öfter so gemacht, der Olli, dass das wohl seine Masche war. Dieses ›Ich zeig dir den Sternenhimmel über Berlin‹-Geseier. Das soll er wohl so bei einigen Mädels in der

Agentur abgezogen haben. Jan hat mir sogar erzählt«, fahre ich dann ehrlich lachend fort, und diese Geschichte stimmt ebenfalls, »Jan hat mir erzählt, als er noch das Büro neben dem Raum mit der Treppe aufs Dach hatte, da hat wohl immer eine Stufe ziemlich laut geknarrt, so laut, dass er das durch die Tür hören konnte. Und Jan hat erzählt, dass er mit Olli ein Zeichen vereinbart hatte, wann der nur einfach so aufs Dach ging, zum Rauchen, und wann er eine Schickse dabeihatte und ungestört sein wollte. Wenn Olli also nicht wollte, dass Jan aufs Dach kam, dann hat er die Stufe drei Mal knarren lassen. Verstehst du? Erst das Mädel, dann er, und dann hat er noch mal nachgetreten, damit es dreimal knarrte, und Jan wusste Bescheid und ist zum Rauchen nach unten vor die Tür gegangen. Mann, das ist echt schon eine ganze Weile her, das alles«, schließe ich meine Erzählung. »Wobei, aufs Dach gehen wir ja immer noch, manchmal.« Ich kichere. Lisa schaut nun verhalten. »Ach, na ja, so viele Mädels haben ihn nun auch nicht da hoch begleitet«, sagt sie und dann leiser, mehr zu sich selbst als zu mir: »Das war schon was Besonderes, da, mit einem der Jungs auf dem Dach. Da wollte man nie wieder runter, über diese dämliche knarrende Treppe ...«

Ich runzle die Brauen. Eigentlich will ich ihr widersprechen, will sagen, dass es eben doch eine Menge Mädels im Laufe des gesamten Agenturlebens gewesen sind und dass es eigentlich gar nichts Besonderes war, dass man eben immer nur eine war, eine von vielen, die eine, für die sich der eine oder der andere von den beiden nun mal gerade entschieden hat, dass es nichts Besonderes gibt, an diesem Dach, an dem Rauchen, dem Bier, dem Wein und dem Ficken, nichts Spektakuläres an diesem Ausblick, nur ein Mal-wieder, ein Hin-und-wieder-und-immer-dasselbe, nur eine von vielen, von so vielen in der Reihe, da oben, auf dem Dach. Dann lasse ich es aber sein. Ich habe das Gefühl, dass Lisa das nicht hören will. Und ich weiß auch nicht, ob die Vergangenheitsform in ihrem letzten Satz etwas zu bedeuten hat. Doch auch danach möchte ich nicht fragen. »Ich hatte nie was mit Olli«, sagt Lisa nun mit fester Stimme: »Nur halt mit Jan.« Ich schaue sie an und weiß nicht, was ich von dieser Aussage halten soll. »Ich hol uns noch was zu trinken«, sage ich stattdessen. »Nie!«, sagt Lisa noch einmal.

Als ich mit zwei Tequila zum Tisch zurückkomme, hat sich ein Typ zu Lisa gesetzt. Es ist der von der Tanzfläche. In Ruhe betrachtet, sieht er gar nicht mehr so gut aus wie in den farbigen Lichtkegeln zuvor. Ich setze mich auch, und wir plänkeln. Nach dreieinhalb Minuten beginnt er mich zu langweilen. Lisa wohl auch. Wir lehnen uns auf unseren Stühlen zurück. Dann geschieht Folgendes: Ein schlohweißes Jungchen in einem karierten Hemd und mit stark glasigem Blick, das sich wohl im Club geirrt hat, wankt auf uns zu, hält sich am Tisch fest und deutet auf den vierten Stuhl. »Issa noch fei?«, lallt er Lisa an. Wir starren ihn an. Aus den Augenwinkeln kann ich sehen, wie Lisa angewidert das Gesicht verzieht. Oje, wenn er sich wirklich setzt, dann würde sie explodieren, denke ich. Doch sie ist über die Dreistigkeit des bleichen Knaben so schockiert, dass es ihr glatt die Sprache verschlägt. »Nein, da ist besetzt«, sage ich deshalb für sie, »aber ich glaube, da hinten, in der Ecke, ist noch Platz.« – »Dangge«, antwortet der Junge, lässt sich, meine Worte ignorierend, auf den Stuhl neben uns fallen und beginnt ohne Umschweife, Lisa mit seinem Leben zu penetrieren. Ich sehe, dass ihr zum Aus-der-Haut-Fahren ist, aber irgendwie finde ich die Situation auch skurril und muss trotz allem lachen. Ich presse mir die Hand auf den Mund und drehe den Kopf weg. Lisa ist hingegen überhaupt nicht amüsiert und wendet sich brüsk zu mir und dem anderen Typen, der auch immer noch bei uns sitzt. »Könntet ihr mal bitte etwas unternehmen?«, fragt sie laut und sehr empört. Doch ich kann nicht. Ich muss mir das Schauspiel einfach noch einige Sekunden ansehen.

Dann beuge ich mich vor und strecke meine Hand aus, zu Lisa, lege sie in die ihre, unsere Finger verbinden sich, meine andere Hand lässt sich auf ihrem Arm nieder und beginnt, langsam daran entlangzugleiten, hinauf zu ihrem Schlüsselbein und ihrem Hals.

Lisa tastet nach meinem Schenkel. Unsere Gesichter bewegen sich aufeinander zu. Wir schauen uns in die Augen. Ich blicke in ihr tiefes dunkles Braun, das bei diesem Licht wie eine einzige große schwarze Pupille wirkt. Dann senken sich ihre Lider davor. Unsere Lippen verschmelzen, unsere Zungen umschlingen einander, und wir küssen uns lange und leidenschaftlich.

Als wir uns wieder voneinander lösen, sagt Lisa: »Ich muss mal aufs Klo.« Ich blicke mich um. Der Jüngling ist fort. Der andere Typ sitzt noch da und schaut verlegen auf den Tisch. Ich kippe meinen Tequila auch ohne Lisa. Dann sehe ich ihn an und frage: »Was ist, gehen wir tanzen, oder wollen wir auch knutschen?« Er sagt: »Äh, ich dachte, wir können vielleicht erst einmal Telefonnummern austauschen oder so.« Ich muss lachen, blicke ihm ins Gesicht und sage: »Also, ich bitte dich.« Da steht er auf und geht. Ich bin zufrieden.

Schon will ich wieder auf die Tanzfläche und zappel ungeduldig auf meinem Stuhl herum, dass Lisa endlich vom Klo kommt. Dann sehe ich sie. Sie hat einen Typen am Arm. Es ist Max. Ich muss wieder lachen. Als die beiden heran sind, stehe ich auf. »Hallo Max«, sage ich. »Hallo Anna«, sagt Max. »Ich habe Max angerufen und ihm gesagt, dass er herkommen soll. War ja deine Idee«, sagt Lisa. »Okay, ich geh dann tanzen«, sage ich und tue es. »Viel Spaß«, sagt Max, während Lisa sich wieder setzt und ihn zu sich herunterzieht.

20

Jörg

Ich bin mit Emil unterwegs. Er ist am Abend zuvor angekommen und musste nicht schlafen, da er einen Jetlag hatte. Also musste ich auch nicht schlafen. Wir haben uns die ganze Nacht geliebt und den darauffolgenden Morgen und den ganzen Vormittag. Dann haben wir ein wenig geruht, sind gegen fünf aufgestanden, um etwas zu essen. Anschließend haben wir uns wieder geliebt, dann geduscht, uns zurechtgemacht, und nun sind wir unterwegs. Wir gehen in eine Bar am Hackeschen Markt, die ich hin und wieder mit Lisa besuche. Dort ist alles wie immer. An der Theke sitzt Jörg, der von sich behauptet, in dem Laden zu arbeiten, jedoch außer beim Einsammeln leerer Flaschen und Gläser noch nie bei irgendeiner Tätigkeit beobachtet worden ist. Er baggert massiv an einem blonden Mädel in einem hautengen Kleid herum, wobei jetzt schon alle Anzeichen darauf hindeuten, dass er auch dieses Mal keinen Erfolg haben und wohl wieder alleine nach Hause gehen wird. Die Tanzfläche ist noch schlecht bestückt, jedoch steht optisch ansprechendes Material am Rande bereit, um auf ein Zeichen des DJ hin die Hüften zu schwingen. Emil und ich platzieren uns in zwei Loungesesseln.

Wir sind guter Dinge. Bei Wein, so tiefrot wie mein Kleid, betrachten wir die Umstehenden und reden darüber, welche wir gerne mit nach Hause nehmen würden. Emil geht an die Bar. Ich schlage die Beine in die andere Richtung übereinander und lounge in meinem Sessel. Da setzt sich Jörg mit einem Bier zu mir.

»Hey«, sagt er.

»Hey«, sage ich.

»Wie gehts?« Ich zögere kurz, da ich eigentlich wenig Lust habe, mich mit ihm zu unterhalten. Aber Emil würde sicher gleich zurückkommen und ihn zurechtweisen. Also sage ich: »Ja, alles bestens, danke.« Jörg zappelt ein wenig, dann beugt er sich vor.

»Hey, wer ist der Typ, den du dabeihast?«, fragt er. Ich schaue belanglos und sage:

»Das ist Emil.« Jörg grinst nun, rückt unangemessen näher und senkt die Stimme zu einem verschwörerischen Flüstern. »Ich habe gehört, worüber ihr euch unterhalten habt.«

»Aha«, mache ich und finde den Zeitpunkt angemessen, an meinem Wein zu nippen. Doch mein Glas ist leer, und was immer Emil an der Bar auch tut, er lässt sich Zeit damit. So viel Zeit, dass ich nun mit Jörg hier sitze und nicht mehr interessiert das Geschehen auf der Tanzfläche beobachten kann. Ich werde leicht ungehalten. Jörg schaut dämlich lüstern.

»Ja?«, frage ich.

»Na ja«, macht er und rückt noch näher an mich heran, »na ja, ich meine, also wenn ihr da so drauf seid und so, also, ich hätte schon mal Lust so, ich meine, da so mit euch ...«

Er schiebt abgehakt sein Kinn vor und zwinkert. Dabei schwitzt er. Er hält das wohl für neckisch. Ich lehne mich etwas zurück und überlege, wie ich am besten gleichzeitig fassungslos sein und etwas Geistreiches und so Schlagkräftiges sagen kann, dass Jörg allein kraft meiner Aura und meiner Worte zurückprallt. Da steht Emil vor uns. Er stellt ein volles Weinglas auf den Tisch und sagt:

»Ich unterhalte mich gerade sehr nett mit jemandem. Ich geh wieder zu ihr, ja?«

Ich sage: »Jörg belästigt mich!«

»Ach ja?«, macht Emil und winkt ab. »Das schaffst du schon.« Ich zeige ihm charmant die Zähne. »Danke«, knirsche ich. Wichser, denke ich. Emil geht geschmeidig davon, und ich wende mich wieder Jörg zu. Der scheint von dem kleinen Intermezzo etwas aus der Fassung gebracht worden zu sein und leistet keinen Widerstand, als ich sage:

»Jörg, du hast doch vorhin mit so einem blonden Mädel geflirtet, versuch es doch bei der noch mal, sei so lieb.« Dann nehme ich mein neues Glas und erhebe mich. Jörg ruft noch:

»Wir haben nicht geflirtet, wir sind nur Bekannte!« Doch das höre ich schon nicht mehr, sondern schwinge mich auf die Tanzfläche davon.

Die Nacht entwickelt sich. Ich tanze, trinke Wein, lerne das neue Mädel von Emil kennen. Wir trinken noch mehr Wein, reden, beginnen, unverfänglich die Arme um uns zu legen, dann gehe ich wieder tanzen.

Als ich zurückkomme, sind Emil und das Mädel verschwunden. Ich sehe mich ein wenig nach ihnen um, entdecke sie jedoch nirgends, setze mich dann alleine an die Bar. Sofort steht Jörg neben mir.

»Suchst du deinen Emil?«, fragt er.

»Nein«, lüge ich.

»Der is weg, mit der andan«, sagt Jörg. Er lallt ein wenig. Dann fährt er fort: »Er betrügt dich. Er hat dich gar nich verdient. Du biss viel zu schade für ihn!« Und dann beugt Jörg sich vor und versucht, mich zu küssen. Ich bin überrascht und auch ein bisschen angewidert, weiche ihm aus und sage: »Ich geh mal aufs Klo.«

In dem schmalen Durchgang zu den Toiletten sitzt Emil mit dem neuen Mädel auf einer Bank. Sie lachen, schäkern, kuscheln, seine Hand greift in ihr Haar. Ich sehe sie, lache auch, bleibe bei ihnen stehen, will gerade etwas sagen, da ruft hinter mir Jörgs aufgebrachte Stimme: »Was machst du da, du Sau!«

Ich erschrecke, fahre herum, Emil schaut verwundert erst auf Jörg, dann auf mich, ich bedeute ihm, dass er sich nicht extra bemühen müsse, drehe mich zu Jörg um und sage:

»Komm mal mit!« Ich greife ihn am Arm, ziehe ihn in die Damentoilette und drücke die Tür hinter uns zu.

»Sag mal, gehts noch?«, fahre ich ihn an. »Hör auf, hier so eine Welle zu machen, klar?«

Jörg schaut mich an. Sein Gesicht verzieht sich. Dann umfasst er mich, und ich sehe schon wieder seinen feuchten Kussmund auf mich zukommen. Ich schiebe sein Kinn mit der Hand beiseite, und Jörg sagt: »Aber Anna, ich hab euch doch reden gehört, und bei mir würdest du es gut haben …«

»Gott!«, entfährt es mir. Ich stoße ihn mit Kraft von mir, reiße die Tür auf, stehe vor dem fragend blickenden Emil mit Mädel, die immer noch auf der Bank im Durchgang sitzen. Ich sage: »Jörg hat versucht, mich zu küssen.«

»Okay«, macht Emil, und nun steht er doch auf. Jörg kommt aus der Damentoilette getorkelt. Emil sagt zu mir: »Geh bitte nach vorne, Anna, wir zwei besprechen das.« Das finde ich nun ziemlich albern und bleibe einfach stehen, wo ich bin. Da macht Jörg zwei große Schritte auf Emil zu und sagt: »Du arroganter Arsch, wie kannst du nur so mit deiner Freundin reden! Und überhaupt, du kommst mit einer Frau hier an und machst dann mit einer anderen rum. Du ekelst mich an!«

Dann steht Jörg mit hochrotem Kopf vor dem völlig ruhigen Emil, tänzelt von einem Bein auf das andere und schnaubt. Es sieht aus, als ob er die Hand heben will, vielleicht, um Emil zu schubsen oder dergleichen, doch dann tut er es doch nicht. Stattdessen sagt Emil etwas zu ihm, allerdings ganz leise, fast flüsternd, sodass ich es nicht verstehe. Es bewirkt jedoch, dass Jörg keucht und noch röter wird. Er stampft mit den Füßen auf wie ein kleiner Junge. »Ich, ich, du …!«, bringt er hervor. Ich bin mir sicher, dass Emil ihn beleidigt hat, vielleicht irgendwie darauf angespielt, dass er derjenige ist, der zwei Frauen an der Hand hat, und er, der Jörg, habe gar keine, oder so etwas Ähnliches. Das würde zu Emil passen. Wenn er wirklich etwas Derartiges gesagt hat, dann ist Jörg noch ganz schön beherrscht, geht es mir durch den Kopf. Und dann, gerade als ich denke, wie es wohl nun weitergeht, ob die Situation vielleicht eskaliert, Jörg doch nach Emil schlagen und der ihn daraufhin mit einigen gezielten Hieben außer Gefecht setzen oder ihm gleich den

Kehlkopf in den Hals oder die Nase in die Stirn rammen wird, da geschieht etwas ganz anderes: Am Ende des Durchgangs öffnet sich eine unscheinbare Tür, auf der *Privat* steht. Heraus kommt ein junger Mann in einem hellen Nadelstreifenanzug, den ich noch nie zuvor hier gesehen habe, und geht mit raumgreifenden Schritten auf Jörg zu. Hinter ihm huscht ein blondes Mädel hervor. Es ist dieselbe, mit der Jörg früher am Abend an der Bar geflirtet hat. Sie ist noch dabei, ihr Kleid zurechtzuziehen. Der unbekannte Mann bleibt vor Jörg stehen und sagt:

»Jörg! Du arbeitest hier. So redest du nicht mit unseren Gästen. Egal was die sagen, der Gast hat immer recht. Hast du das verstanden?« Jörg wirkt nun hilflos, aber auch immer noch so, als würde er gleich explodieren. Atme, Junge, denke ich unwillkürlich. Er fuchtelt mit den Armen, zeigt auf Emil und hebt an:

»Aber dieses Arschloch hat …«

»So, das reicht!«, sagt der Unbekannte. Er fasst Jörg am Arm und zieht ihn mit sich. »Wir regeln das draußen«, verstehe ich noch, als er ihn an mir vorbeizerrt. Ich blicke ihnen nach. Jörg scheint lamentieren zu wollen, ich sehe ihn wild die Arme in die Luft strecken. Dann geht ein straffer Ruck durch den Unbekannten. Jörg sackt in seinem Griff zusammen wie der sprichwörtliche nasse Sack. Der Mann im hellen Anzug schleift ihn nun mehr, als dass Jörg selbst noch geht. Dann schluckt sie der Trubel des Clubs. Jörg sehe ich nicht mehr an diesem Abend. Auch das blonde Mädel ist schnell verschwunden. Der Unbekannte kommt später zurück und gibt uns dreien Sekt aus. Aufs Haus, sagt er und entschuldigt sich förmlich.

Ich will nicht mehr bleiben. Doch gehen will ich auch nicht. Ich denke an Jörg und habe Mitleid. Was wohl aus dem Armen geworden ist? Ich frage es später Emil. »Wahrscheinlich nichts«, antwortet der. Er streckt die Hand nach mir aus und legt sie um meine Wange. Sie riecht irgendwie leicht bitter, finde ich. Aber vielleicht bilde ich mir das auch ein. Wir gehen zu dritt. Doch heute bin ich mehr Staffage. Und am nächsten Nachmittag, als sie weg ist, muss ich wieder an Jörg denken.

21

Bretterbodendisko

Obwohl der Nachtzug sich reichlich Mühe gibt, mich in einen unbequemen Schlaf zu schaukeln, bin ich wach und starre gegen den wackelnden Vorhang der Liege gegenüber. Ich war in Wien. Die letzte Nacht, also heute früh, war ich erst gegen 9:00 Uhr im Bett. Als wir den Club verließen, war die Sonne schon aufgegangen, Vöglein zwitscherten, als wollten sie beweisen, dass solche verkitschten Formulierungen nicht nur in Büchern stehen, auf dem Naschmarkt war bereits Betrieb, und aus den zahllosen Backstuben, die die Stadt der Mehlspeisen zu bieten hatte, drangen betörende Gerüche. Wir hatten noch gefrühstückt, gelacht, der steigenden Sonne, den Vögeln und Frühaufstehern zugeschaut und waren dann wortkarg, aber übervoll getrennte Wege gegangen.

*

In Wien war Bretterbodendisko gewesen. Dort kannte jeder jeden, so war es mir zumindest vorgekommen. Und wen man nicht kannte, den konnte man schnell kennenlernen. Eigentlich verwunderte mich das auch nicht, für mich und meine Berliner Dekadenz ist Wien eine kleine Stadt. Vergleichbar mit Köln vielleicht. Hier kippte einem niemand Bier über den Kopf, überschüttete einen mit Schimpfworten oder spuckte einem auf den Bretterboden vor die Füße. Es gab auch deutlich weniger Englisch und Spanisch als in den Berliner Clubs, dafür andere Sprachen, die ich nicht kannte. Nur dass man überall rauchen konnte, das wirkte befremdlich großstädtisch und verwirrte mich. Wahrscheinlich war ich auch bloß neidisch, auf diese Hauptstadtidylle, die es dort, wo unsere Treppenstufe knarrte, nicht gab. Neidisch auf einen Freundeskreis. Zu

Hause gibt es nur die Berliner Schnauze. Und hier fühlte ich mich, als ob ich dazugehörte. »Inkludiert«, wie der Österreicher sagt. Mir schauderte, so seltsam war dieser Gedanke.

In Wien kannte ich Jonny. Und Jonny kannte den Freund von der Freundin einer Freundin des Freundes der DJane, und daher mussten wir unsere Jacken und Taschen nicht auf irgendeiner Bank abladen und ständig ein nervöses Auge drauf haben, sondern konnten die Sachen hinter dem DJ-Pult verstauen. Das war praktisch.

Jonny hatte in grauen Vorzeiten auch in unserer Agentur gearbeitet. Als er einmal nach Berlin gekommen war, um Jan und Olli zu besuchen, war ich mit ihnen ausgegangen, erstaunlicherweise ohne mit irgendjemandem Sex zu haben, an diesem Abend. Bierselig versprach ich ihm einen Besuch, und der Kontakt blieb locker, aber so stetig, dass sich dieser jetzt, nach Jahren, endlich verwirklicht hat.

»Wüßt a Bier?«, fragte mich Jonny nun und drückte es mir auch schon in die Hand. Das erste Bier kostete nichts, denn die Freundin der neuen Freundin eines ehemaligen Studienkollegen von Jonnys Freund hat mal mit dem Barkeeper geschlafen. Wie oft, oder wie lange das her war, schien egal zu sein.

Wir, und das waren einige, standen entspannt beisammen und quatschten oder zappelten zur Musik. Ein Typ tanzte mich an. Er trug eine von diesen kleinen runden Brillen mit dickem Rand, von denen ich mir nicht sicher war, ob sie die coolen Vorreiter oder die peinlichen Nachzügler der eckigen Berliner Hipster-Nerd-Brillen sind. Dazu hatte er schulterlanges Haar, einen dichten Bart und ein Shirt, auf dem ein Krokodil einen Elefanten ritt. Oh, ein typischer Wiener, dachte ich mir und freute mich. Ich bemerkte, dass mir erfrischend egal war, wie das aussah. Die Stadt begann schon zu wirken.

»Bist eh von do?«, schrie ich in seine Locken. Ich fand, ich machte mich ganz gut. Er schaute mich dämlich an und zuckte verständnislos mit den Schultern. Ich verzog enttäuscht das Gesicht.

»Kommst du aus Wien?«, fragte ich dann in meinem feinsten Berliner Hochdeutsch. Er lachte und schüttelte den Kopf.

»Ah, passt eh«, winkte ich ab und war sehr stolz auf mich. Er beugte sich herunter und küsste mich auf die Wange, was ich lustig fand. Dann wollte er Bier in mein Glas schütten, was ich jedoch verhinderte, da ich inzwischen auf Gin Tonic umgestiegen war.

»Sind das deine Freunde?«, fragte er mich nun und deutete auf Jonny und Konsorten. Etwas an seiner Stimme kam mir seltsam vor.

»Jo«, machte ich. Dann wollte ich es doch wissen: »Woher kommst du denn?«

»Aus Köln«, antwortete er. Ich war frustriert und verlor das Interesse.

Ich drehte mich wieder zur Gruppe zurück. Jonny schob mich mit einem Kerl zusammen.

»Das ist Philipp, der Freund von der DJane«, erklärte er. Wir küssten uns links, rechts, und ich war einmal mehr fasziniert davon, dass die Österreicher wirklich küssen. Das ist kein Wangeaneinanderreiben oder distanzierter Luftkuss, sondern je ein echter kurzer Schmatzer links und rechts auf die Backe, und man fühlte sich der fremden Person, die zufällig jemanden kennt, der jemanden kennt, die jemanden kennt, den man selbst kennt, schon gar nicht mehr so fremd. Und ich fühlte mich schon gleich gar nicht mehr so berlinerisch.

Philipp begann sofort ein Gespräch. Er war nett, witzig, charmant, und es ging um nichts Besonderes. »Du hast ein interessantes Gesicht«, sagte er zu mir. Ich musste lachen, war aber friedlich und entspannt. Und er hatte ja auch die DJane, also war alles ganz leicht. Dann drehte seine Freundin voll auf, und wir johlten, reckten die Arme in die Höhe und zuckten im Dröhnen der Bässe. Wir schmiegten uns umeinander, als würden wir das schon immer tun, und harmonierten in unseren Biegungen der Leiber wie Yin und Yang.

Ich hatte die Augen geschlossen, da spürte ich Finger an meiner Wange, Lippen an den meinen. Sekunden genoss ich nur, unfähig, etwas dagegen zu unternehmen, was mir vielmehr völlig absurd erschien. Dann öffnete ich die Augen und sah Philipp an mir, wie er sich rieb, spürte plötzlich seine geballte Nähe, die mich zur Gänze umfangen wollte. Ich prallte doppelt erschrocken zurück. Zum einen erschien mir das unmöglich, ja, unvertretbar, unsere Harmonie vor den Augen seiner Freundin in ein Desaster zu verwandeln. Ein vergebener Mann! Das durfte nicht sein. Aber fast noch mehr erschreckte mich die Tatsache, dass mich dieser Gedanke erschreckte. In Berlin wäre mir das nicht passiert.

Philipp öffnete nun seinerseits die Augen, aber er schaute gar nicht verwundert oder gar aggressiv, wie ich es von zu Hause erwarten würde, sondern er lächelte und zog mich an den Händen wieder zu sich heran. Seine Finger verschränkten sich in meine, und er legte so meinen Arm um sich. Unwillkürlich drehte sich mein Kopf hoch zum DJ-Pult, vor dem wir unmittelbar standen und auf dem Philipps Freundin die Turntables drehte. Sie sah konzentriert auf ihre Regler und beachtete uns nicht. Philipp folgte meinem Blick, lächelte aber nur weiter. Ich überlegte kurz, ob er vielleicht irgendwas eingeworfen hatte, doch außer dem Joint vorhin hatte ich nichts mitgekriegt. Er begann, sich wieder an mich zu schmiegen, aber ich zögerte immer noch und brachte meinen Mund an sein Ohr.

»Ist das okay für deine Freundin?«, schrie ich ihn an.

Nun sah er mir zum ersten Mal klar ins Gesicht und legte nachdenklich den Kopf auf die Seite.

»Wart, wir fragen sie«, schrie er zurück und winkte, ohne meine Hand loszulassen, mit der freien hoch in die Luft, um ihre Aufmerksamkeit auf uns zu ziehen. Sie schaute auf, schob den riesigen Kopfhörer einseitig vom Ohr und trat an den Rand des Pultes, wo Philipp mich nun auch hinzog.

Die beiden küssten sich und redeten kurz, sie lachte, er kicherte und rempelte sie leicht an. Ich hatte nicht das Gefühl, dass es in dieser Unterhaltung um mich geht. Dann schob Philipp mich vor und schrie laut: »Das ist Anna.«

Die DJane fasste mich an der Schulter, und ihre Berührung war gleichzeitig zart und bestimmt. Sie küsste mich, erst links, dann rechts. Falls sie auch ihren Namen nannte, ging er im Gestampfe ihrer Beats unter. Dann hielt sie mich einige Zentimeter von sich, betrachtete mich, immer noch meine Schulter festhaltend. Ihr Blick war auf eine eigenartige Weise wohlwollend und prüfend, fest und verspielt, sehend und geheimnisvoll zugleich. Und nichts davon war unangenehm. Dann nickte sie mir kaum merklich zu und wendete sich wieder an Philipp. Sie redeten kurz, und obwohl ich ganz nahe, fast zwischen ihnen stand, verstand ich nichts. Ich wusste nicht, ob das an den dröhnenden Bässen oder ihrer Mundart lag.

Von da an fiel Philipp in meinen Mund, als wolle er gleichzeitig verschlingen und verschlungen werden. In den Sekundenbruchteilen, in denen mein Verstand zwischendurch aktiv wurde, dachte ich, dass ich schon ewig nicht mehr, vielleicht noch nie in meinem Leben mit einem Mann derart synergetisch gewesen war. Die Geilheit war hier reines Prickeln, die Lust ein einstimmiges Geben und Nehmen, das keine Erinnerung daran zuließ, wie es jemals anders gewesen sein konnte. Als ich einmal die rollenden Augen öffnete, sah ich entfernt, wie der Kölner sich zu einem sehr kleinen Mann hinunterbeugte, ihn auf die Wange küsste und dann versuchte, Bier in sein Glas zu kippen.

Dann spürte ich, wie mich von hinten Arme umschlangen, eine Hand schob sich unter mein Shirt und tastete nach meinem Bauch. Sie war zart und bestimmt zugleich. Die DJane hatte die Platten an einen Kollegen übergeben. So wiegten sich nun zwei Körper an meinem und ich mich mit ihnen, suchende Lippen und tastende Finger finden sich überall. Wessen Haut und Speichel an welchem Mund, welchen Schultern, welcher Brust entlanggleitet und sich schmiegt, war nicht mehr zu sagen, und es bedurfte auch keiner Zuordnung. Ein Tanz, der zur Musik passte, die laut und rhythmisch, nun von dem Kollegen verursacht, direkt aus der Luft durch unsere Gehörgänge in unsere Leiber drang und das Blut bis in die entlegensten Spitzen elektrisierte.

So wiegten wir ohne Zeitgefühl. Irgendwann war ich sehr erschöpft. Die DJane, deren Namen ich nicht kannte und der mir nun auch nicht mehr wichtig schien, hielt mich im Arm und fuhr ihrem Freund mit der freien Hand in die Haare. Dieser legte seinen Kopf an meine Schulter. So standen wir eng zusammen verausgabt und glücklich auf der Tanzfläche, die sich, inzwischen nur noch von einem Computer bespielt, stark geleert hatte. Kein Kölner mehr.

Wir haben den Club trunken verlassen und stellten draußen fest, dass schon Morgen war. So liefen wir durch die erwachenden und duftenden Gassen, uns zu dritt an den Händen haltend, uns küssend, streichelnd und liebkosend.

»Hobt's ihr g'schmust«, fragte Jonny mich, als ich später, nach drei Stunden Schlaf, gegen Mittag mit ihm in seiner Küche saß, da Wiener Wohnungen keine Balkone haben. Und obwohl ich es eigentlich bestätigen musste, wollte ich es erst dementieren, entschied mich dann doch für ein Ja, denn das war es gewesen, kein Berliner Abgelecke und kein hochdeutsches Rummachen, sondern ein Schmusen in dem Sinn, den es vielleicht nur hier in Österreich haben konnte, wo man Fremde auf die Wangen küsst.

*

Daran muss ich denken, als ich nun im Nachtzug zurück in die andere Hauptstadt liege, und obwohl ich mich danach sehne, ist an Schlaf nicht zu denken. Nur nach dem Gefühl der letzten Nacht sehne ich mich noch mehr. Von Philipp, DJane und dem Naschmarkt, der Bretterbodendisko, dem Verschmust-Sein nun zurück zu meinen knarrenden Dielen und meinem meistens viel zu schlechten Wetter. Ach, dieses Wien! Ich bin melancholisch. Und ich weiß nun: Alles muss sich ändern.

22

Prenzlwichser

Ich klingele bei Jan, und ich trage kein Höschen. Jan wohnt direkt am U-Bahnhof Eberswalder Straße. Von seinem Fenster aus kann man den Leuten auf dem oberirdischen U-Bahnsteig, den seinerzeit schon Element of Crime in *Alle vier Minuten* als einen Verfall der sprachlichen Sitten entlarvt haben, dabei zuschauen, wie sie sich an ihren Soja-Latte festhalten. Wie alle in dieser Gegend tragen sie Jutebeutel und überdimensionale Kopfhörer, viel zu weite oder viel zu enge Hosen, wenn sie Männchen sind, einen Bart und beidgeschlechtlich einen strengen Knoten auf dem Kopf oder das Haar kurz und eckig, die Weibchen einen in der Taille eng geknoteten Trenchcoat und hin und wieder einen alten oder auf alt gemachten Fedora aus Filz. Das ist auch der Grund für mein knappes Longshirt und das Fehlen von Unterwäsche. Ich habe keine Ahnung, wie ich mich sonst für diesen Teil des Großstadtdschungels präparieren soll. Der Slogan der Theater-Soap *Gutes Wedding, schlechtes Wedding* verrät es: »Mitte ist Schitte, Prenzlberg ist Petting, real Sex is only Wedding!« Also keine Unterwäsche. Ich fühle mich trotzdem ein bisschen spießig. Doch so konnte ich vorhin erhobenen Hauptes oberirdisch aus der U2 steigen, Nase in den Nacken, Luft angehalten und losstolziert, nicht atmend, sonst hätte ich wohl dem ersten Hipster, der neben mir an der Ampel stand, wortlos auf die Budapester kotzen müssen. Doch ohne Höschen ging es, und gleich bei Jan, nach dem ersten Bier, würde ich auch ruhiger werden – falls er Bier da hat und nicht nur Sternburg für sich und Becks Gold für seine Prenzlberglerinnen-One-Night-Stands.

Jan öffnet die Tür. Er betrachtet mich. Ihm gefällt offensichtlich, was er sieht. »Hallo«, sage ich. »Hallo«, sagt er und lässt mich rein. Ich gehe in den einen Raum seiner Einraumwohnung und schaue mich um. Überall liegt Wäsche. Auf dem einzigen Tisch im Raum stapeln sich mehr Bücher als im Regal. Das Bett, in dem ich schon so oft gefickt habe oder auch wir beide, ist auch dieses Mal nicht gemacht. An einem Rohr des Gestells lugt eine Handschelle unter dem Kissen hervor. Eine leere Sternburg- und eine noch halb volle Becks-Gold-Flasche stehen neben dem Bett. Auf einem Beistelltisch vor dem Fenster, durch das man die Leute auf dem Bahnsteig beobachten kann, wie sie im *Cicero* blättern, steht ein kleiner Fernseher. Der Bildschirm ist zertrümmert. Vor dem Fenster hängt der Vorhang halb von der Stange gerissen herab. Alles ist voller Blumenerde. Es sieht aus wie die Spuren eines Kampfes.

»Was ist denn da mit deinem Fernseher passiert?«, frage ich. »Ach«, sagt Jan, »das ist ein bisschen blöd gelaufen. Ich saß hier auf dem Bett, habe mir einen Porno angeschaut und mir dabei einen runtergeholt. Und dann ist mir plötzlich aufgefallen, dass die Leute auf dem Bahnsteig alle zu mir hereinsahen, weil es draußen schon dunkel war und ich Licht an hatte. Da bin ich schnell aufgesprungen, um den Vorhang zuzuziehen, dabei bin ich auf der *Men's Health* ausgerutscht, gegen den Fernseher gefallen, wollte mich am Vorhang festhalten, der war aber nicht stabil genug, ich hab ihn heruntergerissen, den Fernseher umgeschmissen und aus Versehen auf die Blume gewichst, die auf der Fensterbank stand. Die musste ich dann wegschmeißen. War meine einzige. Echt schade drum.«

»Ah«, mache ich und betrachte das Szenario. Auf dem Boden liegt allerdings keine *Men's Health,* sondern nur eine JOY. Ich runzele ein wenig die Stirn. Jan tritt von hinten an mich heran und greift mit beiden Händen nach meinem Po. »Aber jetzt muss ich ja nicht mehr wichsen«, sagt er, »jetzt bist du ja da.« Ich will etwas antworten, stattdessen muss ich niesen und winde mich so gleichermaßen aus seinem Grapschen heraus. »Gesundheit«, sagt Jan, »hast du dir eine Erkältung geholt, weil du zu wenig anhattest?« Er hält das wohl für eine gelungene Anspielung und grinst frivol. »Mh, nee, ist wohl JOY-Schnupfen«, nuschle ich. »Hä?«, macht er. »Heuschnupfen!«, sage ich nun deutlicher. »Ah«, macht er, wartet, bis ich mir die Nase geputzt habe, und fragt dann: »Und, was machen wir jetzt?« Er setzt sich auf das Bett und zieht mich an den Handgelenken zu sich herunter, sodass ich nun halb auf seinem Schoß sitze. Ich lasse kurz zu, dass er mir die Zunge in den Hals schiebt, finde es auch ein wenig erregend – obwohl, nee, wenn ich so darüber nachdenke, finde ich es eigentlich überhaupt nicht erregend. Vielleicht darf man das in so einem Moment auch nicht, darüber nachdenken, aber erregend ist es eigentlich nicht. Nein, definitiv nicht. Wie ist das nur früher gewesen mit uns, denke ich, doch ich kann mich nicht mehr daran erinnern. Da löse ich mich von ihm und sage: »Ich treffe mich jetzt mit Lisa im Görli, wir wollen in der Wiener Straße Touristen auslachen gehen.« Das ist eine Lüge, aber es spielt keine Rolle mehr. Jan schaut mich an und verzieht das Gesicht. »Ich dachte, wir können hier ein bisschen rumvögeln und die Leute auf dem U-Bahnhof dabei zuschauen lassen«, sagt er, schnaubt dann und fragt: »Wenn du dich eh mit Lisa treffen wolltest, warum bist du dann überhaupt hergekommen?« Ich antworte: »Lisa hat mir erzählt, dass du sie gefragt hast, ob sie deine Blumen gießen kann, wenn du jetzt wieder für zwei Wochen in die Provinz musst. Sie hat mich gebeten nachzusehen, ob du überhaupt Blumen hast oder ob das nur ein Vorwand ist, damit sie herkommt. Sie schläft ja jetzt mit Max. Ich kann ihr ja sagen, dass du keine mehr hast.«

Jans Augen blitzen. Er klappt den Mund auf und wieder zu. »Blöde Kuh«, faucht er dann. Ich lächele und nicke. »Ich geh jetzt«, sage ich dann, beuge mich herunter und gebe ihm einen Kuss auf die Wange, drehe mich um zur Tür. »Brauchst gar nicht wiederzukommen!«, blafft Jan mir hinterher. »Okay, bis dann mal«, rufe ich zurück und verlasse die Wohnung und das Haus und stehe schon wieder auf der hipsten Kreuzung ganz Berlins. Ich muss schon wieder niesen. »Gesundheit«, sagt das Mädel neben mir an der Ampel. Sie trägt zur Leggings klobige schwarze Boots ohne Socken. Fehlt nur noch, dass Buffalo darauf steht, denke ich. »Danke«, sage ich.

»Heuschnupfen?«, fragt sie. »Hab ich auch.« – »Nee, Prenzlwichserallergie«, antworte ich. Sie schaut mich an und zieht den Mund schräg. »Dein Dutt ist so 2012«, sagt sie dann zu mir. Ich habe die Haare locker auf dem Kopf zusammengebunden. »Echt? Danke«, freue ich mich zutiefst erleichtert und strahle sie an. Dann wird die Ampel grün, und wir gehen getrennt und geschäftig auf dem Radweg über die Straße.

23

Auf dem Balkon

Emil ist in der Stadt. Und er meldet sich nicht. Ich weiß, dass er da ist, aber er ruft nicht an. Ich sitze auf dem Balkon und starre auf mein Telefon und starre, aber es klingelt nicht, weigert sich beharrlich zu klingeln. Ich ärgere mich. Was fällt diesem Wichser eigentlich ein, sich nicht zu melden! Seit vier Tagen sitze ich nun hier auf meinem verfickten Balkon, vor dem verfickten Telefon, und es klingelt nicht.

Dabei ist gar kein Balkonwetter. Ich streiche mir die Haare aus dem Gesicht, doch eine Böe verwirbelt sie sofort wieder. Ich habe in den Balkonkästen gesät, im Spätwinter schon. Die Wochen, in denen man immer nichts sieht, sind verstrichen, und inzwischen kommen hier und da ganz winzige zarte Triebe hervor, noch weit von jeglicher Knospe entfernt, aber schon sichtbar, und ich gieße und pflege und hege sie und sitze nun hier, in langen Hosen und einer dicken Jacke auf dem Balkon und schaue den Pflänzchen zu, wie sie sich im Wind biegen, sitze hier mit dem Telefon, und es klingelt nicht.

Es hat sowieso seit Tagen schon überhaupt nichts mehr bei mir geklingelt. Nicht das Telefon und auch nicht die Tür, kein Gong in meinem Kopf. Keiner hat mich angerufen, niemand mich besucht, kein neues Projekt, fast keine Mails, nur bedeutungslose Newsletter und Spamnachrichten. Ich bin offensichtlich gestorben für die Welt, denke mir nichts dabei, denke: Emil wird bald anrufen und sich mit mir treffen wollen. Doch er ruft nicht an. Mir fällt auf, dass ich nicht einmal Max im Hausflur oder bei den Briefkästen getroffen habe. Max ist jetzt sehr oft bei Lisa. Nicht einmal Max! Nicht einmal Achim.

Ich starre auf das Telefon, und es klingelt nicht. Der Wind wird stärker. Ich friere. Normalerweise mag ich den urbanen Blick von meinem Balkon auf die Straße. Man sitzt hier, wie auf einer Insel, beobachtet den Verkehr und das Rauschen, ohne selbst beachtet zu werden. Heute sehe ich gar nichts. Alles ist grau in grau verhangen, und eine Stadt scheint es nicht zu geben darin. Nur den Schlund hinter meinem Geländer. Und meine zarten grünen Triebe sind noch zu klein. Ihre Farbe wird einfach von der Außenwelt verschluckt. Es klingelt nicht. Ich denke, dass ich Lust auf Sex habe, und ärgere mich dann über mich selbst. Was soll das denn bitteschön für ein Sex sein, bei dem Wetter. Es kommt ja auch eh niemand vorbei, um mich zu ficken.

Fröstelnd gehe ich in die Küche und setze Teewasser auf. Während es zu kochen beginnt, starre ich auf das Telefon. Es klingelt nicht. Dann kocht das Wasser, und es klingelt nicht. Der Wasserkocher schaltet sich mit einem Klicken ab. Es klingelt nicht. Ich gieße den Tee auf. Es klingelt nicht. Vielleicht würde Sex doch helfen, denke ich. Ich puste in den Tee.

Dann fällt mir plötzlich etwas ein, und eine irrationale Panik überkommt mich: Emil muss anrufen, muss, unbedingt! Denn sonst gibt es niemanden mehr, mit dem ich ficken kann. Olli ist raus. Er wird Vera heiraten. Schade, ein bisschen. Aber raus. Jan ist auch raus. Ich weiß nicht, was da ist, zwischen uns, doch alles hat sich verändert. Wenn ich nur an Sternburg denke, wird mir übel. Und immer da rüber in den Prenzlberg fahren, also nee, wirklich nicht, nicht mehr. Nichts erregt mich mehr an Jan. Wenn ich an ihn denke, fröstelt es mich sogar in der Küche. Und Max. Ein netter Kerl, der Max. Er trifft sich jetzt sehr häufig mit Lisa, was ich so mitkriege. Ein netter Kerl. Vielleicht mal wieder mit ihm, wieso nicht. Gibt keinen Grund. Weder dafür noch dagegen. Lisa könnte ja auch mal auf einen Kaffee klingeln, fällt mir da ein. Sie ist ja jetzt öfter hier im Haus, bei Max. Wieso tut sie das nicht? Wieso klingelt sie nicht mal, kommt nicht mal vorbei, wenn sie von Max weggeht, auf einen Kaffee? Das könnte sie doch ruhig mal machen. Blöde Kuh, denke ich.

Ich starre auf das Telefon. Es klingelt nicht. Nun werde ich wirklich panisch. Ich umkralle es, schüttle es, schreie es an, klopfe darauf – vielleicht ist es einfach kaputt, kein Empfang. Doch mit dem Telefon ist alles in Ordnung, es ist Emil, der sich einfach nicht meldet, dieser Idiot, dieser Wichser, dieser verdammte Wichser. Verdammt!

Ich beschließe, ihn anzurufen. Blöde Idee. Ich weiß, dass es eine blöde Idee ist. Ich nehme die Teetasse und kehre auf den Balkon zurück. Wind zerrt an allem, ohne dass die graue Decke am Himmel aufreißt. Meine zarten Triebe biegen sich bedenklich. Die Tasse wird heiß, ich stelle sie ab und schüttle meine Finger. Dann fröstle ich wieder. Ich sollte Emil nicht anrufen. Wirklich nicht. Verdammt. Verdammter Wichser!

Ich bin sauer. Wieso ruft er nicht einfach an, dieser absolut dämliche verfickte Wichser, dann müsste ich mir diese Gedanken gar nicht machen! Ich nehme wieder das Telefon in die Hand, starre darauf, es klingelt nicht. Nein, es geht einfach nicht. Ich lege es wieder weg, schlürfe am Tee. Verbrenne mir die Zunge, friere. Außen zu kalt und innen zu heiß, denke ich. Verdammt! Ich sollte das einfach nicht tun, sollte nicht, darf absolut nicht! Warum klingelt es nicht einfach.

Einige Sekunden denke ich, dass Emil jetzt einfach nur sofort anrufen soll, anrufen muss, damit ich ihm sagen kann, dass er mich nie wieder anzurufen braucht und schon gar nicht zum Ficken und überhaupt, dass er sich das total abschminken könne, das total vergessen, und was das eigentlich solle, und was ihm überhaupt einfiele, und was er denn glaube, wer er sei, und dass er mich überhaupt nie mehr anrufen solle, nie mehr!

Er ist bereits seit vier Tagen in der Stadt. Seit vier verfickten Tagen in dieser verfickten Stadt. Und es klingelt nicht.

Das Schlimmste ist, dass ich wirklich Lust auf ihn habe. Und es geht nicht nur ums Ficken, auch wenn ich versuche, mir das einzureden. Nein, ich vermisse ihn. Tue es, seit ich weiß, dass er kommen wird, seit ich das weiß, denke ich an ihn, fast ununterbrochen. Ich habe mein Sehnen gepflegt und kultiviert, wohl genährt, sich entwickeln und entfalten lassen, habe mich an ihm gelabt und abgearbeitet, mich in ihm eingenistet. Verdammt! Ich will ihn. Will ihn ganz unbedingt! Ich vermisse ihn. Vielleicht liebe ich ihn auch. Aber nur vielleicht. Dieser Wichser! Und nun ruft er nicht an.

Der Wind zieht an meiner Jacke, und der Tee verbrüht mir den Gaumen.

Ich brauche eine Ausrede. Einen Grund. Und zwar einen ziemlich guten, einen verdammt guten, einen quasi unschlagbaren Grund, mich bei ihm zu melden. Ich sollte das verdammt noch mal nicht tun. Muss aber. Ich stelle den Tee weg, nehme das Telefon, das nicht klingelt, zur Hand, halte es fest, so fest, dass mir die Finger wehtun, starre es an. Ich gebe dir noch 30 Sekunden, denke ich, noch eine letzte Chance! Es klingelt nicht.

Belanglosigkeit. Nichts würde Emils Ego, sein unerschütterliches und überdimensionales Ego mehr erschüttern, als wenn ich so tue, als ob nichts sei. Nichts Besonderes. Schon gar nicht mein Sehnen nach ihm. Belanglos muss ich sein, belanglos muss vor allem meine Stimme bleiben, darf nicht zittern, sich nicht überschlagen, keine zu langen Denkpausen und keine voreiligen Antworten. Ich muss konzentriert und ruhig bleiben.

Ich gehe in die Wohnung, schließe die Balkontür, mein Herz klopft unter meiner dicken Jacke. Ich starre auf das Telefon. Ich lasse es Emils Nummer wählen. Ein Freizeichen. Er meldet sich.

»Hi«, sage ich.

»Ach, hey.«

»Na, du bist doch in der Stadt, oder?«

»Ja, ja, ich bin in der Stadt.« Eine Pause. Ich zittere. Unter der dicken Jacke bricht mir hier im Wohnzimmer der Schweiß aus.

»Und wie isses?«

»Ach, ich habe ein bisschen was zu tun, ein paar Termine mit der Bank und meinem Steuerberater und so.«

»Ah.« Wieder Schweigen. Diese verfickte, scheißdicke Jacke, denke ich.

»Sehen wir uns heute Abend?«, frage ich dann, und Emil antwortet: »Also, heute Abend, da passt es mir nicht, ich muss ganz dringend was wegen meiner Steuererklärung machen. Das muss bis morgen fertig sein, da habe ich noch einmal einen Termin beim Steuerberater.«

»Ah.« Mir schießen Tränen in die Augen, und ich bin hochrot, weil ich schwitze und weil ich nicht hätte fragen sollen, es nicht hätte tun sollen.

»Was machst du denn so?«, fragt Emil jetzt.

»Ich? Ich sitze auf dem Balkon.«

»Was, bei dem Wetter?«

»Wieso, hier im Wedding ist es schön«, lüge ich. »Na dann«, sagt Emil.

»Vielleicht können wir uns morgen sehen«, sagt er. Aber ich freue mich nicht. Ich will ihn nur noch loswerden. Nur noch dieses Gespräch beenden.

»Morgen geht bei mir nicht«, sage ich knapp.

»Ah, okay, schade«, macht Emil. »Ja, schade«, wiederhole ich.

»Übermorgen reise ich wieder ab«, sagt Emil. »Ah, schade«, sage ich noch einmal.

»Na, dann sehen wir uns wohl dieses Mal nicht«, sagt Emil.

»Ja, schade«, sage ich einmal mehr und fühle mich, wie in einer Endlosschleife gefangen.

»Wahrscheinlich komme ich dann dieses Jahr nicht mehr nach Deutschland«, sagt Emil da.

»Tja, schade«, antwortet mein Mund, der wohl nichts anderes mehr sagen kann.

»Na dann«, sagt Emil und dann auch noch einmal: »Schade.« – »Ja«, sage ich und dann nichts mehr, weil ich nicht weiß, was ich noch sagen soll.

»Ja, na dann, machs gut«, sagt Emil. »Ja, bis dann«, sage ich, wir legen endlich auf, und ich bin erleichtert, erleichtert, ihn endlich los zu sein und seine eklige Stimme nicht mehr im Ohr haben zu müssen und seinen widerwärtigen Geruch nicht mehr in der Nase und seinen kalten Schweiß nicht mehr auf meiner Haut, und ich bin erleichtert, es geschafft zu haben, doch noch etwas anderes gesagt zu haben außer »schade«.

Ich schmeiße das Telefon von mir auf das Sofa, reiße die Balkontür wieder auf, trete an die frische Luft. Meine Triebe sind nicht gewachsen in den letzten zehn Minuten. Der Tee steht noch auf dem Tisch und hat nun endlich Trinktemperatur. Eine kleine Weile verstreicht. Ich fahre mir durch die Haare. Der Wind verheddert sie wieder. Dann klingelt von drinnen das Telefon. Ich habe keine Lust ranzugehen, lasse es klingeln, weiß aber, dass gleich der Anrufbeantworter anspringen und Emil irgendetwas daraufsäuseln wird. Das will ich noch weniger, dass es dann auch noch auf Band festgehalten ist, und so stürme ich rein, gehe doch ran und melde mich knapp. Und dann geschieht etwas Ungeheuerliches, etwas ganz und gar Ungeheuerliches.

»Es tut mir leid«, sagt Emil im Hörer. »Hey, Anna, hörst du? Es tut mir leid.«

Ich klappe den Mund auf und wieder zu. Wieder schießen mir Tränen in die verfickten Augen. Es tut mir leid, hat er gesagt. Zweimal. Ich werde ganz weich.

24

Schlag ins Gesicht

Ich bin zu spät. In dem Wissen darum überquere ich zügig, fast laufend die Straße und eile durch den kleinen verwaisten Biergarten auf die Eingangstür der Bar zu, in der ich mit Emil verabredet bin. Es entspricht durchaus meinem Stil, zu spät zu kommen. Ich weiß, dass Emil eine angemessene Zeit auf mich warten wird, dass er, selbst auf die Minute pünktlich, jede darauffolgende in einer latent steigenden Erwartung verbringt, erst eine zarte Rührung, dann leichte Aufregung und dann eine Erregung, die sich leicht ins Übermäßige steigern konnte. Aber heute bin ich über eine halbe Stunde im Verzug, da zu meiner geplanten Verspätung noch einige Unvorhersehbarkeiten hinzugekommen sind: Der Bus wurde umgeleitet, weil ein ganzer Straßenblock gesperrt war. Ich hatte keine Ahnung warum, vielleicht wurde wieder irgendwo ein Film gedreht oder es gab einen Staatsbesuch, eine Demonstration oder eine Terrorwarnung. Das interessierte mich alles nicht, ich wollte nur so schnell wie möglich zu Emil. Denn irgendwann wird seine Stimmung kippen. Dann wird er nicht mehr mit Genuss den Sekundenzeiger der Wanduhr betrachten, sondern mit gerunzelter Stirn, seine Vorfreude wird in Ärger umschlagen, seine Wollust in Unlust. Bis sein Stolz ihn würde aufstehen und gehen lassen. Und so weit soll es nicht kommen, nicht heute!

Ich betrete nun leicht gehetzt die Bar, bleibe kurz am Eingang stehen, um durchzuatmen, formatiere meine Ausstrahlung. Emil steht an der Theke. Er hat mich bereits gesehen und blickt mir entgegen. Ich kann im Dämmerlicht seine Augen nicht sehen. Ich gehe auf ihn zu, lasse meinen Blick sprechen, öffne bereits leicht den Mund, noch unentschlossen, wie ich die Konversation beginnen möchte: mit dem Hauch einer Entschuldigung, einer Koketterie, einer Überspielung? In dem Moment, als ich vor ihm stehe, Luft hole, um meine wohlformulierten Worte anzusetzen, da holt er aus und schlägt mir mit der flachen Hand ins Gesicht. Ächzend entweicht die eingeholte Luft meinem Mund wieder. Mein Kopf fliegt zur Seite. Plötzlich gerät ein noch nie da gewesener, absurder Bildausschnitt in mein Blickfeld: diagonal die nackte Kante des Tresens, darauf aufgereihte laborartige Phiolen auf gläsernen Regalbrettern mit farbigen Elixieren, von indirektem Licht beschienen. Am Rand ein Spiegelausschnitt, darin Emil von der Seite, daneben ein sich halb aufrichtender Mann mit großen ungläubigen Augen. Was für eine Komposition, denke ich. Dann reiße ich ruckartig den Kopf wieder nach oben, starre Emil an, voller Empörung, der ist ganz ruhig, und ich setze an: »Sag mal, hast du sie …« Und noch bevor ich den Satz beenden kann, schlägt er mich wieder mit der flachen Hand ins Gesicht. Doch dieses Mal reagiere ich. Ich verpasse ihm ebenfalls eine Ohrfeige, dass es nur so schallt. Dann stehen wir voreinander. Ich schnaube, zittere am ganzen Körper und bin, nicht nur wegen des Schlags, hochrot im Gesicht. Emil schaut immer noch ausdruckslos. Auch seine Wange verfärbt sich leicht, dort, wo ihn meine Hand getroffen hat. Unter anderen Umstände hätte mich seine Kälte erschaudern lassen. Doch in diesem Augenblick bin ich so schnaubend und bebend, dass seine Teilnahmslosigkeit meine Wut nur noch steigert. Die wenigen Gäste sind verstummt und starren uns an. Niemand rührt sich. Da packt Emil mich am Oberarm und drängt mit mir zum Ausgang. »Komm«, sagt er. »Hey, was …«, hebe ich an, schaffe aber auch diesen Satz nicht zu Ende. Emil zieht mich nach draußen. Halb mich wehrend, halb hilflos lasse ich mich mitnehmen. Sein Griff schmerzt an meinem Arm.

Vor der Tür schiebt er mich herum und stößt mich von sich, sodass ich hart gegen die Wand pralle. Ich schlage mir die Stirn an, wirble herum, ducke mich unwillkürlich weg. »Sag mal, geht's noch? Was soll das denn!«, schreie ich ihn an. Doch er antwortet nicht, tritt stattdessen an mich heran, legt seine Hand um meinen

Hals und drückt so meinen Kopf gegen die Mauer. Dann beugt er sich über mich und beginnt, mich wild zu küssen. Er schiebt seine Zunge tief in meinen Rachen, beißt mir auf die Lippen mit seinen Zähnen, bis sie bluten. Mir bleibt die Luft weg. Sein Speichel rinnt meine Kehle hinunter, von innen wie von außen. Ich muss husten. Er löst sich wieder von mir, seine Hand presst weiterhin meinen Kopf an die Wand. Die andere fährt unter mein Kleid. Ich trage keine Unterwäsche, wollte ihn überraschen. Dass er das jetzt gegen mich verwendet, macht mich noch rasender. Zwar habe ich längst meine Nägel irgendwo in sein Fleisch geschlagen, ich strample und trete nach ihm. Doch das scheint er überhaupt nicht zu bemerken. Nun spüre ich seine Hand in meinem Schoß, spüre, wie seine kalten Finger in die klebrige Wärme zwischen meinen Beinen eindringen. Bäume mich auf, will schreien, bringe jedoch nur ein Gurgeln zustande. Da reißt er seinen Arm wieder hoch, packt mich um die Hüften, mit der anderen weiter meine Kehle zudrückend, und zwängt mich so an der Wand entlang um die Ecke des Gebäudes, wo es keine Straße mehr gibt und wo die vordere Beleuchtung nur spärliche Schatten hinprojiziert. Emil zieht nun seine freie Hand zurück. Ich höre, wie er sich die Hose öffnet. Einmal mehr bäume ich mich auf, reiße auch den Mund auf, um etwas zu sagen, ihn anzubrüllen, ihm ins Gesicht zu schreien, was das Ganze soll, was er da eigentlich tut, was zum Henker denn in ihn gefahren ist! Auf die Idee, ihm auch zu sagen, dass er mir wehtut, komme ich erst viel später. Doch wieder würgt nur ein Krächzen aus meiner Kehle. Es klingt wie unfähig zu mehr, unfähig zur Silbe, ungeübt im Wort, unfähig der Artikulation.

Dann zieht Emil sich mit seiner Hand an meinem Hals an mich heran, presst nun seinen ganzen Körper an den meinen, mich mit seinem Gewicht an die Wand, sein Haar ergießt sich in meinen verzerrten Mund. Mit seinen Beinen drückt er meine auseinander, drängt sich hinein in mich, meine Brüste drücken sich schmerzhaft durch die dünnen Stoffe an seine Rippen. Alles ist hart an ihm, verhärtet, wie Stahl so kalt. Nun lässt er ab von meinem Hals, löst seine Hand, um mich, wie es ihm passt, zurechtzuschieben. Dann dringt er in mich ein. Luft entweicht meinen Lungen. Wie ein Stöhnen klingt es. Lustvoll. Und so spüre ich ihn, seine Umarmung, seine Waden an den meinen, sein Becken sich bewegen, ihn in mir. Spüre seine Haare in meinem Gesicht, seinen Atem an meinen pfeifenden Ohren; seine Zunge zieht nasse Schlieren über meine Wange.

Ich spüre, wie er mich in diesem Moment mehr will als alles andere. Wie er mich begehrt, wie er hängt, an mir klebt, zieht, sich verzehrt, sich öffnet, wie er alles loslässt, sich fallen lässt und sich mir ganz preisgibt, sich entblättert, mir Einblicke gewährt in seine tiefsten Ängste, seine zerrissene Seele, sich mir ganz hingibt, sich zugibt und ganz nackt, ganz hilflos zulässt, was hier geschieht, was mit ihm geschieht und mit mir, mit diesem innigsten Uns, in diesem Augenblick, wie es nie zuvor einen gegeben hat. Wie er mich fickt, aber ich ihn vergewaltige. Er zittert, seine Arme drücken mich so fest zusammen, dass mir kleine Sterne vor den Augen tanzen. Ich spüre, wie sich irgendetwas schmerzhaft in meinen Knöchel bohrt. Meine eigenen kalten Hände kleben leblos an seinem Körper. Und so liebt er mich. So hält er mich.

Dann wird er langsamer, seine Glieder schlaffer. Und er küsst mich erneut. Ruhiger nun. Seine Zunge versucht nicht mehr, mich zu ersticken, seine Lippen wollen nur kosten, nicht mehr verschlingen. Seine wilde Gier wird zu einer tiefen Leidenschaft. Seine Umarmung ist immer noch kraftvoll, aber nicht mehr würgend. Ich zucke noch, schwitze, bin fahrig mit meinen Fingern an ihm. Doch entkrampfe mich in dem Maße, wie ich merke, dass er es tut. Zittere zwar immer noch, weiß nicht wohin, will nicht und will doch, bin noch wütend und verstört, auch empört, doch lasse ihn nun zu, seinen Kuss.

So stehen wir, küssen uns. Dann löst Emil sich, nimmt mein Gesicht in seine beiden Hände, die nun wieder weich sind und groß, schaut mich an. Warum?, fragt mein Blick, doch ich bleibe stumm.

Dann lässt er ab von mir, tritt einen Schritt zurück, richtet seine Kleidung mit sorgfältigen, mechanischen Bewegungen. Er steht mit dem Rücken zum sperrigen Licht, sodass ich nur seine Silhouette sehen kann. Zwei, drei Lidschläge vergehen. Dann sagt Emil: »Ich habe eine Frau kennengelernt.« Die Worte treffen mich so unvorbereitet und hart wie sein erster Schlag in mein Gesicht. Ich blicke auf seine schwarze Gestalt und schweige. Auch er schweigt einige Sekunden. Dann spricht er sehr schnell, als er sagt: »Sie ist um einiges reifer als du und sieht auch besser aus. Sie ist echt hübsch. Ich komme nicht mehr nach Berlin.« Wie ein Schwall prasseln seine Worte auf mich hernieder, monoton und leer und doch so hart wie Hagelkörner. »Leb wohl«, sagt jemand. Dann dreht Emil sich um und geht.

Ich sehe ihm nach, rühre mich nicht. Bin unfähig zu reagieren, zu denken, zu irgendwas. Als er außer Sicht ist, blicke ich mich um. Hinten an der Wand stehen Müllcontainer und schwarze Säcke. Zertretene Zitronenscheiben und Bierdeckel liegen auf dem Boden. Ich würde mich jetzt gerne übergeben, doch mir ist nicht schlecht. Ich würde gerne heulen, doch meine Hals ist immer noch trocken. Ich stiere verlangsamt. Dann hole ich mein Handy aus der Tasche. Ich suche im Menü nach Emils Nummer. Als der Eintrag angezeigt wird, lösche ich ihn. Ich stecke das Handy wieder weg und schaue hoch. Aus der Ferne kommen Sirenen näher. Ich überlege zu warten, ohne zu wissen worauf.

25

Cake Club

Ich bin mit Olli im Cake Club. Eigentlich wollte ich mich mit Jan zum Ficken verabreden. Nicht weil ich wollte, sondern weil es nichts Besseres mehr gibt. Ich habe nicht gewusst, was ich sonst tun soll, wen sonst anrufen. Doch das mit Jan hatte nicht funktioniert. Es ist merkwürdig, es geht einfach nicht mehr mit uns beiden. Ich habe ihn angerufen, gefragt, ob wir uns am Abend auf ein Bier treffen wollen. Er hat gedruckst und dann gesagt, er sei mit Olli verabredet. Daraufhin habe ich Lisa angerufen. Auch die stotterte und meinte dann, sie treffe sich mit Max. Da ich aber unbedingt an dem Abend raus wollte und dachte, sich im Schlepptau eines Paares zu befinden, könne eine gute Strategie sein, machte ich mich auf zu meinem Nachbarn, um ihn zu fragen, ob ich mit den beiden weggehen könne. Ich klingelte und klopfte, doch anstatt Max' ging die angrenzende Tür von Achims Wohnung auf. Der starrte mich an, brummte und meinte dann, Max sei gar nicht da, schon einige Tage nicht, und er habe sich auch schon gefragt, wann er wohl wiederkäme, denn es stinke aus seiner Wohnung nach Katzenpisse. Ich wunderte mich mäßig und wollte es lieber nicht genauer wissen. Also kehrte ich in meine eigene Wohnung zurück.

Nachdem ich die Balkontür aufgerissen hatte, rief ich Olli an, tat harmlos und fragte, ob er Lust auf ein Bier am Abend habe. Er sagte zu, meinte noch, ohne Sex, versteht sich; versteht sich, bestätigte ich, wurde dennoch ungehalten und fragte, ob er nicht mit Jan verabredet sei. Er verneinte und wirkte ehrlich ahnungslos. Also rief ich wieder bei Jan an und fragte ihn, warum er mich angelogen habe. Daraufhin wurde der sauer und sagte, ich habe ihm nicht hinterherzuspionieren; dass er sich mit Lisa treffe, sei nur deren beider Angelegenheit und gehe mich und Max überhaupt nichts an, und außerdem sei er mir keine Rechenschaft schuldig. Ich sagte Nee und dass ich eben deswegen nicht verstünde, warum sie so ein Brimborium daraus machen, und was Max überhaupt damit zu tun habe, aber das sei auch egal, denn es sei ja ihre Sache und ginge mich nichts an, und sie seien mir ja keine Rechenschaft schuldig.

Und nun habe ich also ein Date mit Olli, das kein Date ist, und wir sitzen im Cake Club, zwischen Individualtouristen mit Insider-Reiseführern und Freunden von Freunden von Freunden, die ein paar Monate in Berlin wohnen und Party machen wollen, bei Apfelwodka und einem unfähigen DJ mit einer noch unfähigeren Anlage, und Olli erzählt, dass er Vera nun schon wieder seit sechs Wochen nicht gesehen habe. Ich höre nicht zu, denn ich bin genervt. Denn nach der ganzen Telefoniererei war dann die Anreise hierher anstrengend gewesen.

In der U8 hatte eine angespannte Vor-Party-Stimmung geherrscht. Mit dieser Linie so weit zu fahren ist eh seltsam. Von der Pankstraße bis zum Rosenthaler Platz tauscht sich der komplette Zug einmal aus. Das ist noch extremer als auf den Touristenabschnitten der U2 oder der U6. Dann kam ich viel zu früh an, da ich es nicht mehr zu Hause ausgehalten habe. Von den Wohnblöcken am Kotti aus lief ich eine Weile ziellos umher. Dann setzte ich mich irgendwo auf den mit Tischen und Stühlen vollgestellten Bürgersteig der Adalbertstraße, um etwas zu essen. Hinter mir nahmen zwei Frauen Platz. Mein schweifender Blick meinte zu erkennen, dass sie ihre besten Jahre wohl hatten, als die Mauer noch stand.

Die eine begann zu erzählen. Sie sagte zu der anderen: »Und der da vorne, das war der erste Dönerladen in ganz Deutschland. Hier in Berlin. Da wurde in den 70er-Jahren der Döner erfunden von einem Türken. Da in dem Laden da vorne. Bis dahin gabs das ja gar nicht, so Döner. Und auch in der Türkei, also die kennen das ja gar nicht, Döner, so wie wir den hier essen. Und der wurde hier erfunden. Hier in der Dönerbude da drüben. In den 70ern war das. Also, bis dahin kannte man das ja so gar nicht in Deutschland. Das mit dem Döner ist ja dann erst aufgekommen. Bis dahin gabs das ja nicht. Und da in dem Laden wurde er erfunden.«

Sie machte eine kurze Pause. Dann sagte sie: »Aber vielleicht war das auch gar nicht da. Vielleicht war das auch ganz woanders. Das erzählt man sich hier halt so, am Kotti, dass das da vorne in dem Laden gewesen sein soll. Und hier stimmt das auch. Egal wies war, hier wars so. Das ist Kreuzkultur.« Die andere Frau hatte die ganze Zeit über geschwiegen. Nun sagte sie: »Ich glaube, mein Türke ist Syrer. Der hat gerade Krieg zu Hause.«

Ich stand auf und schob mich weiter, durch die ganze Kreuzkultur, die O-Straße runter zur Hochbahntrasse, am Wiener Blut vorbei Richtung Görli. Wenn ich ehrlich war, war ich doch ganz froh, dass wir uns nicht zum Beispiel am Rosenthaler Platz verabredet hatten.

Als es spät genug war, machte ich mich auf den Weg zum Cake Club. Im SO36 schien es heute eine Kostümparty zu geben. So jedenfalls sahen die Gestalten aus, die sich langsam zu einer Schlange vor dem Eingang formierten. Und im Roses auch. Aber da war ja jeden Tag Kostümparty, in Echtzeitkulisse. Deswegen ging ich da auch so gern hin, ab und zu. Doch durch das Klientel vorm SO36 musste ich irgendwie durch. Und hier halfen meine Prenzlberg-Strategien nicht. Also zog ich am Automaten drei riesige runde Kaugummis, stopfte sie mir in den Mund, konnte kaum mehr atmen, so groß war der Klebeberg. Ich kaute und verzog leidenschaftlich angewidert das Gesicht, als sich die drei künstlichen Geschmacksrichtungen auf meiner Zunge vereinten. An der roten Ampel wartend kaute ich den Berg weich. Als die Ampel grün wurde, begann ich Blasen zu machen. Riesige bunte Blasen mit dem Berg Kaugummi in meinem Mund. Ständig, immer wieder. Sie zerplatzten mir im Gesicht, verklebten meine Haare und hinterließen eklige Fäden auf meinen Wangen, meinem Kinn und meiner Nase. Auf diese Weise, mit meinen Blasen, schlug ich mich durch die Menge. Ein verwahrlost aussehender Mann öffnete eine Bierflasche an einem Stromkasten. Der

Deckel sprang auf die Straße, und das Bier kam wie eine Fontäne aus dem Hals geschossen. Es ergoss sich über die wartende Menge. Die machte »aaah« und »oooh« und hielt es wohl für einen Teil der Performance. Ein kleiner Typ mit neongelben Hosenträgern spannte einen pinken Schirm auf, auf dem eine Prinzessin abgebildet war, die ebenfalls einen Schirm trug. Der verwahrlost aussehende Mann mit der nur noch halb vollen Bierflasche fluchte laut, trat gegen den Stromkasten, setzte dann die Flasche schnell an und wandte sich ab, wobei er sich mit der freien Hand in der Arschritze kratzte. Ich ging weiter. An der nächsten roten Ampel spuckte ich den leer gelutschten Klebeberg in einen Mülleimer. Es wäre mir peinlich gewesen, wenn Olli mich kaugummikauend gesehen hätte.

Und nun sind wir also hier, und es ist um nichts besser. Olli erzählt von Vera und wie er ihr den Antrag gemacht hat oder noch machen will, das verstehe ich nicht so genau. Mir ist langweilig. Mir ist so langweilig, dass ich schon wieder beginne, latente Aggressionen zu entwickeln. Ich gehe auf die Tanzfläche. Das macht die Musik nicht besser. Ich gehe aufs Klo. In der Damentoilette lümmeln einige Typen und rauchen. Ich sage: »Sorry, das hier ist die für Mädchen.« Die Jungs zucken zusammen, schieben sich gegenseitig umeinander. Einer von ihnen sagt: »Hey, ist schon gut, wir gehen schon, wir wollen keinen Stress, keine Schlägerei, bitte, keine Schlägerei!« Ich starre blöd, und es dauert drei Sekunden, bis es mir einfällt zu antworten: »Äh, ja, eben, also macht, dass ihr hier rauskommt, bevor ich mich vergesse!« Doch es ist nicht lustig, und da sind sie auch schon weg.

Auf dem Rückweg drücke ich mich am DJ-Pult vorbei. Ein Typ steht dort, noch kein Bartflaum, dafür ein knappes Wollmützchen mit hochgerolltem Rand auf dem Kopf. Sein Blick ist leicht glasig. Ich kenne ihn nicht, aber er greift mich am Arm und sagt: »Hey, es tut mir leid, ich hab ihn jetzt gerade gefragt, aber er hat keins. Das tut mir echt so leid!« Ich schaue wieder etwas dämlich, dann ziehe ich eine Braue hoch und antworte: »Ach, das macht nichts, ist schon okay«, will weitergehen, aber der fremde Typ hält mich fest, schaut betreten auf den Boden, dann wieder auf mich. Worum auch immer es geht, es scheint ihn wirklich zu beschäftigen. »Nee«, sagt er, »tut mir wirklich leid, nein, ganz ehrlich! Er hat einfach keins, ich weiß auch nicht wieso.« Ich ziehe ein wenig an meinem Arm und entgegne: »Ist schon okay, da kann man nichts machen.« – »Ja«, gibt der unglückliche und mir unbekannte Junge zurück, doch locker lässt er nicht. Wieder lamentiert er: »Aber es tut mir halt echt leid, echt scheiße, wirklich, wirklich leid. Ich meine, ich habs versprochen und nun …« Und nun bin ich inzwischen ziemlich genervt, und zwar so genervt, dass ich ihn anherrsche: »Ja, das hast du, du hast es versprochen, und soll ich dir was sagen? Ich bin echt schwer enttäuscht, und ich sag dir noch was: So wird das nichts mit uns, also SO nicht. Ganz bestimmt nicht!« Nun blickt er ziemlich verdattert, lässt aber endlich meinen Arm los, und ich entziehe mich schnell und drängle mich wieder durch zu Olli. Von allem zur Genüge genug habend, will ich nur noch mein Bier austrinken und dann gehen. Doch meine Flasche steht nicht mehr an dem Platz, an dem ich sie abgestellt habe.

Olli hat sich in die andere Richtung gedreht. Er unterhält sich mit einem kleinen dunkelhaarigen Mädel, lacht und hat offensichtlich seine Trauer über die Abwesenheit seiner Freundin überwunden. »Olli, wo ist mein Bier?«, frage ich. Er legt einen Arm um die Schulter des fremden Mädels, als wolle er sie leicht zur Seite schieben, weil jemand an ihnen vorbeigehen will. Gleichzeitig nutzt er die Gelegenheit, sie an sich heranzuziehen, seine Nase berührt schon ihr Haar. »Olli, hast du mein Bier genommen?«, frage ich erneut und zupfe ihn am Ärmel. Jetzt dreht er sich endlich um. »Anna«, sagt er und blickt mich irgendwie mitleidig an. Er wendet sich wieder zu seiner neuen Schickse, flüstert in ihr Ohr: »Bin gleich wieder da, ja?« Dann zieht er mich ein paar Schritte zur Seite.

»Anna«, sagt er, »ich weiß … Also das sieht jetzt bestimmt blöd aus in deinen Augen, aber ich und Isabelle …« – »Wer ist Isabelle?«, unterbreche ich ihn. »Und wo ist denn nun mein Bier?« Doch er reagiert überhaupt nicht auf das, was ich sage, sondern fährt fort: »Ich weiß ja, wir beide und, na ja, du bist einfach klasse, aber … Anna, ich muss mich von dir lösen, ich will wirklich heiraten, und ich meine, mit Isabelle, das ist nichts Ernstes, aber wir beide, es geht einfach nicht, ich weiß, dass du es willst, aber es geht nicht.« Ich schaue Olli dämlich an und verstehe nur Bahnhof. Da hebt er die Hand und streichelt mir über die Wange. Ich ziehe eine Grimasse, wie zuvor bei dem Geschmack der Kaugummis, und drehe den Kopf weg. »Iih, lass das«, sage ich und mache diese wedelnde Fliegenverscheuch-Handbewegung. Daraufhin macht nun Olli eine herrische Geste, als wolle er sich unglaublich aufregen, und beginnt zu sagen: »Anna, können wir nicht einfach …« Da reicht es mir. Ich hole tief Luft, mache den Mund auf, habe einen unwiderstehlichen Drang, ihm endlich einmal meine Meinung zu sagen und hier einiges klarzustellen. Ihm zu sagen, wie schön es früher gewesen ist, mit ihm zusammen, dass ich ihn echt gern gehabt habe, wirklich richtig gerne, und wie herzlich egal mir das alles inzwischen ist. Will ihm sagen, dass mir inzwischen eigentlich nur noch Jan und hin und wieder die Stadt mehr auf den Sack gehen als er, wenn ich denn einen hätte, dass er heiraten könne, wann, wen und wo er wolle, will ihn Rechenschaft ablegen lassen über mein verschwundenes Bier und ihn noch fragen, warum ich die Affäre von Lisa und Jan vor Max geheim halten muss, doch dann fällt mir auf, wie absolut überflüssig meine Aufregung eigentlich ist, wie absolut, absolut überflüssig. Und so muss ich lachen, zucke leicht mit den Schultern und sage stattdessen: »Olli, ich gehe jetzt.« Beim Umdrehen höre ich noch, wie das neue Mädel zu Olli sagt: »Deine Freundin hat aber ein interessantes Gesicht.« Dann verlasse ich den Cake Club und die Straße der ewig Gelangweilten, ohne mich noch einmal umzusehen.

Am Kotti herrscht ein erfrischend anderer Trubel, und ich atme erleichtert und auch ein wenig erschöpft die schlechte Kreisverkehrluft ein. Es riecht nach scharfen Gewürzen, fauligem Obst und Kotze. Ich passiere den Dönerladen, von dem die Frau früher am Abend erzählt hat. Wenige Schritte weiter sitzt ein Mann mit wirrem grauen Haar und lumpigen Klamotten zwischen Graffiti und Pisslachen an eine Hauswand gelehnt, einen verbeulten Coffee-to-go-Becher vor sich. Er erinnert mich an Achim, obwohl er kein Straßentier dabei hat. Ohne nachzudenken betrete ich die Dönerbude, nehme einmal »mit alles« und Kräutersauce, lasse die Dönertasche sorgfältig in Alufolie einwickeln, dazu noch eine Flasche Cola und ein Wasser und gehe mit dem Alubündel auf den Obdachlosen zu. »Hier, ein Döner«, sage ich und halte es ihm hin. Der Mann schaut mich mit großen Augen an, spricht sehr leise etwas, was ich nicht verstehe, nickt kaum merklich. Er greift nach dem Döner. In diesem Moment fällt mir etwas ein. »Ach äh, oder sind Sie vielleicht Vegetarier? Veganer?«, frage ich ihn. »Das tut mir leid, da habe ich jetzt gar nicht …« Der Mann hat schon nach der eingepackten Dönertasche gegriffen, hält sie an einer Seite fest, ich lasse sie aber nicht los, halte sie an der anderen. Wir ziehen beide am Döner. Der Mann richtet wieder seine unerträglich großen Augen auf mich, reißt sie weit auf und schaut mich an, dann schüttelt er sehr langsam und stumm den Kopf. Endlich lasse ich den Döner los. »Ah, puh, dann ist ja gut«, sage ich, »ich dachte schon, also, ich hatte jetzt schon Bedenken, dass Sie vielleicht …« ich breche ab. Der Mann schaut mich vom Boden aus weiter mit seinen riesigen Augen an. Plötzlich komme ich mir unfassbar dämlich vor. Ich werde knallrot. »Ja, dann«, sage ich, hebe unwillkürlich die Hand ans Gesicht, »dann, äh, ja, guten Appetit, also, ja«, mache ich, drehe mich einmal links und einmal rechts um mich selbst, da ich kurzzeitig die Orientierung verloren habe, gehe dann los, drehe mich nach vier Schritten erneut um, remple einen hinter mir Gehenden an, kehre zurück, krame noch die Cola und das Wasser aus den riesigen Taschen meines Oversize-Vintage-Mantels, stelle die beiden Flaschen vor den Obdachlosen auf den Boden, der den Döner immer noch verpackt in den Händen hält und mich anstarrt, sage dann noch einmal: »Ja, also dann, äh, guten Hunger«, werde dabei erneut tiefrot und stolpere in die U-Bahn. Dabei bin ich froh, dass ich kein Wort von den Sprachen verstehe, die um mich herum gesprochen werden.

26

Backe, backe Kuchen

In unserer Agentur hat sich die Auftragslage verschlechtert, und weil ich wenigstens irgendetwas Produktives tun will, backe ich einen Kuchen. Und stelle bei halbem Teig fest, dass mir ein Ei fehlt. Also nehme ich die Finger aus dem Mehl, schnappe mir mit dem kleinsten den Wohnungsschlüssel und hüpfe hoch zu Max, um ihn nach einem Ei zu fragen. Mit dem Ellenbogen klingle ich. Sofort, als habe er nur auf dieses Signal gewartet, reißt Achim seine Tür nebenan auf und starrt mich an. Herkules wuselt nervös um seine Beine. Er gibt Laute von sich, die mich mal wieder an einen erdrosselten Hamster denken lassen. Achim sagt: »Anna, du musst was helfen!« Ich mache gerade den Mund auf, um zu antworten, da öffnet auch Max seine Tür, schaut mich erst verwundert, dann erleichtert an und sagt: »Anna, gut, dass du da bist, du musst mir unbedingt helfen.«

Ich schaue auf Max, ich schaue auf Achim, ich schaue auf meine teigverklebten Hände, an denen mein Schlüssel baumelt, dann schaue ich auf die kreischende Katze, doch ihren stechenden gelben Augen kann ich nicht lange standhalten, und dann überkommt mich ein unwiderstehliches Verlangen, mich einfach umzudrehen, die Treppe wieder hinunterzugehen und in meine Wohnung zurückzukehren, so als hätte ich sie nie verlassen. Doch dazu ist es wohl zu spät. Ich blicke die beiden Männer, die da Tür an Tür nebeneinanderstehen, abwechselnd an und sage dann: »Ich brauche ein Ei.« Achim schnaubt und verzieht das Gesicht. Max macht: »Hä?« Ihm scheint jetzt erst aufzufallen, dass auch in der Nebenwohnung die Tür offen steht. »Hast du bei dem etwa auch geklingelt?«, fragt er mich ungläubig und fährt nahtlos fort: »Kannst du kurz reinkommen? Ich weiß nicht, irgendwas stimmt nicht mit mir.« Er dreht sich schon um und stapft den Flur hinunter, Richtung Küche. Ich drehe mich zu Achim und sage mit einem entschuldigenden Blick: »Hey, ist es was Wichtiges? Und geht es schnell?« – »Ach!«, ruft der sichtlich ungehalten und wirft mir die Tür vor der Nase zu. Herkules maunzt herzzerreißend von drinnen. Ich zucke mit den Schultern und folge Max in seine Wohnung. Mit dem Fuß stoße ich seine Tür ins Schloss.

Max hat sich schon auf einen Stuhl fallen lassen, als ich die Küche betrete. Unsere Wohnungen sind identisch geschnitten, und so habe ich immer das Gefühl, mich bei ihm auszukennen. Ich kenne mich ja auch aus, von früher noch. Kurz überlege ich, mir nun doch die Hände zu waschen, lasse es dann aber lieber sein. Es würde nur das falsche Signal senden. Also setze ich mich vorsichtig, um nichts vollzuschmieren, auf eine Stuhlecke und schaue Max an, verziehe in geheucheltem Mitleid die Mundwinkel. »Na, was ist denn los?«, frage ich ihn. »Erzähl mal.« – »Ach«, macht der und seufzt leicht theatralisch. Dann erzählt er umständlich, wie er die letzten Wochen und Monate immer mal wieder das ein oder andere Mädel mit nach Hause gebracht hat. Mal eine alte Freundin, mal eine flüchtige Bekannte und mal Fremde, nur so, zum Rummachen. Aber irgendwie sei da immer nichts daraus geworden. Kein Abend sei so verlaufen, wie er sich das vorgestellt habe. Hier gesessen hätten sie, die Mädels, nett geplaudert, Wein getrunken – »siehst du Anna, ich hatte sogar Wein eingekauft, Wein, und nicht nur Bier. Und nicht den billigsten!« – und dennoch. Irgendwann seien sie dann einfach aufgestanden und gegangen. Hätten sich alle noch bedankt, wie nett er sei, sogar galant, und der Wein und wie gut er zuhören könne und der ganze Scheiß. Und dann seien sie gegangen, einfach so! Dabei habe er alles versucht: Er war zuneigend und zärtlich gewesen oder auch zurückhaltend und einfühlsam, immer so, wie es ihm sinnvoll schien. Und das sei alles ganz schön anstrengend gewesen, immer dieser ganze Gefühlsduselei-Scheiß! Und dann: nichts. Keine sei über Nacht geblieben. Nicht mal zu einem Kuss sei es gekommen. Nur einmal an der Tür. Und dann weg. Einfach gegangen, und er wisse nicht, was er falsch mache und was nicht stimme mit ihm. »Anna«, schließt Max seine Erzählung, »bin ich so ein Kumpeltyp? Einer, der von Frauen nicht als potenzieller Sexpartner wahrgenommen wird?« Ich schaue ihn an. Meine Brauen sind während seiner Erzählung nach oben gerutscht. Nun wartet Max auf eine Antwort. »Äh, nein!«, lüge ich. »Nein, also, äh, nö, das kann ich mir wirklich nicht vorstellen. Also, ich glaube wirklich nicht, nein. Also, von wie vielen Frauen reden wir denn? Und was ist eigentlich mit Lisa?«, setze ich dann noch hinzu. Max öffnet den Mund, um zu antworten, da klingelt es an seiner Tür.

Er klappt den Mund wieder zu, steht auf und geht den Flur hinunter. Wahrscheinlich nutzt er die Zeit, um sich eine Zahl zu überlegen, die er für hoch genug hält, um mich zu beeindrucken, und für niedrig genug, dass er meint, dass ich sie glaubwürdig finden würde. Er öffnet. Ich höre Stimmen, erst normal, dann lauter. Stapfen im Flur. Ich verstehe Max, der sagt: »Hey, aber …« Dann erkenne ich Achims Stimme, die antwortet: »Das kannst du nicht! Lass mich, wo ist sie denn?« Dann steht er auch schon vor mir. Ich bleibe sitzen und schaue fragend zu ihm hoch. Achim baut sich vor mir auf, holt Luft, atmet wieder aus und streckt mir dann seine beiden Arme entgegen. In der einen Hand hält er eine Dose Katzenfutter. In der Dose ist ein recht kleines Loch mit ausgefransten scharfen Rändern. In der anderen Hand hält er einen Sparschäler. Er sagt: »Der Dosenöffner hier, der funktioniert nicht richtig!« Ich schaue Achim immer noch an. Meine Brauen sind immer noch oben. Ich weiß nicht, was ich sagen soll. Ich sage: »Äh …« Max starrt auf seinen Nachbarn. Dann bricht er in ein schallendes Gelächter aus. Er muss sich die Hand auf den Bauch halten. Tränen laufen über seine Wangen. Er kann gar nicht mehr aufhören zu lachen. Ich stehe nun doch auf. Unwillkürlich hebt sich meine Hand in Höhe von Achims Schulter, doch dann stelle ich fest, dass sie immer noch voller Teig ist, und ich lasse sie wieder sinken. Ich sage: »Achim, das ist kein Dosenöffner, das ist ein Schäler. Für Kartoffeln oder so was.« Achim blickt mich sehr skeptisch an. Dann noch skeptischer auf den Sparschäler. Dann auf die Dose Katzenfutter. »Herkules hat Hunger!«, poltert er dann die Dose an. Ich seufze und wende mich an den immer noch glucksenden und weinenden Max. »Wo hast du denn deinen Dosenöffner?«, frage ich ihn.

Schlagartig hört der mit dem Lachen auf und wird verlegen. »Äh, ich muss mal schauen, den Korkenzieher weiß ich, aber einen Dosen…«, sagt er zögerlich. Er reißt einen der oberen Küchenschränke auf. »Hier nicht«, sagt er. Ich rolle mit den Augen. »Mann, hat deine Mutter die Küche umgeräumt, oder was?«, fahre ich ihn an. »Früher war er immer in der Schublade da.« Ich zeige mit dem Ellenbogen darauf. »Halt!«, ruft da Achim. Max und ich zucken zusammen. »Was hast du da?«, fragt er und geht zielstrebig auf den geöffneten Küchenschrank zu. »Was?«, fragt Max. Achim nimmt ein großes leeres Einmachglas heraus und hält es Max vor die Nase. »Das brauch ich«, sagt er sehr laut, »für das Trockenfutter! Das wird immer labbrig, dann mags Herkules nicht mehr.« – »Äh«, macht Max. »Wo ist der Gummi?«, herrscht Achim ihn an. »Der Gummi?«, fragt Max. Er wird rot. Achim, der fast zwei Köpfe größer ist als Max, schaut mühelos in den Schrank hinein und kramt darin herum. Dann fischt er den Gummiring für das Einmachglas daraus hervor. »Hier, mach den mal drum, ich guck in die Schublade«, sagt Achim und streckt Max das Glas und den Gummi hin. »Was?«, macht Max und nimmt die Sachen mechanisch an. Achim hat ihm schon den Rücken zugekehrt und beginnt, in der fremden Küche nach einem ihm unbekannten Objekt zu kramen. Max wendet sich mir zu, schaut etwas dämlich und hilflos und hält mir dann das Glas und den Gummiring entgegen. Ich zeige ihm meine verschmierten Hände, auf denen der Teig langsam trocknet und zu bröckeln beginnt, und setze einen *Das ist ja wohl nicht dein Ernst*-Blick auf. Max stellt das Glas auf den Tisch. Dann legt er den Gummiring auf den Deckel. »Passt nicht«, sagt er. Ich kann nicht mehr an mich halten:

»Herrgott, Max, ja! Du bist ein Beziehungstyp! Und kein Mann für eine Nacht. Sieh das endlich ein!« Max starrt, erst auf mich, dann auf das Einmachglas. Ich gehe in den Flur, Richtung Wohnungstür. Da dreht Achim sich zu mir und fragt: »Anna, was wolltest du eigentlich?« – »Also, eigentlich wollte ich ein Ei«, antworte ich: »Doch ich habe inzwischen den Eindruck, dass ich hier keins bekomme!« Dann gehe ich und lasse die beiden Männer mit der Dose Katzenfutter, dem Sparschäler, dem Einmachglas und dem Gummiring in Max' Küche zurück.

27

Meine Hand, die Fremde

Ich erwache mitten in der Nacht, weil meine Hand eingeschlafen ist. Ich habe auf ihr gelegen und spüre sie gar nicht mehr. Mit der anderen lege ich sie auf die Bettdecke. Dann beginnt sie ganz unerträglich zu kribbeln. Ich reiße die Augen auf und starre an die graue Zimmerdecke, beiße mir auf die Zunge, um das Gefühl irgendwie erträglicher zu machen. Die Decke über mir dreht sich. Die andere auch. Neben mir im Bett schnarcht es. Ich wende mich um. In meinem Bett liegt ein Typ, den ich nicht kenne. Ich drehe mich wieder zur Zimmerdecke. Ich denke an den gestrigen Abend. Ich erinnere mich nicht. Doch wenigstens das geht recht schnell vorbei. Dann erinnere ich mich wieder. Besonders lohnenswert ist das allerdings nicht. Saufen und tanzen mit Lisa. Sie hat mir erzählt, dass sie sich jetzt öfter mit Max träfe, was ich schon wusste und mit geheucheltem Interesse abnickte. Ich habe zu ihr gesagt, dann könne sie ja mal bei mir auf einen Kaffee klingeln, wenn sie mal wieder im Haus sei. Sie hat gelogen und gesagt, dass sie das für eine gute Idee hielte, dass sie selbst noch gar nicht darauf gekommen sei und dass sie das dann mal tun würde, demnächst. Wir wussten beide, dass das nie passieren würde.

Dann hat Lisa jemanden entdeckt, den sie kannte, einen Sven. Sie hat wohl mal was mit ihm gehabt, ihn aber dann eine Weile nicht gesehen. Jetzt stand er da an der Theke, und Lisa ist gleich hin, und ich bin gleich hinterher, und sie grabbelte direkt an ihm herum. Mir gefiel er auch, eins kam zum anderen, wir wollten beide cool sein, und so hingen wir bald, eine links, eine rechts, an seinem Gesicht. Doch dann entschied sich Lisa irgendwie um, wollte ihn doch für sich alleine haben. Ich war ein bisschen beleidigt, aber eher aus Prinzip als wegen des Mannes. Daher schnappte ich mir einen seiner Freunde. Denn nach dem Vorspiel an Sven hatte ich die freie Auswahl. Männer sind so berechenbar, was das angeht. Ich drehe mich wieder zu dem Schnarcher in meinem Bett und versuche, im Halbdunkel etwas von ihm zu erkennen. Ich sehe nur einen halben Wangenknochen, ein paar dunkle lockige Haare. Klar, es zieht mich immer zu den Lockenköpfen. Mehr gibt es momentan nicht zu sehen von ihm. Und das Bild vor meinen Augen will einfach nicht stillstehen. Na, wird schon passen, denke ich, hoffe ich. Meine Hand kribbelt immer noch, aber schon viel weniger. Aber es dreht sich alles ganz furchtbar. Ich beschließe, Wasser zu trinken.

Ich stehe auf, das tue ich sehr laut und ungeschickt, doch wenigstens hört der Typ dadurch mit dem Schnarchen auf. Ich gehe in die Küche, nehme mir ein Glas, drehe den Hahn auf und lasse es volllaufen. Doch anstatt zu trinken, übergebe ich mich direkt in das Spülbecken. Ich werde wohl auch nicht jünger, denke ich. Ich weiß nicht, warum ich das gerade jetzt denken muss. Gekotzt habe ich früher auch schon. Ich trinke von dem Wasser. Dann übergebe ich mich erneut. Ich lasse das Glas wieder volllaufen. Dabei fällt mir ein, dass ich meine Blumen im Hausflur schon eine ganze Weile nicht mehr gegossen habe. Ich beschließe, das eben schnell zu tun. Da habe ich plötzlich eine Vision von einem bleichen schwebenden Geist, der aussieht wie mein Goa-DJ-Nachbar Achim und dem hinterdrein ein kleiner, ganz dürrer schwarzer Geist folgt, mit stechenden gelben Augen, seine wahnsinnige Katze Herkules, und ich glaube, durch die Wände sehen oder eher fühlen zu können, wie die beiden da draußen im Treppenhaus herumspuken und nur darauf warten, dass ein kleines unbedarftes Mädchen wie ich auf die Idee kommt, nach Mitternacht noch die Blumen im Flur zu gießen, und deshalb ihre schützende Wohnung verlässt. Mir schaudert. Ich übergebe mich noch mal.

Dann trinke ich wieder Wasser, fühle mich ein bisschen besser und stolpere zurück ins Schlafzimmer. Ich setze mich auf die Bettkante und schüttle meine Hand. Sie ist vollständig wiederhergestellt. Dann betrachte ich den schlafenden Fremden. Der hat wieder zu schnarchen begonnen. Ich versuche, mich daran zu erinnern, wie der Sex mit ihm gewesen ist. Dazu fällt mir nichts ein. Ich weiß nicht einmal mehr, ob wir überhaupt Sex hatten. Ich drehe mich noch etwas weiter zu ihm um, beuge mich vor. Dabei ächzt das Bett, der Dielenboden darunter knarrt. Da erwacht er schmatzend, sieht, dass ich auch wach bin.

»Hey, Anna, was … was ist los?«, fragt er mich. Verdammt, woher kennt der meinen Namen? »Ich bin aufgewacht, weil meine Hand eingeschlafen war«, sage ich. »Hä?«, macht der Fremde. »Meine Hand«, sage ich und hebe sie vor seine Augen. »Sie war eingeschlafen«, ergänze ich dann und spiele mit den Fingern. Das geht ja nun wieder. Da fällt mir etwas ein. »Sag mal«, sage ich zu dem Typen, meine Hand betrachtend, »gibt es nicht so einen Film, in dem jemand einem anderen den Tipp gibt, mit seiner eigenen eingeschlafenen Hand zu wichsen?« – »Hä?«, macht der Fremde erneut. »Ja, doch«, sage ich und meine, die Szene in meinem Kopf deutlich vor mir zu sehen. Ich sage: »Der eine sagt zum anderen, probier das mal, wichsen mit deiner eingeschlafenen Hand, und er hat sogar einen Namen dafür. Die Geisterhand oder so.« – »Die Fremde«, sagt da der Fremde in meinem Bett. »Hä?«, mache ich jetzt. »Ich glaub, ich kenne den Film«, sagt der Typ. »Der eine sagt zum anderen, er nennt dann seine eigene eingeschlafene Hand, mit der er wichst, Die Fremde.« – »Mh, kann sein«, mache ich. Ich bemerke, wie sich die Welt um mich wieder zu drehen beginnt. Ich lege mich hin. Der Typ neben mir beugt sich über mich. Er sieht so aus, als überlege er, mich anzufassen oder zu küssen, lässt es dann aber bleiben.

Ich sage zu ihm: »Hatten wir überhaupt Sex?« – »Bitte?«, entfährt es ihm, und schon ist sein Gesicht wieder über meinem und fixiert mich. »Willst du mich verarschen?« Er sieht gar nicht belustigt aus. »Schon gut«, sage ich, »ich meine, äh, ja, war gut, war nur Spaß, haha.« Ich glaube, im Dunkeln zu sehen, wie er die Stirn kräuselt.

Dann wendet er sich von mir ab und dreht mir den Rücken zu. Ich starre nach oben. Die Zimmerdecke dreht sich gemächlich. Heute wird Max da über mir wohl alleine liegen, denke ich. »Ich werde zu alt für diese Scheiße«, murmle ich. »Mh«, macht der Typ ohne Namen neben mir. Dann, nach einer kurzen Weile, schnarcht es wieder in meinem Bett. »Ich will nach Hause«, sage ich zu der sich langsam drehenden Zimmerdecke. Dann schlafe auch ich wieder ein.

28

Der Geruch von Ziegen

Ich stehe bei den Briefkästen und ärgere mich über zwei Rechnungen. Seit Wochen hat die Agentur keinen Auftrag mehr für mich. Wenn das so weitergeht, muss ich bald hartzen gehen. Dann passt mein Status wenigstens mit meinem momentanen Alkoholkonsum zusammen, denke ich und wende mich zur Treppe. Da habe ich plötzlich den Eindruck, dass etwas nicht stimmt. Und das hat ausnahmsweise mal nichts mit mir zu tun. Erst kann ich nicht sagen, was es ist. Ich drehe mich im Kreis und schaue mir den Hausflur an. Da ist nichts Ungewöhnliches. Ich drehe mich noch mal. Dann fällt es mir auf. Es riecht seltsam. Ich beginne zu schnuppern, konzentriere mich ganz auf den Geruch.

Es dauert eine kleine Weile, bis ich es zuordnen kann. Doch dann erkenne ich es. Es riecht nach Ziege. Das erscheint mir ein bisschen absurd. Wie und vor allem warum sollte es hier, mitten in Berlin, nach Ziege riechen? Andererseits fällt mir da ein, dass ich diesen besonderen Geruch deshalb kenne, weil es hier um die Ecke, in der Nähe der TFH, einen gar nicht so kleinen Streichelzoo gibt, der von irgendeinem Kinderladen oder so betrieben wird. Dort haben sie Hühner, Katzen, Hamster und Schafe und eben auch Ziegen, und jedes Mal, wenn ich mit dem Rad daran vorbeifahre, denke ich: Iih, es riecht nach Ziege! Wieso ich allerdings jetzt hier in meinem Hausflur dieses Müffeln in der Nase habe, das ist mir ein Rätsel. Ich beschließe, es herauszufinden. Zur Tür zum Hinterhof scheint der Duft stärker zu werden. Ich öffne sie. Zunächst sehe ich nichts Auffälliges. In dem kleinen Hof stehen die Müllcontainer auf drei Seiten, auf der vierten befindet sich ein ständig überfüllter Fahrradständer. Ich betrachte alles genau. Schon beginne ich anzunehmen, dass vielleicht einfach jemand etwas Merkwürdiges in den Biomüll entsorgt hat, und überlege gerade, ob es wohl peinlich wäre, in die Tonnen zu schauen, um dem Müll der Nachbarn hinterherzuspionieren – da sehe ich sie.

Zwischen der blauen und der gelben Tonne steht ein Mütterchen. Es ist ganz klein und ragt kaum zwischen den Abfallbehältern hervor. Um ihren Kopf ist ein schwarzes Tuch gewickelt. Und ganz zweifellos geht der Geruch nach Ziege von ihr aus.

»Äh, hallo?«, rufe ich. »Hallo? Ist alles in Ordnung mit Ihnen?« Das Mütterchen zeigt keine Reaktion. Es steht zwischen den Containern und blickt starr in die Mitte des Hofes, so als sei es dort abgestellt worden. Ich löse mich von der Tür und trete ein paar Schritte auf die Fremde zu. »Hallo?«, rufe ich erneut. Doch sie reagiert nicht. Ich gehe noch ein bisschen näher heran. Sie ist wirklich ein Mütterchen. Ganz in Schwarz gekleidet, trägt sie anscheinend mehrere Lagen von Kleidung übereinander, verschiedene Röcke, Blusen, Tücher, Umhänge, alles in Schwarz, und dann noch dieses Tuch um den Kopf. Ihr Gesicht ist ganz zerfurcht. Sie mag 70 Jahre alt sein oder vielleicht auch 110, das ist unmöglich zu schätzen. Dabei ist sie wirklich sehr klein. Noch viel kleiner als ich, etwas gedrungen und gestaucht vom Leben, wie zusammengeschrumpft durch die vielen Ereignisse und Schicksalsschläge, die ihr wohl im Laufe der Jahrzehnte widerfahren sind. Ein Stück überlebte Geschichte, denke ich. Und ja, sie riecht. Sie riecht nach Ziege, aber nicht nur das. Je näher ich ihr komme, desto stärker verströmt sie einen Geruch wie eine merkwürdige Mischung aus ebendieser strengen Ziege, die mich auf ihre Spur gebracht hat, aber auch nach frischem Wasser, saftigem Holz und Gras, wie grün und Heu zugleich. Merkwürdig und auch irritierend angenehm legt sich dieser betörende Duft auf mich.

Als Gestalt scheint sie geradewegs einem Reiseführer über Kreta entsprungen zu sein, ja, auf Bildern und Postkarten, die man dort kaufen kann, sind solche Mütterchen gelegentlich abgebildet, entweder zu mehreren oder auf einem Esel oder mit einem nicht minder alten Väterchen, immer alle ganz in Schwarz und in viele Lagen gekleidet. Aber was dieses Mütterchen hier tut, hier, in Berlin, in meinem Hinterhof, zwischen den Mülltonnen, das ist mir ein Rätsel.

»Äh, hallo? Geht es Ihnen gut? Hallo?«, spreche ich es erneut an. Dabei trete ich langsam näher, doch sie reagiert immer noch nicht. Ich spreche nun sehr betont, da ich automatisch davon ausgehe, dass sie meine Sprache nicht versteht. Ich strecke meine Hand nach ihr aus. Ich sehe, dass sie ihre Hände in ihre Röcke verkrallt hat. Ihr Blick geht weiter starr geradeaus. Sie scheint mich gar nicht zu bemerken, obwohl ich inzwischen schon relativ dicht vor ihr stehe. »Kann ich Ihnen helfen?«, frage ich sehr langsam und deutlich.

»EY!«, schreit in diesem Moment jemand von der Tür. Meine Hand zuckt zurück, und ich drehe mich um. Da steht Achim und hat Augen und Mund aufgerissen. »Ey, was tust du da!«, schreit er mich an und spuckt dabei. Dann kommt er auf mich zugestürmt, mir scheint, als will er mich anrempeln oder zur Seite stoßen, ich bleibe aber tapfer stehen, und er streift mich nur, ist mit einem Satz vorbei und bei der alten Frau. Er packt sie bei den Schultern und schüttelt sie kräftigt. »Ey, Achim, was …«, setze ich nun an, doch weiter komme ich nicht. Denn da erwacht das Mütterchen zum Leben. Es scheint, als hätte Achims Schütteln sie aus ihrer Lethargie gerissen, ja sie geradezu aktiviert, sie schaut nun Achim an und beginnt, einen unglaublichen Wortschwall auf ihn zu ergießen. Dabei reißt sie die Hände hoch und gestikuliert wild, schlägt und zerrt auch ein bisschen an ihm, es wirkt jedoch eher wie ein Festhalten denn wie eine Gewalttat, oder vielleicht ist es auch beides. Achim hört nun auf, das Mütterchen zu schütteln, hält sie aber immer noch an den Schultern fest und zieht sie ganz langsam zwischen den Mülltonnen hervor. Sie redet dabei ununterbrochen auf ihn ein, überschüttet ihn mit Worten, mit Sätzen, und ich brauche eine ganze Weile, eh ich bemerke, dass ich nichts von dem verstehe, was sie sagt. Es ist tatsächlich eine fremde Sprache, aber Griechisch scheint es nicht zu sein. Und auch sonst hat die Sprache mit nichts etwas zu tun, was ich in Berlin schon einmal bewusst gehört habe. Nur ein Wort meine ich in ihrem Redeschwall identifizieren zu können: Akim. Sie sagt das sehr oft, wiederholt es die ganze Zeit, dabei gestikuliert sie wild mit ihren Armen und Händen, hält sich an Achim fest oder schlägt auf ihn ein: »Akim!«, ruft sie dabei. »Akim!« Ich kann mich irren, glaube aber, dass dieses »Akim« der Name meines Nachbarn in ihrer fremden, wundersamen Sprache ist.

Achim hat das zeternde und riechende Mütterchen inzwischen aus den Mülltonnen herausbugsiert, greift sie nun am Arm und bewegt sich mit ihr in Richtung Tür. »Achim, was geht hier vor. Wer ist das?«, frage ich ihn sehr laut, um das Gezeter zu übertönen. »Ach!«, spuckt Achim mich da an, und seine Augen funkeln. »Du wirst nie sein wie sie!«, ruft er, den Kopf wegdrehend. Ich wische mir seine Speicheltropfen vom Kinn und habe nicht vor, mich auf diese Weise von ihm abspeisen zu lassen. Ich schnelle an dem skurrilen Paar vorbei, das nur langsam vorwärtskommt, und positioniere mich in der Tür zum Hausflur, die Arme hoch im Rahmen.

»Achim«, wiederhole ich, »was soll das hier? Wer ist das?«

Achim bleibt nun stehen und die Frau an seinem Arm mit ihm. Er blitzt mich an. Dann plötzlich verzieht sich sein Gesicht. Ich habe diese Grimasse schon einmal an ihm gesehen, an dem Tag unserer ersten Begegnung, damals im Hausflur, als ich meine Blumen gegossen habe. Damals hat er angefangen zu lachen. Und genau das tut er jetzt auch. Er verzieht das Gesicht zu einem breiten Grinsen, wirft den Kopf in den Nacken und lacht so derartig schallend, dass ihm die Tränen in die Augen steigen. Das Mütterchen an seiner Seite zupft ihn am Arm. Sie wiederholt nun ständig die gleichen Worte, will vielleicht wissen, was so lustig ist. Und ich will es auch. »Wer ist diese Frau?«, frage ich ihn ernst und halte unbeirrt meine Arme in den Türrahmen gepresst.

»Das!«, ruft Achim, und seine Stimme ist sehr laut, wohl wegen des Lachens. »Das, das ist Mutter!«

Ich schaue blöd. Meine Arme sinken herab. Ich klappe den Mund auf und wieder zu, dann zeige ich auf die winzige gebeugte Alte. »Das ist deine Mutter?«, frage ich. Irgendwie erscheint mir das nicht wirklich unlogisch. »Mutter!«, bestätigt Achim und nickt. Sein Einwortsatz lässt ihn kindlich wirken. Ich blicke Mutter und Sohn abwechselnd an. »Und warum steht deine Mutter hier zwischen den Mülltonnen?«, frage ich dann. »Sie war frech!«, sagt Achim, nun wieder sehr laut und auch ernster, und spuckt auf den Boden. »Ach, sie war so ... sie war undankbar. Wollte die Nudeln nicht essen. Hab ich extra gekocht, die Nudeln, für sie, und DU« – er zeigt mit dem Finger plötzlich anklagend auf mich – »du hast sie ausgesucht! Wollte sie nicht essen, die Alte. Da musste sie in die Ecke. Zur Strafe. Weil sie frech war.« – »In die Ecke?«, wiederhole ich ungläubig und schaue weiter dämlich. »Ja, zur Strafe!«, faucht Achim. Dann lacht er wieder schallend auf. Er sagt etwas zu seiner Mutter, und nun, zum ersten Mal, höre ich auch ihn in dieser seltsamen fremden Sprache reden, die ich nicht kenne.

Er führt die Alte direkt auf mich zu, die ich immer noch im Türrahmen stehe. Als sie schon ganz dicht bei mir sind, prallt das Mütterchen wie von einer unsichtbaren Wand zurück, spricht zu Achim in der fremden Sprache, deutet dann auf mich, schaut mich jedoch nicht an. Dann hebt sie, weiterhin redend, eine Hand und beginnt, mein Haar zu betasten. Ich zucke leicht, doch es ist nicht unangenehm. »Sie sagt, sie will dich kennenlernen«, sagt er. »Äh, hallo«, sage ich. »Sie kann dich nicht sehen, und sie kann dich auch nicht hören«, sagt Achim da. »Oh«, mache ich. »Ist sie blind? Und taub?« – »Quatsch!«, blafft Achim und spuckt mich wieder an. »Sie ist alt! Siehst du doch!«

Das Mütterchen befühlt immer noch mein Haar, dann streichen ihre Finger weiter über meine Wange und meine Nase, meine Lippen, mein Kinn. Ihre Hand ist wie ein Reibeisen und Butterblume zugleich. Ich weiß nicht, wie das geht. So widersprüchlich stelle ich mir die Hand eines Engels vor, denke ich unwillkürlich. Die

Alte sagt etwas, und Achim lacht wieder. Dann sagt er, an mich gewandt: »Sie sagt, du hast ein gutes Gesicht. Bist ein gutes Mädchen. Sie will, dass du mit hochkommst und mit uns isst. Es gibt Nudeln.« – »Äh …«, mache ich. In mir zieht sich alles zusammen. Unter gar keinen Umständen will ich die Wohnung betreten, in der diese wahnsinnige Katze mit den gelben Augen haust. Ich glaube nicht, dass ich das überleben würde. Doch irgendwie glaube ich auch, diese Einladung nicht ausschlagen zu dürfen, glaube, dass es richtig und vielleicht sogar wichtig ist, sie anzunehmen. »Äh, also, ja, ich esse gerne mit«, sage ich kratzig. »Herkules ist nicht da«, sagt Achim. Ich zucke merklich zusammen und frage mich, ob die Antwort auf alle offenen Fragen in meinem Leben in dem Umstand liegt, dass Achim meine Gedanken lesen kann. »Wo ist Herkules denn?«, frage ich, immer noch ein bisschen kratzig. Außerdem weiß ich eigentlich nicht, ob ich die Antwort wirklich wissen will. »Na bei Max«, sagt Achim. »Bei Max?«, wiederhole ich ungläubig: »Aber …« – »Wenn Max nicht da ist, lass ich Herkules rüber«, fällt mir Achim da ins Wort. »Er hat mir seinen Schlüssel gegeben. DU wolltest ja nicht!«, fügt er hinzu, und es klingt wie ein Vorwurf. Ich danke stumm allen Göttern, die ich kenne, und sage dann: »Aber das geht doch nicht, du kannst doch nicht …« – »Ach!«, unterbricht mich Achim da. »Wäre es dir lieber, Herkules wäre jetzt da? Beim Essen?« – »Äh«, mache ich und schweige dann.

Ich trete nun endlich aus dem Türrahmen heraus und in den Hausflur. Achim schiebt seine plappernde Mutter hinterher und die Treppe hinauf. Die macht ganz winzige Trippelschritte, und ich frage mich, ob sie nicht einfach verhungert sein wird, bis wir in Achims Wohnung ankommen. Alle drei Stufen müssen wir stehen bleiben, um zu verschnaufen. Dann erzählt Achims Mutter eine Weile in ihrer Sprache. Hin und wieder lacht Achim schallend. Einmal deutet er auf mich und schüttelt den Kopf. »Sie sagt«, sagt er dann, ohne dass ich frage, »du bist ein gutes Mädchen. Sie sagt, du könntest so werden wie sie. Sie sagt, du riechst so wie sie.« – »Äh«, mache ich und bin mir nicht sicher, ob das ein Kompliment ist. »Aber das ist Blödsinn!«, fügt Achim dann hinzu. Er lacht wieder: »So ein Blödsinn! Nie, ich sag: Nie!« Dann schaut er abrupt wieder ernst und fügt hinzu: »Du wirst nie werden wie sie! Kannst du gar nicht!« Gleich wird er mich wieder anspucken, denke ich und bereite mich innerlich darauf vor, doch er tut es dieses Mal nicht. Stattdessen sagt sein Mütterchen etwas und tätschelt dann seinen Arm. »Woher kommt ihr eigentlich?«, frage ich nun. Da schaut Achim furchtbar böse. »Äh«, beeile ich mich zu sagen und deute auf seine Mutter: »Sie. Ich meine, woher kommt sie. Jetzt grad. Also, ich meine gebürtig.« Wir schleppen uns wieder drei Treppenstufen hoch. »Aus Albanien«, sagt Achim. »Albanien?«, wiederhole ich und denke ganz angestrengt nach. Irgendetwas klingelt bei mir. Ich frage: »Albanien, liegt das nicht in Portugal?« Achim starrt mich wieder an. Auch diesen Blick kenne ich. Er bezeugt damit, dass er mich für unfassbar dämlich hält. Sein Mütterchen zupft wieder an seinem Ärmel und redet auf ihn ein. Achim antwortet etwas, dann wirft er wieder den Kopf in den Nacken und lässt sein schallendes Gelächter hören. Die beiden schieben sich weiter die Stufen hinauf.

Ich habe Achim noch niemals so oft lachen hören und sehen wie an diesem Abend. Es dauert über eine halbe Stunde, bis wir in seiner Wohnung sind. Die Nudeln sind inzwischen völlig zerkocht. Soße gibt es auch keine. Aber das macht nichts, dafür riecht es angenehm, bei Achim. Ich weiß nicht, wie er das macht. Und Herkules ist auch nicht da.

29

Displimente

Es ist bitterkalt. Ich stapfe von der Bushaltestelle die weiteren fast zwei Kilometer zu Jans neuer Agentur. Jan hat den Arbeitgeber gewechselt. Sein neues Büro ist größer und schöner und liegt in Königs Wusterhausen. Dort ist die Luft klarer als in Berlin, die Menschen sind freundlicher und das Gras grüner. Außer jetzt, denn jetzt ist es einfach nur bitterkalt. Ich habe die Hände tief in den Taschen vergraben und die Mütze bis zur Unkenntlichkeit in mein Gesicht gezogen. Trotzdem denke ich darüber nach, was mir wohl zuerst abfällt: die Finger oder die Ohren. Wie kann das nur jetzt schon so kalt sein? Es ist ja noch nicht einmal richtig Winter!

Im Foyer schlägt mir trockene Heizungsluft entgegen. Schon im Bus war es so stickig gewesen, dass ich sogar die Jacke aufgemacht habe – nur um sie eine halbe Minute später nach dem Aussteigen wieder zu schließen. Dann diese blöde Idee, nicht den Fahrstuhl zu nehmen. Als ich endlich die Treppe bis in den dritten Stock erklommen habe und vor Jans neuer, offener Bürotür stehe, atme ich schwer und bin völlig nass geschwitzt. Jan grinst mich an. »Hey«, sagt er, »komm rein und mach die Tür zu. Muss ja nicht jeder sehen, dass du mich besuchst.« Ich will etwas Gemeines erwidern, bringe jedoch nur ein Keuchen zustande und mache alberne Schnappgeräusche. Jan deutet auf einen freien Stuhl, und ich beginne, mich aus meinen klebenden Kleiderhüllen zu schälen. »Mann, ich bin total durchgeschwitzt«, sage ich dann endlich zur Begrüßung. »Ehrlich?«, erwidert Jan. »Hey, vielleicht hast du Schweißwallungen.« Er lacht. »Hä?«, mache ich. »Meinst du Hitzewallungen? Also so alt bin ich nun auch noch nicht.« – »Na ja«, macht Jan. Ich frage mich, was dieser Dialog soll. »So«, erwidere ich dann und lasse mich endlich auf den Stuhl fallen. »So«, sagt auch Jan, setzt sich an seinen neuen, großen Schreibtisch und schaut mich an. So sitzen wir einige Sekunden stumm voreinander. »Äh«, sage ich dann, »ich bin doch wegen des Buches hier, das du mir leihen willst.«

Die tolle neue Agentur in dem tollen neuen Ort stellt Jan, nach eigenen Angaben, ein fast unerschöpfliches Jahresbudget für Fachliteratur zur Verfügung, und er hatte, so hat er mir erzählt, die Gelegenheit genutzt, ein sehr spezielles Buch besorgen zu lassen (zu lassen!), das es so in Deutschland nicht zu kaufen gibt und hinter dem ich schon eine Ewigkeit her bin. Jan schaut mich amüsiert an. Ich schaue erwartungsvoll zurück. Dann sagt er: »Das Buch ist im Sekretariat.« – »Okay«, antworte ich, »holst du es? Oder soll ich es dort abholen?« Jan lächelt mich an und sagt: »Wir geben es dir nicht.« – »Wie bitte?«, frage ich und verstehe gar nichts. »Deshalb hast du mich doch hierherbestellt«, fahre ich fort, »nach Königs Wusterhausen, weil ich es mir für zwei Wochen ausleihen könne, hast du gesagt.« – »Ja«, erwidert Jan, »ich habe gelogen. Ich wollte es dir gar nicht leihen. Ich wollte, dass du die ganze Strecke mit dem Bus, dem Zug und wieder dem Bus herkommst und dann nur noch zwei Zimmer von dem Buch entfernt bist und es dann doch nicht bekommst.« – »Äh«, mache ich und starre Jan an. Ich bin ziemlich fassungslos. »Okay …«, sage ich dann langsam. Als er merkt, dass ich zu einer Frage ansetze, fährt Jan fort: »Stattdessen wollte ich dich dann hier sitzen sehen und mich an deinem fassungslosen Blick weiden und dir sagen, wie zerknautscht du aussiehst und dass ich in der Zeit, in der du sinnlos Zug und Bus gefahren bist und gefroren und geschwitzt hast, ganz in Ruhe einen Kaffee getrunken und ein Stück Kuchen gegessen und dabei Radio gehört habe.« – »Ich habe auf der Fahrt auch Musik gehört«, sage ich reflexhaft. Jan grinst. In der Tat sieht er überaus zufrieden aus. Geradezu befriedigt. Aber nicht besonders attraktiv. In diesem Moment frage ich mich, was genau ich an diesem Kerl jemals anziehend gefunden habe. »Mh«, mache ich, schweige dann und schaue aus Jans Bürofenster in den viel zu blauen Königs Wusterhausener Eishimmel.

»Und wieso das Ganze?«, frage ich dann nach einer Weile. Jan grinst immer noch, zuckt mit den Schultern und sagt: »Einfach so. Aus Bosheit. Weil ich es kann.«

Ich blicke aus dem Fenster und denke nach. Ich denke an das Buch, das ich unbedingt in den Händen halten und lesen will und von dem mich angeblich nur zwei Zimmer trennen. Wie lange ich schon auf so vielen Wegen versucht habe, es zu bekommen! Ich denke darüber nach, wann ich das letzte Mal mit Jan geschlafen habe – es ist eine gefühlte Ewigkeit her.

Ich denke daran, wie es gewesen ist, und erinnere mich nicht. Und ich überlege, wie ich jetzt reagieren soll. Ich sage: »Ist ja auch kein schöner Ausblick hier von deinem Büro, auf den Parkplatz und den Supermarkt dahinter.« Jan schnaubt leicht. »Versuchs gar nicht erst«, sagt er. Ich schweige wieder eine Weile und schaue weiter aus dem Fenster.

»Okay«, sage ich dann und stehe auf. Nun sehe ich Jan doch an. Er sieht zufrieden aus, triumphierend und hämisch. Ich weiß immer noch nichts zu sagen. Plötzlich tut er mir leid, unendlich leid. Irgendwo dort, unter seinem Fenster, steht sein neuer Firmenwagen, und er muss täglich morgens über eine Stunde von Berlin hier raus- und abends über eine Stunde wieder reinfahren. Bei Stau oder Baustellen länger. Vielleicht würde er bald hierherziehen, denke ich, raus aus der Stadt, hierhin, wo alles schöner und besser und kein Berlin ist. Ich greife nach meiner Jacke, meinem Schal, meiner Mütze und meinen Handschuhen, nehme dann noch meine Tasche und gehe zur Tür. Dort drehe ich mich um. »Tschüss, Jan«, sage ich. Dieses Mal sage ich nicht »bis dann«. Ich höre auch nicht, ob er etwas antwortet. Ich nehme den Aufzug ins Foyer. Erst dort hülle ich mich in Ruhe in meine Sachen und setze die Kopfhörer auf, die Bus und Zug und wieder Bus ausblenden würden. Dann mache ich mich durch das eiskalte Königs Wusterhausen auf den Weg und reise zurück in die viel zu große, viel zu schmutzige Stadt, die mein Zuhause ist. Trotz allem.

30

An einem Mittwoch im April

Es wittert. Ich schaue auf den Baum vor meinem Balkon, die Äste biegen sich im Wind, und ich denke an vergangene Zeiten. Auf der Straße gibt es einen Rückstau von der Ampel. Die kann ich vom Balkon aus nicht sehen, kann nur schlussfolgern: stehende Autos – Rot. Sich in Bewegung setzende Autos und fahrende Autos – Grün. Dann kurzzeitig keine Autos – die Ampelschaltung am anderen Ende der Straße. Dann wieder heranfahrende Autos, langsamer, dann stehen bleibend – Rot. Und so weiter. Ihre Scheibenwischer sind an. Und ich stehe auf dem Balkon und will an vergangene Zeiten denken. Auf meiner Insel. Will melancholisieren. Ich halte mich am Geländer fest, seufze, denke, besinne mich, versinke langsam in einem Früher, das immer gut gewesen ist, immer besser als das Heute, egal wie es gewesen ist. Früher, als mein Job noch sicher gewesen ist, bei einer gute Auftragslage. Die jungen Triebe aus den Blumenkästen schauen mir zu. Ganz kurz kommt mir der Gedanke, dass ich vielleicht nicht schwelgen sollte, dass es eigentlich gar nicht an der Zeit ist, sich von der Vergangenheit triumphieren zu lassen, dass ich vielleicht lieber rausgehen sollte in das Gewetter und einen Kaffee trinken oder jemanden anrufen oder besuchen. Aber warum denn. Warum der ganze Stress. Nur um sich wieder abzulenken? Nee, ruhig einmal ein bisschen schmökern, im Kopf, ein bisschen saufen, in verkitschten Erinnerungen, sich suhlen, ein bisschen schwelgen. Das tut auch mal ganz gut, denke ich, hat noch nie jemandem geschadet. Oh, es fängt also schon an. Wie damals, als ich …

Es klingelt an der Tür. Ich wende unwillig den Kopf, will doch gerade versinken, hört das denn dieser Postwurfsendungseinwerfejunge nicht? Ich warte. Es klingelt erneut und klopft jetzt auch.

O Mann, wenn das Achim ist, erschieße ich mich. Oder ihn. Oder seine Katze. Denke ich.

Ich mache mich auf den Weg zur Tür. Als ich genau neben dem Telefon stehe, klingelt es. Ich starre es an. Ich rufe: »Du musst mich nicht anrufen, ich komm ja!« – »Hä?«, macht es von vor der Tür. Hört sich nach Max an. Ich nehme das Telefon von der Station auf. Nummer unterdrückt. Dann wird es wohl mein Papa sein. Ich gehe ran. Mein Papa unterdrückt seine Nummer nicht aus Angst oder Boshaftigkeit, sondern weil er nicht weiß, wie man das abstellt.

»Hallo Papa«, sage ich und öffne gleichzeitig mit der anderen Hand die Wohnungstür. Ich schaue Max an und sage dabei: »Ja, danke, mir geht's gut, und bei dir?« Max schaut blöd. Ich öffne die Tür ganz, lasse Max herein und lausche dabei, wie mein Papa, der im Ruhestand ist, von seiner Gartenarbeit berichtet, vom Wetter und vom letzten Spiel der Hertha. »Mh«, mache ich dabei und denke, wie schön mein Leben bis vor wenigen Minuten noch gewesen ist, in diesem Damals, als ich einfach nur auf der Insel meines Balkons gestanden und mich in meinem Kopf voll Scheiße und Schaumbad gesuhlt habe. Erinnerungswichsen in Reinform. »Ja, Papa, ich denke, ich schaffe es erst zu deinem Geburtstag, mal wieder vorbeizukommen«, sage ich in den Hörer. Mein Papa lamentiert. »Ja«, sage ich, »ich weiß, dass das erst im Sommer ist.« Ich weiß auch, dass er insgeheim froh ist, seine wohlverdiente Ruhestandsruhe zu haben. Max steht derweil in meinem Flur und wartet. Ich deute ihm mit dem Kopf, vor in die Küche zu gehen. Er macht zwei Schritte, bleibt dann wieder stehen, schaut mich an. »Ach«, sage ich jetzt in den Hörer und zu ihm gleichzeitig: »Bei mir gibt's nichts Besonderes. Ich lese gerade. Ja, natürlich für die Arbeit. Ach, ich glaube nicht, dass dich das interessiert. Ja, es geht um Integrationsstrategien für einen angemessenen Umgang mit kollektiven Identitäten im Büro. Nee, das ist total langweilig. Ja, genauso wie es klingt. Ja, wirklich.«

Ich gehe an Max vorbei in die Küche. »Ja«, sage ich dann zu meinem Papa, »ja, danke für deinen Anruf. Ja, bis bald hoffentlich. Ja, bis dann. Tschüss.«

Ich lege auf und sehe Max an. »Bier?«, frage ich ihn. Da klingelt wieder das Telefon. Max zuckt mit den Schultern und nickt. Ich habe das Mobilteil noch in der Hand und gehe ran. Ich lausche. Dann sage ich: »Nein, ich möchte momentan keine Zeitung abonnieren. Nein, wirklich nicht. Ja, vielen Dank. Ja, ich weiß, dass ich schon mal eine hatte. Ja, wirklich nicht. Nein, mir fehlt momentan wirklich die Zeit, eine Zeitung regelmäßig zu lesen. Ja, wirklich. Nein, danke.«

Ich lausche eine Weile, gehe in der Zwischenzeit zum Kühlschrank, nehme zwei Bier heraus. Ich denke an eine regnerisch-windig-süffige Insel-Melancholie, der ich mich hatte so schön und kultiviert hingeben wollen und die mir gerade jetzt in dieser Sekunde in der Realität zerrinnt. Auf Nimmerwiedersehen. Ich stelle die beiden Flaschen auf den Tisch und sage: »Nein, tut mir leid, auch mit diesem attraktiven Angebot können Sie mich nicht überzeugen. Nein, wirklich nicht, aber vielen Dank. Ich lege jetzt auf«, sage ich und tue es.

»Puh«, mache ich, nicke Max zu, der mich immer noch anschaut, und zaubere ein Lächeln in mein Gesicht. Für ihn. »Na, was gibt's?«, frage ich. Da klingelt das Telefon erneut. Ich halte es immer noch in der Hand, starre darauf. Eine Hamburger Nummer. Das kann nichts Gutes bedeuten. Doch ich muss rangehen, wie hypnotisiert sehe ich meinen Finger sich auf das kleine grüne Hörersymbol senken. »Ja?«, mache ich gedehnt. Ich lausche, gehe dabei zur Schublade, ziehe einen Flaschenöffner heraus und lege ihn vor Max auf den Tisch. Dann sage ich: »Nein, vielen Dank, ich bin sehr zufrieden mit meiner Krankenkasse, und das Angebot für Frauen ab 45 betrifft mich noch nicht, also NOCH nicht. Ja, danke, Wiederhören!«

Ich lege auf und atme durch. Max blickt mich unverändert an. Er sagt: »Du scheinst sehr beschäftigt zu sein, soll ich wieder gehen?« – »Nein, nein«, mache ich hastig: »Kannst schon mal das Bier aufmachen, ich geh nur eben ...« Weiter komme ich nicht, denn da klingelt es an der Tür. Wir schauen uns an. Max zuckt mit den Schultern. »Ich bins nicht«, sagt er und lässt die Flaschen ploppen. Ich gehe zur Tür und drücke die Gegensprechanlage. Statt einer Antwort klopft es. Ich öffne. Vor der Tür steht ein Paketzusteller. Er sagt: »Hallo, ich hab hier ein Päckchen für einen Herrn Balihaj. Der ist aber nicht da. Der direkte Nachbar auch nicht. Kann ich das bei Ihnen abgeben?« Ich zucke mit den Schultern, mache: »Ja, klar«, unterschreibe, nehme das Päckchen und stelle es neben die Tür. Es ist schwer, ziemlich verknautscht und sehr krakelig beschriftet. Aber wenn der Paketzusteller meint, da würde »Balihaj« stehen, dann soll das wohl so sein. Ich gehe wieder in die Küche. Dabei denke ich, dass ich noch nie in meinem Leben etwas von einem Nachbarn gehört habe, der Balihaj heißt. Ich nehme das Bier, setze es an und trinke in großen Zügen. »Prost«, sagt Max. Ich nicke hinter der Flasche hervor. »Hast du Bock auf Sex?«, fragt er da. Ich verstecke mich noch einen Moment hinter meinem Nuckeln, mit dem Kopf im Nacken, denke an ein vages Gefühl von irgendetwas anheimelndem Vergangenen, denke, dass ich irgendwie daran hatte denken wollen, vor noch gar nicht so allzu langer Zeit, denke, dass es mir irgendwie wichtig vorgekommen und dann irgendwie entglitten ist, weiß auch nicht mehr genau, wie und warum oder was und überhaupt. Dann stelle ich die Flasche ab und sage: »Ach, Max, weißt du ...« Jetzt schaut Max mich endlich nicht mehr an, sondern auf die Tischplatte. »Mh, okay«, sagt er. »Schade«, setzt er noch hinzu. Da werde ich irgendwie traurig. Fast melancholisch. »Weißt du, Max ...«, hebe ich erneut an, weiter komme ich nicht, denn da poltert es ganz unfassbar laut an meine Tür. Eine Katze quietscht. Nun ist es also doch Achim. Und jetzt habe ich auch langsam ein bisschen genug. Ich springe von meinem Stuhl auf, schmeiße dabei fast mein nur noch halb volles Bier um und stürme den Flur hinunter. Dabei rufe ich laut: »Gott, kann man in diesem gottverdammten verfickten Haus nicht einmal für nur einen Nachmittag in Ruhe ein bisschen in Melancholie verfallen und seiner Gedankenwichse nachhängen?«

Dann bin ich bei der Wohnungstür und reiße sie auf. »WAS!«, schreie ich Achim an, der davorsteht. Herkules faucht. Achims Augen funkeln. Dann blitzt er in meinen Flur. Sein Blick bleibt an dem Paket haften. »DAS!«, schreit er zurück, tritt ungefragt einen halben Schritt ein, greift nach dem Paket, wirbelt dann herum, wäre beinahe selbst auf Herkules getreten, faucht ihn an, der faucht zurück, und beide poltern die Treppe hinauf. »Von Mutter!«, keift Achim noch nach unten, als er schon nicht mehr zu sehen ist. »Schön für dich!«, keife ich zurück. Oben knallt eine Tür.

»Äh, ich glaube, ich geh jetzt besser«, sagt da Max, der nun plötzlich hinter mir steht. Ich habe ihn nicht den Flur hinunterkommen hören. »Nein, nein, du musst nicht …«, setze ich an, aber Max unterbricht mich etwas zu schnell: »Doch, doch. Du scheinst leicht, äh, gestresst zu sein. Leg dich doch ein bisschen hin, oder so.« Ich starre ihn an. »ICH BIN NICHT GESTRESST!«, schreie ich dann. »Okay, okay«, beeilt er sich zu sagen und schiebt sich an mir vorbei in den Flur. »Du bist nicht gestresst, alles gut, danke fürs Bier«, nuschelt er noch und ist dann schon die Treppe hinauf verschwunden. »Ich bin nicht gestresst, ihr macht mich nur alle wahnsinnig! Hast du gehört? Ihr seid alle wahnsinnig!«, rufe ich ihm noch in den Hausflur hinterher. Dann höre ich oben Max mit Schlüsseln und den Dielenboden knarren. Eine Tür geht auf und noch eine, Achim brummt leise etwas, Max' Stimme antwortet ebenso leise. »Die hat doch ihre Tage«, hört man Achim dann sagen. »ICH HABE NICHT …«, schreie ich in den Hausflur. Dann knalle ich meine Tür zu.

Ich stürme in die Küche und nehme mein angefangenes Bier. Dann gehe ich auf den Balkon. Es tröpfelt auf meine Triebe. Ich schmolle. An Melancholie oder Schwelgen ist nun nicht mehr zu denken. An Sex oder Wichsen auch nicht. Morgen muss ich früh raus zu einer Vorbesprechung für ein Projekt, das mir die Agentur eh nicht übertragen wird. Vielleicht würde ich tatsächlich einfach ins Bett gehen. Nicht weil Max das gesagt hat, selbstverständlich. Einfach nur, weil das Wetter halt so scheiße ist.

31

Glanzlicht

Allein in eine Bar zu gehen, ohne Tanzfläche und ohne Verabredung, ist nie eine gute Idee. Dezent geschminkt und unauffällig gekleidet, sitze ich in einem Loungesessel und trinke Martini. Ich habe keine Lust, keine Lust zu flirten, keine Lust, mich zu unterhalten, nicht einmal Lust auf einen Abend und erst recht keine auf Zwischenmenschlichkeiten. Doch zu Hause zu sitzen erschien mir heute auch unerträglich. Ist es der Vollmond, der mich umtreibt, PMS oder sonst etwas Unaussprechliches? Ich weiß es nicht, bemerke nur, dass ich keine Ruhe habe, alleine nicht und hier, unters Volk gemischt, auch nicht. Doch es erscheint mir gerade hilfreicher als das Streunen und Seufzen für mich in meiner Wohnung. Hier muss ich mich wenigstens äußerlich zur Ruhe zwingen, kann nur hin und wieder die Beine in die andere Richtung übereinanderschlagen und sonst schauen und schweigen und dann und wann ein Lächeln auf meine Lippen zwingen, wenn mich unversehens ein streifender Blick trifft. Stumpf erscheint mir alles, ohne dass etwas Böswilliges vorgefallen ist. Melancholie des Alltags, Weisheit des Alters oder Weltschmerz. Oder wie nennt man das in dieser Wohlstandsgesellschaft? Gefickt vom Leben.

Ich blicke also umher, sage nichts und denke wenig – und da sehe ich sie. Sie steht an der Theke und verschlägt mir den Atem. Es durchfährt mich. Meine Begierde nach ihr ist direkt so überwältigend, dass es mir körperliche Schmerzen bereitet. Ich stöhne innerlich bei ihrem Anblick, dem Wurf ihrer Haare, dem Fall ihrer Blicke, dem Strecken der Finger, wie sie in der Luft kleine Glanzlichter nachzeichnen, bei jedem ihrer Worte. Ich will sie haben, nichts, nichts auf der Welt will ich mehr, will, muss, muss sie haben, muss ganz einfach, muss unbedingt! Was es ist, was mich so an ihr fasziniert? Ich weiß es nicht, kann es nicht sagen. Niemand weiß es. Aber wer kennt schon Gründe. Nur ein Wollen, das ist in meinem Kopf, in meinem Herzen, in meinem Schoß, erfüllt mich ganz und gar, überkommt mich, ich bin durchdrungen von dem warmen Fluss des einzigen und alleinigen Wissens um mein Wollen, von meiner Begierde nach ihr. Ja, voller Gier bin ich und voller Lust, Wollust. Sie dreht sich nun halb zu mir, sich mit einem Wicht unterhaltend, zeigt mir auf diese Weise noch mehr von ihrer Anmut. Kleine Funken knistern an den Spitzen ihrer Haare, die sie umschweben in jedem Augenblick. Und ihr Lachen! Wie sie dazu leicht den Kopf in den Nacken beugt, ein bisschen nur, ja, nur ein wenig, gerade eine genügende Bewegung, die als dezente Andeutung ihre Reize umspielt.

Nun dreht sie sich ganz zu mir. Was will sie nur mit diesem Knirps? Ich ertrage den Anblick nicht und wende mich ab. Es schmerzt körperlich. Da! Der Unwürdige geht. Sie sieht mich nun an, dieses Geschöpf der Götter, blickt direkt zu mir herüber, auf mich. Mich Unwürdige. Ich starre nur, habe keinen Atem mehr, keine Farbe und gleichzeitig zu viel davon, will wegsehen oder gleich ganz weg sein, aber auch hinsehen, ganz unbedingt, auf diese Vollkommene und ihren Schleier aus Glanzlichtern, der sie umfängt wie eine Heilige. Eine Heilige in einem roten Kleid, denke ich. Niemals. So rot, wie ich mich fühle.

Und dann kommt sie zu mir herüber. In mir dreht sich alles. Ich fühle mich wie atemlos und panisch, stoßweise klopft mein Herz und viel zu laut. Mein Kopf wird heiß und kalt zugleich und dann wieder heiß, und dann ist sie auch schon bei mir, lässt mir nicht einen Augenblick, mir nicht eine kleine Zeit, mich zu sortieren, zu finden. Ganz klein fühle ich mich, fast wie weg. Und dabei auch ganz aufgerieben, zerrieben zwischen dem Ich und dem Sie, der Bar und dem Zuhause, zwischen meiner Melancholie und ihrem Lachen, zwischen meinen zerrenden und meinen zehrenden Gliedern. Fühle mich klein, zu klein.

»Wie heißt du?«, fragt sie und setzt sich sofort.

»Anna«, antworte ich. Meine Stimme ist fest, täuscht es vor zu sein.

»Ich hab dich hier noch nie gesehen«, sagt sie.

»Ich hab dich auch noch nie gesehen«, gebe ich zurück, und es bedeutet genau das.

»Bist du öfter hier?«, fährt sie fort. Sie lehnt sich über den Tisch und stützt das Kinn in die Hand. Ich stocke. Sie schaut nur. Mir schaudert. Ich lächle bemüht. Da beugt sie sich ein wenig vor. Glanzlichter tanzen jetzt auch an ihren Fingerspitzen. »Anna, dein Gesicht«, setzt sie an. Ich senke den Kopf, verlegen und verbittert zugleich, mein Lächeln sucht einen Ausweg. »Es ist wunderschön«, beendet sie den Satz. Das durchfährt mich. Ich zucke, als hätten mich ihre Worte geschlagen.

»Ich muss jetzt gehen«, sage ich und erhebe mich sehr hastig und mit fahrigen Bewegungen durch mein Haar, denn ich muss gehen. Muss weg von hier, sofort hinaus, an die Luft und zurückkehren in die Melancholie meiner Einsamkeit. Denn vor nichts, vor nichts habe ich plötzlich mehr Angst als vor der Möglichkeit.

32

Schillerpark

Für Pfingsten ist es viel zu warm. Ich liege im Schillerpark auf der Wiese. An Pfingsten ist in Berlin immer Karneval der Kulturen. Viele Menschen würden sich dort heute an den Rändern des Umzugs drängen, bei diesen Temperaturen, würden schlechten Caipi aus Plastikbechern trinken und versuchen, über die Schultern und Köpfe der vor ihnen Stehenden hinweg ein paar Blicke auf die wenig und doch opulent verpackten Körper der Sambaschönheiten zu werfen. Dazu würden sie im Takt nicken und die Hüften wiegen und durch ihre Strohhalme schlürfen und sich dann noch eine Currywurst holen. Spaß haben halt. Doch ich bin nicht dort. Ich liege im Schillerpark im Bikini auf einer Decke und schwitze.

Zunächst liege ich auf dem Bauch. Ich betrachte die Grashalme vor meiner Nase und die Ameisen, die geschäftig in ihnen herumlaufen. Das Gras ist allerdings spärlich und dürr. Dann drehe ich mich auf den Rücken und schaue in den unfassbar blauen Pfingsthimmel. Über den Park brechen in unregelmäßigen Abständen sehr tieffliegende Flugzeuge herein. Sie landen in Tegel. Die riesigen Boeings und Airbusse rauschen hier schon so dicht über einen hinweg, dass man das ausgefahrene Fahrwerk sehen kann, Details der Tragflächen von unten. Vielleicht sogar den Piloten gesehen hätte, wie er in der Nase popelt, wenn es auf der Unterseite des Cockpits Scheiben geben würde. Dabei kommt erstaunlicherweise so gut wie nie Lärm an, hier unten, im Schillerpark. Ganz selten nur hört man die typischen ohrenbetäubenden Düsengeräusche. Meistens bleibt der Himmel ruhig, wenn die Schatten aus dem Nichts plötzlich auf die Wiesen fallen und die riesigen Maschinen das Blau verdunkeln. Ich weiß nicht, wieso das so ist. Hat vielleicht irgendwas mit Physik und Schall oder so zu tun. Es ist ein bisschen gespenstisch.

Die Sonne brennt. Ich beschließe, etwas für die Arbeit zu lesen, und drehe mich zurück auf den Bauch. Nur für den unwahrscheinlichen Fall, dass wir jemals wieder einen Kunden an Land ziehen. Dann habe ich mich wenigstens fortgebildet. Wieder werde ich verschattet.

»Hey«, sagt jemand. Ich blicke auf. Max steht in meiner Sonne.

»Ah, hey«, sage ich und blinzle ihn an.

»Was machst du hier?«, fragt er.

»Was machst DU hier?«, gebe ich zurück, denn ich habe ihm nicht gesagt, wo er mich findet. Ich richte mich etwas auf meiner Decke auf, und er lässt sich neben mir nieder.

»Ja und? Was machst du nun?«, fragt er erneut.

»Lesen«, sage ich und deute mit dem Kinn auf das unberührte Buch.

»Gehst du nicht zum Karneval?«

»Nee.« Mit wem denn, will ich noch hinzufügen, lasse es dann aber bleiben. Stattdessen sage ich: »Keine Lust. Ist irgendwie dann doch jedes Jahr dasselbe.«

»Mh«, macht Max.

»Und du? Auch keine Lust?«

»Och«, macht Max und rupft ein paar der spärlichen Grashalme aus. »Lisa ist übers Wochenende zu ihrer Familie gefahren.« Es dauert einen kurzen Moment, bis ich die Antwort mit meiner Frage zusammenbringe. Dann grinse ich.

»Sag mal, seid ihr jetzt so richtig zusammen, du und Lisa?«

»Och«, macht Max erneut. Er wird rot.

»Na? Na, na?« Ich stupse ihn an.

»Ach, mh, na ja, ich denke schon, also, ja, irgendwie schon.« Max lächelt das Gras an.

»Hey, das ist schön, das freut mich für dich, ehrlich«, sage ich.

»Mh«, nuschelt er. Wir schweigen eine Weile.

»Warum bist du denn hier in den Park gekommen?«, frage ich dann.

»Ich habe dich gesucht.« Ich bin erstaunt.

»Mich gesucht? Warum?«

»Na«, sagt Max und druckst ein wenig, »wir haben uns ja eine Weile nicht gesehen, da wollte ich mal schauen, wies dir geht. Beim letzten Mal, als ich bei dir war, warst du ja irgendwie ein bisschen, äh, gestresst. Da wollte ich jetzt mal schauen, wies dir so geht.«

»Oh«, ich werde ein bisschen rot, »danke, das ist ja lieb von dir. Ja, ja, mir gehts gut so weit, ganz gut. Alles in Ordnung.« Max hebt den Blick vom Gras und schaut mich von der Seite an: »Aber wieso bist du dann nicht beim Karneval?« Jetzt sehe ich auf das Gras, drehe einige Halme um meine Finger.

»Weiß nicht.« Ich zucke mit den Schultern: »Einfach so halt. Hatte halt keine Lust darauf. Auf die ganzen Menschenmassen.«

»Mh«, macht Max. Wir schweigen wieder. Es ist heiß, und ich trinke von meinem Wasser, biete Max auch etwas an. Der sagt: »Ich finde es schade, dass Lisa nicht öfter mal bei dir klingelt, wenn sie bei mir war, mal auf einen Kaffee oder so.« Ich schaue ihn an und klappe den Mund auf und dann wieder zu. Ich bin sehr gerührt.

»Ja, ich finde es auch schade. Wir sehen uns nicht mehr sehr oft.« Ich sage das, aber nur der letzte Teil davon ist wahr. »Aber sie hat bestimmt immer viel zu tun. Wenn sie von dir kommt, muss sie sicher dann gleich weiter, zur Arbeit, oder so.«

»Lisa geht vielleicht in eine andere Stadt.«

»Ah, das wusste ich noch gar nicht.« Ich glaube für mich, dass ich das gut fände. Laut sage ich: »Das freut mich für sie. Mal was Neues. Raus hier.« Max schaut mich an.

»Ich mag dich, und ich bin froh, dass du meine Nachbarin bist«, sagt er dann und lächelt dabei ganz offen. Ich werde wieder rot und wende mich ab. »Ach«, mache ich. Dann fällt mir plötzlich etwas ein. Ich fahre herum, und Max erschreckt sich ein wenig vor dieser plötzlichen Bewegung: »Du, Max, ich muss dir unbedingt etwas sagen!« Ich schaue ihn mit aufgerissenen Augen an.

Eigentlich habe ich ihm nun erzählen wollen, dass Achim seine wahnsinnige dürre Katze Herkules zu ihm in die Wohnung lässt, wenn er nicht da ist, weil Max ihm mal als Nachbar einen Zweitschlüssel gegeben hat. Dort kann sie dann in aller Ruhe herumstreunen und -haaren und vielleicht auch pinkeln und alles zerschauen, was Max gehört, mit ihren stechenden gelben Augen, oder zerkratzen und sich dann in sein Bett legen und seine Träume schon im Vorfeld manipulieren, so lange, bis Achim sie wieder abholt und Max' Wohnungstür anschließend zusperrt, als sei nichts gewesen. Das will ich Max eigentlich erzählen.

Doch dann denke ich, dass Max ein lieber, ein wirklich lieber Kerl ist und dass ich ihm das unmöglich antun kann. Wie würde ich wohl reagieren, wenn mir jemand mitteilt, dass Herkules jedes Mal, wenn ich nicht da bin in meiner Wohnung … ich kann diesen Gedanken nicht zu Ende denken. Mich fröstelt trotz der Hitze. Ich weiß nur, dass ich das nicht und niemals wissen wollen würde und dass ich es lieber nicht dem armen Max erzählen sollte. Als einen Freundschaftsdienst sozusagen. Max schaut immer noch erschrocken, und ich habe die Augen aufgerissen und noch nicht gesprochen.

»Ja, Anna, was ist denn? Geht es dir gut? Du bist so bleich.«

»Ja«, sage ich, und meine Stimme kratzt. Ich räuspere mich, trinke einen Schluck Wasser, schaue dann wieder auf das Gras, dann in den Himmel, dann wieder auf Max, und dann sage ich: »Ja, ich will dir etwas erzählen. Es gab da einen Typen, er heißt Emil. Ist noch gar nicht so lange her. Ich habe ihn sehr geliebt, und er hat mich sehr enttäuscht. Das ärgert mich und nervt mich und nagt auch ein bisschen an mir. Ich wollte dir das erzählen, denn du hast recht: Eigentlich ist es nicht unbedingt in Ordnung, momentan. Deshalb will ich nicht zum Karneval.« Ich zögere kurz, lächle Max dann an: »Wird es aber bald wieder sein.«

Max lächelt nun auch. »Komm her«, sagt er, beugt sich zu mir herüber, nimmt mich in den Arm und drückt mich ganz fest. Einfach so. Das ist schön.

Wir plaudern noch den ganzen Nachmittag, und es ist gut. Später gehen wir etwas essen, trinken dann Bier und sitzen bis weit nach Sonnenuntergang in einem für Pfingsten viel zu warmen Biergarten. Dann schlendern wir, Hand in Hand, durch den Schillerpark nach Hause. Ich ziehe meine Schuhe aus, denn es ist Vollmond, und man kann ganz wunderbar erkennen, wohin man tritt.

»Sag mal, hast du noch Kontakt zu Jan?«, frage ich Max beim Schlendern.

»Mh, nee«, antwortet der, »der ist doch jetzt in Königs Wusterhausen. Die sind doch dort was Besseres.«

»Ja, den Eindruck hatte ich auch.« Wir laufen wieder eine Weile schweigend durch den mondhellen Park.

»Bist du zu Ollis Hochzeit eingeladen?«, fragt mich dann Max.

»Ja, aber ich weiß gar nicht, wo die ist.«

»Ich glaube, das wissen sie selbst noch gar nicht so genau, ob hier oder in England.«

»Na, mal schauen«, sage ich. Dann laufen wir wieder Hand in Hand. Der Vollmond scheint. Es ist ein bisschen romantisch.

Wir kommen zum Schillerdenkmal. Das Schillerdenkmal gibt es zweimal in Berlin, einmal auf dem Gendarmenmarkt vor dem Konzerthaus und einmal hier im Schillerpark. Dabei weiß ich nicht, ob eines von beiden irgendwie ein Original und eines eine Kopie ist, oder so. Das Denkmal besteht aus einem Schiller, der in der Mitte steht und von vier Musen umgeben ist, die, wie ich mal im Vorbeigehen auf dem Gendarmenmarkt bei einer Stadtführung aufgeschnappt habe, hier Allegorien heißen. Das Monument in Mitte ist schlohweiß. Dieses hier im Park im Wedding ist tiefschwarz und ein bisschen mit Graffiti bekritzelt. Außerdem hat jemand die Gesichter der vier Frauenfiguren mit silberner Farbe angesprüht. Dadurch leuchten sie jetzt im Mondschein, und wenn man das Denkmal umrundet, sieht es aus, als würden sich ihre Gesichter bewegen, als hätten sie eine eigene Mimik und würden einen beobachten und mit ihren Augen verfolgen, vielleicht sogar denken und, obwohl auf ewig an den Sockel zu Schillers Füßen gefesselt, die Welt um sich herum wahrnehmen. Es ist richtig gespenstisch.

»Es ist richtig gespenstisch«, sage ich zu Max und drücke unwillkürlich sein Hand. »O ja«, sagt er, löst die seine und legt stattdessen den Arm um mich. Erst ist das ganz normal. Dann spüre ich, wie er beginnt, meine Schulter zu streicheln und sich an mich zu pressen.

»Äh, Max, was wird das? Was machst du da?«, frage ich ihn und beuge mich etwas zurück, um ihn anschauen zu können. Da dreht er den Kopf, und ich sehe seine Lippen auf mich zukommen. Ich stoße ihn von mir.

»Sag mal, spinnst du?«, herrsche ich ihn an. »Gerade sitzen wir noch da und sagen uns, wir seien Freunde und dass wir uns darüber freuen, und dann erzähl ich dir sogar von meinen Gefühlen und dem ganzen Intimscheiß – und jetzt versuchst du, mich zu küssen, nur weil der verfickte Mond scheint? Gehts noch? Ich glaubs ja nicht! Du bist echt so ein Wichser.«

»Ach menno«, pflaumt Max zurück, »so ist das ja gar nicht. Aber Lisa ist doch das ganze lange Wochenende nicht da, und wir haben ja was getrunken zusammen, und früher hatten wir doch auch einfach so unverbindlichen Sex, und da dachte ich halt, Mann, das ändert doch nichts!«

Ich kann es nicht fassen und schnaube. »Mann, ich möchte einmal, nur ein einziges Mal in meinem Leben einen Freund, also so einen echten Freund haben, mit dem ich nicht ficke, ja? Und der kein Wichser ist!«, bricht es aus mir heraus. Ich schnaube noch einmal. Max scharrt mit dem Fuß. Die Allegorien beobachten uns.

»Ich möchte in meinem Leben überhaupt einmal einen echten Freund haben«, sage ich dann, »oder eine Freundin, die mich noch nicht gefickt hat, das würd mir ja auch schon reichen. Mann, echt jetzt!«

»Ich bin kein Wichser«, nuschelt Max zu dem Gras. Dann schaut er den Allegorien in ihre bewegten Gesichter. Dann in meins. Ich beruhige mich. Ich sage: »Ja, ich weiß, weiß ich ja. Hey, komm her, ist okay.« Ich gehe auf ihn zu und will ihn eigentlich umarmen, fühle mich aber beobachtet und halte es auch sonst irgendwie nicht für richtig und tätschle ihm deshalb nur die Schulter. »So, wir gehen jetzt nach Hause«, sage ich dann, »und wir tun so, als wäre das hier nie passiert, und wir werden nicht miteinander schlafen.«

»Mh, okay«, macht Max.

»Und wir werden jetzt auch nicht mehr Händchen halten!«

»Okay«, macht Max.

Wir gehen stumm durch den hellen Mondschein. Die Nacht ist viel zu warm. Die Allegorien schauen uns nach. Ich überlege kurz, Max nun doch davon zu erzählen, dass Achim Herkules in seine Wohnung lässt. Da fällt mir auf, dass ich ihm niemals den Grund für unsere Trennung erklärt habe. Aber das kann ich auch nicht. Also schweige ich.

33

Gewaltsames Eindringen

Ich bin wohl über meinem Buch weggenickt. Ich lese *Der Fänger im Roggen* und frage mich die ganze Zeit, wann der spannende Teil losgeht, der, wegen dem die Geschichte als Symbol für das Gesellschaftsgefühl einer ganzen Generation gehypt wird. Doch es passiert nichts, und so dämmere ich über den Seiten weg und werde mir selbst gewahr, wie ich in einem fahrigen und heißen Dämmerzustand träume, dass von irgendwoher laute und harte Metalmusik dröhnt, dass ich irgendwo liege und mich nicht bewegen kann, fixiert, wie festgebunden, ohne dass Seile oder Schnüre mich wirklich halten. Ohne sichtlichen Grund bin ich wie gelähmt und fühle mich auch schwer und immer schwerer, versinke geradezu in der harten Platte, auf der ich liege, verschmelze mit ihr und drücke mit meinem eigenen Gewicht nach. Immer gepresster laste ich selbst auf meinem Körper, kann mich nicht bewegen, kaum noch atmen, heiß ist mein Gesicht und verkrampft, mein Kopf biegt sich nach hinten. Dann träume ich, dass ich höre, wie meine Wohnungstür geht.

»Anna!«, sagt jemand. Ich reiße die Augen auf und schnelle hoch, habe dabei das Gefühl, mir den Kopf zu stoßen, obwohl da nichts ist, woran ich ihn hätte stoßen können. *Der Fänger im Roggen* fällt polternd von meinem Schoß auf den Boden. Vor mir steht Emil. Er trägt Jeans, ein schwarzes Hemd und teure Schuhe. Sein Gesicht ist hart. Ganz hart. Unwillkürlich setze ich das linke Bein leicht nach hinten, drehe mich etwas zur Seite dabei, straffe die Schultern und ducke den Kopf weg. Aber vielleicht ist es auch gar nicht so unwillkürlich.

»Wie bist du hier hereingekommen!«, sage ich sehr laut. Es ist keine Frage, aber ich will eine Antwort. Emil reagiert einige Sekunden nicht, schaut nur. Ich meine zu sehen, wie er den Kopf etwas vorschiebt.

»Zieh dich aus«, sagt er dann. Wieder vergehen Sekunden im Verharren, bis seine Worte nicht nur mein Ohr, sondern auch mein Bewusstsein erreicht haben. Dann wogt eine Welle des Zorns durch meinen Körper. Ich spüre, wie mein linkes Augenlid zu flattern beginnt, ich stecke die Zunge zwischen die Zähne, damit sie nicht mahlen können, vor Wut. Ich habe das Gefühl, straucheln zu müssen, schon wabern die ersten Fäden von Schwäche durch meine Beine, doch ich weiß, dass das nun nicht geht, hier schwach zu werden, nicht sein darf, nicht jetzt und niemals hier. In meiner Wohnung befinde ich mich. In meinem Zuhause! Immer noch. Meine Beine werden wieder ruhig. Ich muss aber nun vorsichtig sein. Sehr vorsichtig.

»Zieh dich aus!«, wiederholt Emil. Seine Stimme ist sehr schroff. Ich ziehe mich zurück, fülle meine Lungen, meinen Kopf und mein Herz mit Sauerstoff. Dann richte ich mich auf, langsam, schaffe mir Raum, räume mich ein und konzentriere meine Präsenz ganz auf sein dunkles Gesicht. Ich stehe nun gerade, mit beiden Füßen fest auf dem Boden, die Arme lang am Körper, meinen Blick in den seinen gerichtet. Dann hebe ich die Hände und beginne langsam, ganz langsam, meine Bluse aufzuknöpfen. Ganz langsam tue ich es, nicht mit bedächtigen, aber mit sorgfältigen Bewegungen. Ich öffne die Bluse, ziehe sie aus, lasse sie hinter mich auf das Sofa fallen, öffne meine Hose, streife sie über die Beine, die Socken, das Hemdchen, dann den BH, zuletzt den Slip. Das alles tue ich stehend und vollkommen ohne Erregung, führe nur die Anweisung aus, tue, was Emil mir ins Gesicht geschrien hat, nachdem er in meine Wohnung eingedrungen ist, mit gründlichen Handgriffen. Dabei schaue ich ihn an.

Als ich mich vollständig entkleidet habe, stehen wir voreinander und betrachten die Hülle des jeweils anderen. Ich bin ruhig und stehe ganz fest. Ich meine, Emils rechte Braue zucken zu sehen. Und auch seinen Mundwinkel. Doch vielleicht bilde ich mir das auch ein. Doch seine winzig kleinen Schweißperlen, die am Haaransatz auf seiner hohen Stirn entstanden sind, die bilde ich mir nicht ein.

Da sagt Emil: »Geh runter auf alle viere!«

Ich spüre, wie mir das Blut in den Kopf steigt. Hochrot stehe ich nun da, bebe jedoch nicht, bin ganz ruhig, lasse einen Lidschlag verstreichen. Dann sage ich: »Nein.« Und nun ist es an mir, dass mein Gesicht sich verhärtet, mein Blick kalt wird. Emil beugt sich ein wenig vor, ganz wenig nur, schiebt die Schultern zurück, seinen Kopf leicht nach unten.

»Runter!«, sagt er, und seine Stimme klingt metallen, so als habe er einen sehr trockenen Mund.

»Nein! Ich will, dass du gehst!«, sage ich nun ebenfalls laut und kantig und mache einen ganz kleinen, nicht einmal einen halben Schritt auf ihn zu. Ich komme ihm so näher, sehe sein Gesicht deutlicher, und nun bin ich mir sicher: Die Muskeln in seinen Wangen zittern vor Anspannung, seine Kiefer drücken zum Zerknirschen gegeneinander. An seinem Hals pocht eine Ader. So stehen wir voreinander. Und dann tue ich etwas, was ich selbst nicht so genau verstehe. Ich drehe mich zur Seite und steige mit meinen nackten Füßen auf den Wohnzimmertisch. Da stehe ich nun, plötzlich absurd viel größer als Emil, sehe auf ihn hinab, und ich öffne den Mund und schreie ihn an, mit hochrotem Kopf: »ICH WILL, DASS DU GEHST!«, hysterisch, reiße auch noch den Arm nach oben, deute auf die Tür, durch die Emil, gottweißwie, hereingekommen ist. Emil schaut von unten herauf. Ich kann nicht erkennen, ob er mich wirklich ansieht oder nur den Kopf gedreht hat. Auch er ist nun hochrot, keucht leicht, nein, schnaubt, es regt sich nun sichtbar in seinen Zügen, dann wirbelt er herum, stürmt aus dem Zimmer, durch den Flur, aus der Wohnung und knallt laut die Tür hinter sich zu. Ich springe polternd vom Tisch, renne ihm nach, schreie: »HAU AB, VERPISS DICH!«, hätte ihn gerne noch beschimpft, ihn als Sau oder Arschloch oder Wichser bezeichnet, bringe aber die

Worte nicht aus meiner Kehle, hasse mich sofort dafür, hasse mich aus tiefstem Herzen, noch mehr, als ich Emil in diesem Moment hasse, renne bis zur Wohnungstür und schlage beide Fäuste dagegen, zweimal, dreimal, dann pralle ich zurück, dränge mit dem Rücken an die Wand, lasse mich daran herabsinken, spüre, wie die Raufasertapete kleine rote Striemen in meine Haut kratzt, und setze mich, nackt, wie ich bin, auf den Dielenboden. Ich atme schwer. Vielleicht sind da auch Tränen auf meinen Wangen. Wenn, dann weil ich auf mich selbst so wütend bin, weil ich ihn nicht beschimpfen konnte, diesen … diesen Mann!

Mein Blick flackert. Die Augen hetzen von der Wand zur Tür, zum Spiegelrahmen, zur Kommode und wieder zur Tür. Dann wieder zur Kommode. Darauf liegt ein Schlüssel. Es ist nicht meiner. Emil hat einen Schlüssel gehabt. Niemand weiß, woher. Er hat ihn dagelassen. Mir wird übel.

34

Ottmar

Ottmar hat keine Lust mehr zu warten. Sein Leben lang hat er nun gewartet, ist immer zu spät gewesen, hatte immer das Gefühl, irgendetwas verpasst zu haben, irgendwie hintanzustehen, einfach den Anschluss nicht zu kriegen. Natürlich ist dieses Gefühl ein latentes. Ottmar hätte niemals so etwas behauptet, konnte er gar nicht, konnte diese ungewisse Verpasstheit nicht richtig fassen, geschweige denn artikulieren. Es handelte sich eher um eine unterschwellige Ahnung, die Ottmar hatte, ein diffuses Flattern in seinem Inneren, das schon dort wohnte, seit er klein war. Das ihn schon immer begleitet hat und durch alle wichtigen Situationen und Stationen seines Lebens getragen, den Volksschulabschluss, die erste Festanstellung als Lagerarbeiter, die Hochzeit mit Elfi, der Nachbarstochter, die zu heiraten klar gewesen war, seit sie ihm mit vier Jahren einmal Sand in die Badehose geschippt und, als er diesen anschließend weinend wieder ausschüttete, da es ganz böse kratzte, zum ersten Mal seinen Schniedel gesehen hatte. Dann die Geburt des Sohnes, die Trennung von Elfi, weil sie meinte, so, mit ihnen beiden, ginge das nicht weiter und sie habe das Gefühl, mit ihm was zu verpassen, was vom echten und wahren Leben und überhaupt – bei all diesen Stationen hatte Ottmar immer das Gefühl gehabt, gar keinen Einfluss zu haben. Irgendwie zwar da zu sein, aber doch zu spät dran, der Zug war einfach schon abgefahren, und zwar ohne ihn. Er war nur ein Statist in seinem eigenen Leben.

Aber nun hat er keine Lust mehr zu warten. Ottmar will endlich im Leben ankommen. Ottmar will eine Freundin. Also fragt er seinen Freund Achim, den er auf einem Goa-Konzert kennengelernt hat. Und Achim kennt in der Tat ein Mädchen für Ottmar.

Von dieser ganzen traurigen Geschichte habe ich keine Ahnung, als es an meiner Tür klingelt. Ich öffne. Vor mir steht Achim und neben ihm ein kleines Männchen, schmächtig, nur einen halben Kopf größer als ich, mit einer dünnen runden Brille und schütterem Haar. »Was soll das!«, poltert Achim in seiner gewohnten Art. »Wir waren schon zweimal hier. Und du warst nicht da!« – »Oh, Entschuldigung«, antworte ich spitz, da ich seine Polterei inzwischen kenne: »Wahrscheinlich war ich wegen irgendwelcher Banalitäten aushäusig, wie zum Beispiel arbeiten oder einkaufen oder leben oder so was.« Ein leises »Oh« entfleucht den Lippen des kleinen Mannes, und er blickt erst bewundernd auf mich, dann hoch zu Achim. Er schaut dabei wie ein ewig geprügelter Hund, dem man ein Leckerli gibt, über das er sich so freut, dass er gar nicht weiß, ob er es nun sofort hinunterschlingen oder doch lieber aufheben, wegtragen und an einer gut geschützten Stelle verstecken soll, bis es alt und trocken und völlig ungenießbar geworden ist, nur um es hin und wieder hervorzuholen und anzusehen, ja anzubeten, es zu verehren und sich dadurch an diesen einen kleinen unbedeutenden Moment zu erinnern, an dem er es hingeworfen bekommen hat. Ein geprügelter Hund, den Achim sich nicht halten kann, denn er besitzt ja bereits eine wahnsinnige Katze, die bestimmt keinen anderen Egal-wie-viel-Beiner neben sich und ihrem Herrchen dulden würde.

Achim blickt auf das Männchen hinab.

»Mh?«, macht er, und es klingt wie eine Frage. Der kleine Mann nickt euphorisch. Irgendwie erwarte ich, dass er noch anfängt zu hecheln und zu winseln und mit dem … Nein, daran will ich gar nicht denken.

»Okay«, sagt Achim da und gibt dem Kerlchen einen Schubs, sodass er über die Schwelle in meine Wohnung stolpert. Reflexhaft trete ich einen Schritt zur Seite.

»Das ist Ottmar!«, sagt Achim noch, als würde das alles erklären. Dann dreht er sich um und verschwindet die Treppe hinauf.

»Hey, was … !«, rufe ich ihm nach. Doch das ist sinnlos, Achim ist schon nicht mehr zu sehen. Ich starre auf das Männchen, das Achim in meinem Flur zurückgelassen hat. Es strahlt mich an mit verklärtem Blick und ein bisschen Zahn.

»Äh, also … Ottmar … kann ich Ihnen irgendwie helfen?«, frage ich vorsichtig. Ottmar nickt mich an, wieder mit diesen kurzen verhakten Bewegungen, die mich unwillkürlich an einen geprügelten Hund denken lassen.

»Okay …«, sage ich langsam. Ich hüte mich, meine Wohnungstür zu schließen. »Okay«, sage ich noch einmal, »wie wärs, wenn wir wieder hoch zu Achim gehen und ihn fragen, was genau ich für dich tun kann.«

Da sagt Ottmar: »Achim sagt, du brauchst einen festen Freund.«

»Was?«, entfährt es mir.

»Er sagt«, fährt Ottmar fort, »das geht so nicht weiter mit dir und dass du ein Problem hast.«

Nun fällt mir die Kinnlade herunter, und ich sehe wahrscheinlich ziemlich dämlich aus.

»Ein Problem? Ich?«, wiederhole ich ziemlich laut.

»Ja, ein Problem«, nickt Ottmar, »mit den Männern. Und dass du einen festen Freund brauchst. Ich habe ihn gefragt ob er eine kennt. Ein Mädchen. Er hat dich genannt«, sagte Ottmar und lächelt immer noch mit Zahn. Dann tritt er einen halben Schritt auf mich zu. Ich überlege, ob ich langsam anfangen muss, die Situation als bedrohlich zu empfinden, da sagt Ottmar: »Kann ich auf dein Klo?« – »Nein!«, rufe ich sehr laut, denn außer der absoluten Gewissheit, dass ich dieses Männchen keine Sekunde länger in meiner Wohnung haben will, versorgt mich meine sehr detailverliebte Erinnerungsgabe, für die ich mich oft genug aus tiefstem Herzen hasse, mit den Bildern meiner Hände, wie sie heute Morgen Wäsche im Bad auf den Ständer gehangen haben, darunter meine Socken, meine BHs, meine Spitzenhöschen. Und meine ebenso detailversessene Fantasie schiebt Bilder einer nicht allzu fernen Zukunft nach, in der Ottmar in meinem Badezimmer mit seinem nackten haarigen Arsch auf meinem Klo sitzt und unterwürfig lächelnd alles genau mustert, bis auch ihm meine Wäsche und damit meine Spitzenhöschen auffallen würden, und er würde sich dann sogleich den Hintern abputzen, noch fein und ordentlich die Klobürste benutzen und den Deckel zuklappen und dann mit winzigen Trippelschritten zu meinem Wäscheständer gehen, von dem er glaubte, dass der diese zahlreichen duftenden Geschenke nur für ihn aufgereiht trüge, er würde sein Glück gar nicht glauben, es ganz und gar nicht fassen können und kleine spitze Seufzschreie der ungeahnten Lust und Glückseligkeit ausstoßen, und dann würde er seine in freudiger Erregung zittrige Hand ausstrecken und mit seinen kleinen wurstigen Fingern … »Das reicht!«, rufe ich viel zu laut, um mich zu stoppen, ja, schreie es Ottmar förmlich ins Gesicht, sodass zum ersten Mal, seit ich ihn kenne, sein Lächeln etwas herabsackt.

»Komm«, sage ich zu ihm, »komm, wir gehen.« Ich stapfe durch die Tür, will Ottmar erst mitziehen, besinne mich dann aber und winke ihm nur mit der Hand. »Nun komm schon, komm!«, gehe ich das Hündchen an. Ottmar zögert noch, die Unlust, meine Wohnung wieder zu verlassen, so kurz vor dem Ziel, lässt eine steile Falte zwischen seinen Augen entstehen. »Komm!«, sage ich nun streng, befehle es geradezu. Da setzt sich Ottmar zuckelnd in Bewegung und trottet mit gesenktem Kopf hinter mir her. Ich stürme die Treppe hinauf, klingel bei Achim, klingel Sturm. Achim öffnet. »Und?«, fragt er, dabei kaut er auf einem Zahnstocher. »Hier, hier hast du deinen Ottmar …«, fange ich an. Was rede ich da eigentlich, denke ich dann. Also sage ich: »Komm nie, nie wieder mit irgend so einem … so einem Typen um die Ecke, hast du gehört? Nie wieder! Mann! Deine Freunde, die kannst du echt für dich behalten! Boah, ich glaubs echt nicht! Ich will nie wieder so einen Scheiß von dir erleben! Hast du das verstanden?« Achim starrt mich an, sagt nichts. Sein Blick kann alles bedeuten. Vielleicht hat er mich verstanden. Vielleicht ist er gekränkt. Vielleicht hetzt er gleich Herkules auf mich, und ich bin tot. Vielleicht interessiert ihn alles, was ich gesagt habe, auch gar nicht. »Mann, echt ey!«, rege ich mich noch weiter auf und schnaube Achim an. »Du gehörst jetzt zur Familie«, sagt der da. »Bitte?«, entfährt es mir. »Ich muss mich kümmern, hat Mutter gesagt«, sagt Achim. Ich ziehe scharf die Luft zwischen den Zähnen ein, will noch etwas sagen, lasse es dann aber, drehe mich um und stürme an dem brav zwei Schritte hinter mir stehenden Ottmar vorbei die Treppe wieder hinunter.

»Mutter hats gesagt, ich habs versprochen!«, ruft Achim von oben. »DU!«, ruft er noch. Dann höre ich noch einmal Ottmars leise Stimme, weigere mich aber zu verstehen, was er sagt.

Unten ist meine Wohnungstür zugeschlagen. Der Durchzug. Und ich habe keinen Schlüssel. Ich schnaube wieder, brodle innerlich, will mich ganz gehörig aufregen, da fällt mir ein, dass die beiden wohl noch oben im Flur stehen. Ich höre zwei, drei ganz leise geflüsterte Worte. Unter keinen Umständen will ich mir die Blöße geben, laut vor den beiden mit den Füßen aufzustampfen und mit den Fäusten gegen die Tür zu trommeln. Auch wenn ich gerade nichts lieber tun würde. Ich beiße mir auf die Zunge. Max hat einen Ersatzschlüssel. Max hat die Wohnung genau neben Achim. Jetzt wieder da hoch? Niemals. Unter keinen Umständen! Ich schnaube erneut – habe ich Ottmar die ganze Zeit mit einem räudigen Hündchen verglichen, erinnere ich selbst gerade irgendwie an ein Pferd, und die Bilder, die diese Assoziation in meinem Kopf wecken, steigern meinen Trotz umso mehr. Ich stürme die Treppe weiter hinunter, verlasse das Haus. Darauf erst einmal einen Kaffee, denke ich, oder gleich ein Bier.

Ich gehe in das Café um die Ecke. Dann fällt mir ein, dass ich ja kein Geld dabeihabe, kein Portemonnaie. Das liegt oben in der Wohnung. Ich schnaube einmal mehr, verlasse das Café, kehre zurück zum Haus, klingele bei Max. Keiner macht auf. Klingele noch mal. Nichts. Klingele Sturm. Max ist wohl nicht da. Ich stehe nun schnaubend und bebend vor meiner Haustür. Da komme ich nun auch nicht mehr hinein. Ich setze mich auf die Schwelle. Und wenn nun Achim mit seinem Ottmar herunterkäme? Ich springe wieder auf, gehe erst einmal eine Runde um den Block. Komme nach einer halben Stunde wieder, beruhigter, klingele bei Max. Es öffnet niemand. Setze mich wieder auf die Schwelle. Und warte. Achim und Ottmar lassen sich nicht blicken. Warte auf Max. Und warte.

Max kommt nach knapp vier Stunden. Da bin ich schon ein bisschen wahnsinnig. Nicht so wie Herkules natürlich. Aber ein bisschen. »Was machst du denn hier?«, fragt Max, als er mich sieht. »Ich habe mich ausgesperrt«, sage ich, »und du hast doch meinen Zweitschlüssel.« – »Oh«, macht Max da. Ich werde sofort misstrauisch: »Was soll das heißen, ›*oh*‹?« frage ich scharf. »Ich dachte …«, fängt er an und sagt dann: »Also, ich bin ja jetzt so selten da, in letzter Zeit, weil ich ja jetzt auch so oft bei Lisa schlafe. Da habe ich den Schlüssel Achim gegeben. Der ist ja auch ein Nachbar. Ich dachte, das sei für dich okay. Aber Anna, was hast du denn?«

35

Russendisco

Als Erstes schlägt mir ein Mädel auf der Tanzfläche mit der flachen Hand mitten ins Gesicht. Mein Kopf fliegt zur Seite. Es ist schon sehr voll, und sie tanzt ausladend und stürmisch und bemerkt gar nicht, dass sie mir eine reingehauen hat. Überhaupt scheint sie gar nichts zu bemerken, auch nicht, dass außer ihr auch noch andere Menschen auf der Tanzfläche sind. Ich stolpere zurück und torkle Max in die Arme. »Alles klar?«, fragt der. Ich nicke und hebe meine Hand an die Wange. Sie ist heiß. »Ich hol uns mal ein Bier«, sagt Max. Ich nicke wieder. Dann konsolidiere ich mich erst einmal und sehe mich um. Es ist voll, das hatte ich ja nun schon festgestellt. Neben mir tanzt ein süßes Pärchen im Partnerlook. Beide tragen dunkelblaue Jeans, er mit weißem Hemd, halb aufgeknöpft, sie in einer weißen Schluppenbluse. Sie sind innig und trotzdem nicht zu sehr aufeinander fixiert. Erregend, irgendwie, denke ich. Ich selbst trage heute Beige. In der britischen *Vogue*, die ich mir hin und wieder gönne, hatte gestanden, Beige sei das neue Schwarz.

Max kommt mit zwei Bier zurück. »Wieso nimmst du denn Gezapftes und keine Flaschen?«, frage ich ihn. »Keine Ahnung, wieso denn nicht?«, fragt er zurück. »Find ich in so Läden immer eklig, da hab ich lieber Flaschen«, sage ich. »Mir ist das egal«, antwortet Max, zuckt mit den Schultern und prostet mir zu. Ich tue es ihm gleich, wir trinken, gucken zusammen.

»Was hast du da eigentlich an?«, fragte mich Max dann von der Seite. – »Das ist ein Jumpsuit«, antworte ich und ziehe ein bisschen an dem Gummizug in der Taille. »Mh, sieht aus wie ein Schlafanzug«, sagt Max. »Und was ist das für eine Farbe?« – »Das ist Beige. Wieso, was ist denn mit der Farbe?« – »Na ja, weil es bei dem Licht hier aussieht, als hättest du gar nichts an und einfach eine total unförmige Figur.« – »Was, wieso das denn? Das ist doch kein Nude!« Ich halte meine nackten Arme an den Bauch und versuche, ihn im Schummerlicht mit dem Stoff abzugleichen. »Kein was?«, fragte Max. »Das ist eindeutig Beige und kein Nude«, wiederhole ich und bin mir ganz sicher, nicht die gleiche Farbe wie mein Overall zu haben. »Mh, also, in dem Blitzlicht könnte es auch Schweinchenrosa sein«, meint Max und betrachtet mich scheel. »Pah, also wenn überhaupt, wenn, dann ist es Rosé«, pampe ich ihn an. Die Verkäuferin in dem Laden hatte behauptet, die Farbe sei Lachs und jetzt total angesagt. Das will ich Max aber lieber nicht erzählen. Und die hatte auch eh keine Ahnung.

Ich drücke Max mein inzwischen leeres Glas in die Hand und schiebe mich wieder auf die Tanzfläche. Schluppenbluse lächelt zu mir herüber, ich lächle zurück. Ich tanze. Weißes Hemd schaut und lächelt ebenfalls. Ich lächle zurück. Ich tanze. Max kommt mit zwei vollen Gläsern zurück. Schon wieder keine Flaschen, denke ich. Egal. Ein Typ tanzt mich an. Ziemlich unansehnlich und ziemlich plump. Ich verlasse die Tanzfläche, stelle mich zu Max. Wir trinken, gucken. Das dunkelblaue Jeanspärchen drängt sich aneinander, schaut herüber. Ich tue, als bemerke ich es nicht, sehe zu Max. Zwischen uns ist ein halber Meter Platz. Ich zupfe am Gummizug meines Jumpsuit und gehe wieder tanzen.

Dann trinke ich mein Glas erneut aus, gebe es Max und sage: »Ich geh mal aufs Klo.« – »Viel Spaß«, sagt Max. Ich schlage mich zu den Toiletten durch. Direkt hinter einer Tür, die nach innen aufgeht, lungern einige Mädels an der Wand. Gegenüber gibt es zwei Verschläge mit einem Kreis darauf, an dem ein Kreuz hängt. Darunter steht jeweils mit vielfarbigen großen Buchstaben *LADIES*. Das ist schon sehr verkratzt. Darunter wiederum hat jemand mit einem dicken schwarzen Edding *Segnoras* hingeschrieben. Ich habe keine Ahnung, was das soll. Und darunter steht in dicken, mit einem Pinsel aufgetragenen Lettern *ONLY*. Geradezu gibt es eine weitere Tür. Darauf ist ein Kreis mit einem schräg wegzeigenden Pfeil, und darunter steht klein und mit einem Kugelschreiber gemalt *men*. Ich stelle mich hinter die anderen Mädels.

Dann bekomme ich die Tür in den Rücken geknallt, weil die ja nach innen aufgeht. Ich keuche und stolpere einen Schritt nach vorn. Zwei Kerle kommen herein, gehen an uns vorbei und verschwinden hinter der *men*-Tür. Ich stelle mich wieder gerade hin, etwas zur Seite, um nicht erneut die Tür in die Wirbelsäule zu bekommen. Gerade drehe ich mich um, um zu schauen, ob ich weit genug von ihr entfernt bin, da geht sie erneut auf, und die Kante streift nur einen halben Zentimeter an meinem Nasenbein vorbei. Ich ächze. In den Gang torkelt ein Mädel. Sie mustert uns Wartende mit einem sehr glasigen Blick. Dann fällt sie auf die erste Tür zu, drückt die Klinke, stellt fest, dass sie sich nicht öffnen lässt, tastet an der Wand entlang, übergeht die zwei Kabinen und reißt dann am Flurende die für *men* auf. Sie verschwindet darin, man hört sie was rufen, ich verstehe es aber nicht, da die Zwischentür zum Laden auch wieder aufschwingt. Ein Mädel kommt nun aus einer der *Segnoras*-Türen, eine andere geht hinein, wir rücken nach.

Dann stolpern drei Typen aus der *men*-Tür. Sie sehen belustigt, aber auch etwas verstört aus. »Alter Falter«, sagt der eine. »Jau«, sagt der zweite. »Mein lieber Herr Gesangsverein«, meint der dritte und schaut über die Schulter zurück. Ich weiß nicht, wann ich diese Redewendung das letzte Mal gehört habe. Vielleicht konnte ich da noch nicht schreiben und lesen. Die beiden ersten Typen gehen wieder nach vorn, sich gegenseitig auf die Schultern klopfend. Der dritte bleibt stehen. Erneut schwingt die Tür auf, und das Mädel mit den glasigen Augen kommt heraus. Sie prallt vor den Typen. »Man wird ja wohl noch mal nach Ficken fragen dürfen, aufm Klo, oder was. Wozu geht man denn da sonst hin?«, lallt sie ihn an. »Ja«, antwortet der Typ, »aber jetzt sofort? Ich hatte doch meine Kumpels dabei.« – »Wir können auch was ausmachen«, lallt das Mädel. Sie hebt ihr Handgelenk dicht vor die Augen, aber ich kann nicht erkennen, ob sie tatsächlich eine Uhr trägt. »Sagen wir in zwei

Stunden? Wieder hier?« Der Typ zuckt mit den Schultern. »Ja, okay, warum nicht«, meint er. Das Mädel lässt den Arm sinken, packt den Kerl am Shirt und zieht ihn hinter sich in Richtung Ausgang. »Sag mal, arbeitest du hier?«, fragt sie ihn währenddessen. »Noch nicht«, antwortet der Typ, »aber …« Dann ist das seltsame Paar hinaus. Vor mir rückt die Frauenkloschlange weiter.

Dann bin ich endlich dran. Ich drehe mich um und will die Tür verriegeln, aber es gibt kein Schloss. Macht ja nichts, denke ich, die Schlange weiß ja, dass besetzt ist. Ich versuche, mich in der engen Kabine mit den Edelstahlarmaturen so gut zu gebaren, wie es eben geht. Der Lautstärkepegel schwillt an, als draußen die Tür schwingt. Dann ertönt eine Frauenstimme, die sagt: »Steht ihr an? Ah, okay. Und wenn man sich nur die Haare kämmen will? Gibt es hier irgendwo einen Spiegel? Und Waschbecken? Also, 'tschuldigung, ich will mir nur eben die Haare kämmen und vielleicht die Hände waschen, kann ich dann nicht eben vor?« – »Also«, hört man eine andere Stimme, »wenn du dir nur die Hände waschen willst, wir aber aufs Klo müssen, dann ist es bei uns ja wohl dringender als bei dir. Dann kannst du dich ja auch einfach anstellen.« – »Ah«, kommt es von der ersten Stimme, »also muss ich mich anstellen. Mh, okay. Ja, gut.« Kurze Pause. Dann wieder sie: »Also, aber die Waschbecken sind schon da drinnen, ja? Oder sind irgendwo anders auch welche? Und Spiegel? Gibt es die auch in den Kabinen? Also, kann ich mir da überhaupt die Haare kämmen? Seid ihr sicher? Ich schau mal lieber nach.« Und da geht die Tür zu meiner Klokabine auf. Davor steht ein Mädel mit langen Haaren und starrt mich an, schaut dann auf das Waschbecken und in den Spiegel darüber. Ich stehe über der Schüssel, mit heruntergelassener Hose und halte Klopapier in der Hand. »Ey!«, rufe ich. »Oh, 'tschuldigung«, sagt das Mädel: »Ich wollte nur schauen, ob es hier einen Spiegel gibt.« – »Ja, gibt es«, sage ich. »Ah, du, sag mal, kann ich vielleicht kurz – ich meine, ich will mich nur kämmen und vielleicht die Hände waschen, kann ich vielleicht kurz reinkommen? Oder stört dich das?« – »Neeeeeee«, sage ich übertrieben, »gar nicht! Klar, komm doch ruhig rein, gar kein Problem! Kannst dich gerne kämmen. Wenn es dich nicht stört, dass ich dabei kacke.« – »Nö, das ist schon okay«, sagt sie und kommt herein. Die Tür lässt sie einfach offen. In diesem Moment hasse ich mich für meinen Sarkasmus.

Ich beende mein Geschäft und ziehe mich an, so gut das geht, in der neu entstandenen Enge mit dem zweiten Mädel in der ohnehin nicht großen Kabine. Dabei versuche ich, die draußen Wartenden und die vorbeikommenden, hereinschauenden Typen zu ignorieren. Dann betätige ich die Spülung und warte, bis das fremde Mädel sich gekämmt, sich die Hände gewaschen und dann noch irgendwas an ihrem Gesicht gefriemelt hat, und trete meinerseits an das Waschbecken. Kopfschüttelnd. »Danke«, sagt das fremde Mädel und dreht sich um. Ich schaue ihr im Spiegel nach, dann mich an. Auf meiner einen Wange haben sich feine rote Streifen gebildet, direkt unterhalb meiner Narbe, dort, wo mich die andere Fremde früher am Abend geschlagen hat.

Ich gehe wieder zu Max. Inzwischen ist es noch voller geworden, und es ist gar nicht mehr so leicht, sich durch die Menge zu schlagen. »Das hat aber lange gedauert«, sagt er, »ich habe dir noch ein Bier mitgebracht. Steht da.« Er deutet auf den Tisch. »Du glaubst nicht, was mir passiert ist«, sage ich, nehme das dort stehende Glas und trinke. Das Bier schmeckt schal. In der Nähe ist immer noch das Jeans-Pärchen zugange. Sie schauen zu mir, als ich trinke, und lächeln und nicken freundlich. Ich verziehe mein Gesicht und lächele zurück, so gut ich kann. Ich kippe das schale Bier hinunter und stürze mich wieder auf die Tanzfläche. Plötzlich wird mir übel.

*

Als ich die Augen aufreiße, sehe ich als Erstes einen grellen Blitz, der sich sofort als stechender Schmerz in meinem Kopf festsetzt. Dann sehe ich eine weiße Zimmerdecke, eine Ecke vom Fenster.

Ich bin zu Hause, in meinem Bett. Ich trage meinen Einteiler vom Abend der Russendisco. Nur meine Schuhe habe ich nicht mehr an. Neben mir liegt Max und schnarcht leise. »AAAH!«, brülle ich und richte mich kerzengerade auf. In meinem Kopf explodiert der Schmerz, und ich verstumme stöhnend. Max blinzelt. »Hey«, sagt er.

»Wie bin ich hierhergekommen? Und du? Welcher Tag ist heute? Was ist passiert?«, schreie ich ihn an. Er verzieht das Gesicht. Sieht aus, als ob er auch Kopfschmerzen hat. »Hey, bleib mal ruhig«, sagt er und dann: »Du warst weg.«

»Weg? Wie, weg!«, mache ich.

»Na weg. Weggetreten. Völlig daneben. Du kamst vom Klo, hast dich noch beschwert, dass da irgendwas passiert sei, dann dein Bier getrunken, bist auf die Tanzfläche – und dann bist du da einfach zusammengeklappt. Einfach so. Ich hab nix gemacht. Echt nicht. Du warst völlig weggetreten. Wie als hättest du was genommen. Hast du? Auf dem Klo?« – »Nein!«, sage ich ehrlich entrüstet, aber auch völlig verwirrt. Mein Schädel tut höllisch weh.

»Na ja«, fährt Max fort und reibt sich ein Auge, »oder als hätte dir jemand was ins Bier getan. Also ins Glas. Ich weiß auch nicht. Wie K.-o.-Tropfen oder so. Keine Ahnung. Jedenfalls bist du einfach so zusammengeklappt und warst dann nicht mehr ansprechbar. Hast nur noch so einzelne Worte vor dich hingebrabbelt. Da hab ich dich dann nach Hause geschafft.« Max verstummt und blinzelt mich müde an. Er gähnt. Ich kann nichts antworten, da es mir unmöglich ist, gleichzeitig zu denken und die brausenden Schmerzen in meinem Kopf zu kontrollieren.

»Da war so ein Paar«, erzählt Max weiter, »die waren wie so im Partnerlook. Beide dunkle Jeans und weiße Hemden.« – »Mh«, stöhne ich.

»Die haben das gesehen, also, dass du zusammengebrochen bist, und die haben mir dann sofort angeboten zu helfen. Aber irgendwie waren die mir nicht ganz geheuer. Weil, als ich dann gesagt hab, nee, ist schon okay, da sind sie trotzdem nicht gegangen. Sind die ganze Zeit so um uns herumgeschwänzelt und so. Die waren echt ziemlich aufdringlich. Haben immer wieder nach dir gefragt, ob sie wirklich nicht helfen können, und auch so nach dir gegriffen. Also so hingelangt. Die waren echt irgendwie unheimlich. Na ja, ich hab dich dann halt nach Hause geschafft. Mit dem Bus. Das war echt anstrengend. Und dann dachte ich, ich bleibe lieber bei dir. Damit nicht noch was passiert. Oder dieses Paar dich noch hier zu Hause überfällt, oder so.« – »Uff«, schaffe ich, von mir zu geben. Ich versuche, ruhig zu atmen, und bekomme den Eindruck, zumindest wieder gerade gucken zu können. Langsam pendelt sich der Schmerz in meinem Kopf auf ein ständiges, aber zumindest gleichmäßiges Stechen ein.

»Du meinst die, die neben uns standen. Das Paar mit den dunkelblauen Jeans und den weißen Oberteilen, oder?«, sage ich nun langsam zu Max.

»Ja, genau die.« Er nickt. »Die kamen mir so nett vor«, murmle ich vor mich hin.

»Wie gehts dir denn?«, fragt Max. Ich schaue ihn an.

»Ich kann mich an nichts erinnern«, sage ich, »ich kam vom Klo, da stand mein Bier, ich hab getrunken, dann hab ich getanzt – und dann nix mehr.«

»Ja, das glaub ich dir sofort«, wieder nickt er. Ich greife unter der Bettdecke nach seiner Hand. »Danke«, sage ich. Max lächelt und winkt ab. Er wirkt noch sehr müde.

»Ich wüsste nicht, was ohne dich …« Ich breche den Satz ab, weil ich es mir nicht vorstellen will.

»Also, diese beiden im Partnerlook, die waren echt seltsam«, wiederholt Max. Dann sieht er mich an.

»Sag mal, wer ist Martin?«, fragt er.

»Hä?«, mache ich.

»Na Martin«, wiederholt Max.

»Keine Ahnung. Wer soll das denn sein?«

»Als du so weg warst, also, so unzurechnungsfähig, da hast du die ganze Zeit diesen Namen gesagt. Da hast du die ganze Zeit gesagt ›Martin, hey Martin, danke Martin‹.« Ich glotze Max blöd an. Ich denke ganz fieberhaft nach, versuche auch, mich zu erinnern. Doch mir fällt nichts ein. Das Stechen in meinem Schädel wird wieder stärker.

»Ich hab keine Ahnung«, sage ich einmal mehr. Er schweigt.

»Und dann?«, frage ich.

»Nichts und dann«, antwortet Max, »wir sind hierher, ich hab dir die Schuhe ausgezogen und dich ins Bett gewuchtet.« Und? fragt mein Blick immer noch, aber mein Mund schweigt. Max sagt nichts. »Danke«, sage ich noch einmal. Und dann sagt Max doch noch etwas, und zwar: »Ich hab mich nicht getraut, dich auszuziehen. Damit das nicht falsch rüberkommt und du noch denkst, ich hätte die Situation ausgenutzt oder so. Du hattest ja auch eh schon dieses Schlafanzug-Teil an. Aber dich hier hochzuschaffen, durchs Treppenhaus, das war echt ganz schön anstrengend. Hast du vielleicht zugenommen?«

36

Läuse

Es ist endlich Sommer! Mit warm sein, Rausgehen, Badesee, Radler und Eis und allem, was sonst noch so dazugehört. Und ich habe eine Läuseplage auf dem Balkon. Wie über Nacht sind sämtliche Blumen und Blätter schwarz bekrabbelt. Eklig und frech zugleich sind sie, diese kleinen Widerborste, die sich da in meinen Pflanzen eingenistet haben und nun, fröhlich schmarotzend, den Untergang der blühenden Pracht provozieren. Drei Tage lang sprühe ich pure Chemie. Dann scheine ich gesiegt zu haben; an den Stängeln kleben nunmehr kleine verschrumpelte Läusekadaver. Prima, denke ich. Jetzt muss nur noch ein kurzer Platzregen kommen und die Leichen von meinen Blumen waschen, dann ist alles wieder so schön wie zuvor. Ich setze mich auf meinen Balkon und freue mich. Ich hole den Laptop heraus und checke meine Mails. Im Posteingang ist eine Nachricht von Emil.

Emil! Seit seinem Einbruch bei mir habe ich nichts mehr von ihm gehört. Habe auch nicht mehr viel an ihn gedacht. Zwei-, dreimal habe ich von ihm geträumt, dass er plötzlich in meiner Wohnung stünde, bin wach geworden, weil ich meinte, etwas gehört zu haben. Und nur noch selten, sehr selten, ertappe ich mich, in einer Ecke sitzend, stierend, mit seinem Geruch in der Nase, seinen Berührungen auf meiner Haut, mit seiner unerträglichen Nähe in meinem Kopf. Ich habe ihn wohl doch etwas geliebt, vielleicht. Vielleicht sehr. Dann die Wut, die Trauer – Emil! Sein Name trifft mich wie ein Hieb aus einer fernen Vergangenheit.

Und nun also eine Mail von ihm. Ich starre auf den Bildschirm. Fett sind die ungeöffneten Nachrichten, und fett sticht seine aus der Masse an Werbungen, Newslettern, Anfragen, Rückmeldungen und sonstigem unnötigen Kommunikationsmüll hervor. Fett sitzt sie da, die Nachricht, in meinem Posteingang, blinkt, macht sich breit, vereinnahmt den Raum, drängt sich auf, tut Dinge, die sich für eine Nachricht nicht geziemen. Fast zynisch hat sie sich dort festgesaugt, wie eine schwarze Warze, wie ein Geschwür, das ich nur weiter voll faszinierendem Ekel begaffen oder endlich anpacken und entfernen kann, eine andere Wahl lässt es mir nicht, und schon das macht mich bockig und wütend, diese Penetranz der ungelesenen Nachricht.

Ich muss sie öffnen. Und muss es lassen. Weiß es, weiß es genau. Muss es. Ich schließe das Postfach, klappe den Laptop zu, lege ihn weg, stehe auf, gehe zu den Blumenkästen. Immer noch kleben dort tote Läuse an nicht mehr ganz so saftig grünen Halmen und Blättern. Ich gehe im Kreis auf dem kleinen Balkon herum, der meine Insel ist, dreimal, viermal, muss es tun. Ich setze mich wieder, nehme den Computer zur Hand, klappe ihn auf, öffne wieder das Postfach. Dort hat sich nichts verändert. Ich schaue, atme, überlege, kaue auf meiner Zunge, schaue erneut, atme dann durch, öffne die Mail. Dort steht:

Liebe Anna, alles Gute zum Geburtstag. Antworte nicht auf diese Mail, ich werde es nicht lesen. Wir haben uns wohl wieder missverstanden, wie immer. So kann es nicht weitergehen. Gruß, E.

Das Erste, was ich denke, ist, dass ich erst in gut drei Monaten Geburtstag habe. Dann trifft mich die bodenlose Unverschämtheit des Textes wie eine Faust in die Magenkuhle, und ich bekomme keine Luft mehr. Ich will schreien, fluchen, vielleicht auch krächzen, weinen, auf jeden Fall weiteratmen, normal, doch etwas drückt mir mit nie geahnter Kraft den Hals zu. Ich hechle, mein Oberkörper fällt nach vorn, ich muss mich an der Tischkante festhalten. Drei, vier Sekunden dauert dieser Schwächeanfall. Dann ist es vorbei. Vergeht, so schnell und stumm, wie es über mich hereingebrochen ist. Und ich atme wieder, schaue, denke, ein Lidschlag klärt meinen Blick. Keine Antwort. Nicht eine Zeile würde ich diesem Anschlag widmen, keine Silbe, nicht einen Buchstaben. Keinen Traum würde mir diese Nachricht ruinieren können. Niemals würde er schaffen, sich mir in meinem eigenen Kopf streitig zu machen. Niemals sich nehmen. Niemals würde ich zulassen, was seine Zeilen bedeuten konnten, nie, nicht mal im Ansatz darüber nachdenken, niemals es zulassen. Niemals.

Ich schließe die Mail, verschiebe sie in einen Ordner, der Emils Namen trägt. Nicht sehr voll ist der. Atme, stehe auf, betrachte ein weiteres Mal die Blumenkästen, die bunten Blüten, das tote Ungeziefer. Es vergeht eine Weile. Dann klingelt es an der Tür. Ich gehe hin, nicht denkend, nicht erleichtert, nicht gestört, einfach öffnend. Vor der Tür steht Max. »Hallo«, sage ich.

»Hallo«, sagt er. »Was machst du?«

»Ich warte auf Regen.«

»Aha, fein«, macht Max, der mir nicht zugehört hat, und sagt dann: »Du, Anna, hast du Zeit? Kann ich reinkommen?« – »Klar«, sage ich und ziehe mechanisch die Tür weiter auf, denn Menschen, die um Einlass bitten, lässt man nicht draußen stehen. Wir gehen ins Wohnzimmer.

»Wollen wir uns auf den Balkon setzen?«, fragt Max.

»Nein«, antworte ich und lasse mich auf dem Dielenboden nieder, wo ich gerade stehe.

»Okay«, macht Max, sieht sich kurz um, setzt sich dann mir gegenüber auf das Sofa und beginnt zu erzählen.

»Also«, macht er, »du, Anna, es ist so, Lisa: Sie ist schwanger. Von mir. Also, wir erwarten ein Baby. Also« – sein Blick verklärt sich leicht, sein Lächeln wird nervös – »ein echtes Baby, verstehst du. Wir werden Eltern. So mit Familie und allem … Wir werden wohl zusammenziehen. Ich werde wohl ausziehen.«

»Toll!«, sage ich. So reagiert man doch auf eine entsprechende Nachricht, oder? »Hey«, fahre ich fort, »das ist klasse, super. Das freut mich für euch, echt, das finde ich echt toll. Hey, herzlichen Glückwunsch!«

Max ist leicht verunsichert. »Freut dich das wirklich?«, fragt er vorsichtig.

»Klar! Wieso denn nicht. Find ich echt toll.«

»Na ja, weil, also ich meine, na ja, weil wir ja mal zusammen waren, irgendwie, also und auch danach ab und zu … na ja, und ich dachte, es verletzt dich vielleicht, dass ich jetzt, also mit Lisa ein Baby – und deshalb wollte ich es dir auch sofort und persönlich sagen, na ja, damit du es nicht von irgendwem erfährst und dann vielleicht, also, na ja, verletzt bist oder so …« Er bricht ab. Meine Gedanken verschweifen sich kurz. Wie leer es doch ist. Dann reiße ich mich zusammen. Ich blicke Max fest ins Gesicht, zum ersten Mal, seit er meine Wohnung betreten hat. Zum ersten Mal seit Jahren vielleicht. Er ist älter geworden, seit wir uns kennengelernt haben. Wir werden wohl alle nicht jünger. Und nun wird er Vater. Und ausziehen.

»Das ist wirklich lieb von dir, dass du es mir persönlich sagst. Ich weiß das sehr zu schätzen. Wirklich. Es ist gut. Danke, das ist wirklich lieb. Komm her«, sage ich, stehe auf, er steht auch auf, wir umarmen uns. Er wirkt ehrlich erleichtert. Ich begleite ihn zur Tür. »Schade, dass du ausziehst«, sage ich. Dann umarmen wir uns noch einmal.

Als Max weg ist, gehe ich wieder auf den Balkon und setze mich. Der Laptop liegt im Wohnzimmer auf dem Tisch. Es regnet nicht. Zeit vergeht. Irgendwann später klingelt das Telefon. Mein Papa ist dran. »Ist doch schön, dass es endlich mal wieder ein bisschen mehr Sonne gibt und so schön warm ist, nicht wahr?«, sagt er. »Ja, Papa«, sage ich, »ja, das ist schön.« Später gehe ich mir das Gesicht waschen. Und an den Stängeln meiner Balkonblumen kleben die toten Läuse.

37

Lügennetze

Das Telefon klingelt. Auf dem Display steht *Olli ruft an*. Ich bin überrascht und auch erfreut, mit Olli habe ich schon eine ganze Weile nicht mehr geplaudert. Seit ich nur noch sporadisch Aufträge von der Agentur bekomme, sehe ich ihn nicht mehr so oft. Vielleicht gibt es Neuigkeiten zur Hochzeit. Ich gehe ran.

»Hey Olli«, sage ich.

»Du blöde Kuh!«, geht er mich an.

»Äh«, mache ich.

»Hast du Lisa erzählt, dass wir was miteinander hatten?«, fährt er nahtlos fort. Er klingt wirklich ziemlich aufgebracht.

»Äh«, mache ich erneut. Dabei soll dieser Laut gar nichts vertuschen. Er dient als ernst gemeinter Platzhalter. Ich habe Lisa nicht erzählt, dass ich mit Olli eine Affäre hatte, die außerdem seit einer geraumen Weile vorbei ist. Darauf, es zu verheimlichen, streng zu verheimlichen, hatte er oft genug gedrängt. Im Gegenteil, soweit ich mich erinnere, habe ich es sogar immer gezielt vertuscht und das sogar recht geschickt, wie ich finde. Doch um ganz sicherzugehen, ob ich mich nicht vielleicht doch einmal im Suff verplappert oder an einem verkaterten Morgen eine blöde Andeutung gemacht habe, muss ich nachdenken und mögliche Situationen in meinem Kopf Revue passieren lassen. Olli deutet mein Zögern offensichtlich anders.

»Hast du dich letzte Woche mit Lisa getroffen?«, fährt er mich wieder an.

»Äh, ja«, sage ich, »aber da …«

»O Mann, ich wusste, dass das nur von dir kommen konnte, ich habs gewusst! Du blöde, dämliche Kuh!«

»Also letzte Woche haben wir überhaupt nicht über dich gesprochen«, werfe ich ein. Ich spreche ganz schnell, da ich befürchte, sonst gar nicht mehr zu Wort zu kommen, wenn Olli mich jetzt noch ein bisschen beschimpfen und dann einfach auflegen würde.

»Ach, habt ihr nicht«, blafft er jetzt, »ihr habt nicht vielleicht so fünf oder acht oder zehn Bier getrunken, und dann ist es dir vielleicht irgendwie ein bisschen herausgerutscht oder so!«

Jetzt muss ich ehrlich lachen.

»Nein, haben wir nicht«, sage ich, »wir haben keinen Alkohol getrunken.«

Ich höre an Ollis Schnauben, dass er sich nun von mir ausgelacht fühlt. Ich hätte gerne erst einmal Luft geholt, um Olli in Ruhe etwas zu erklären, völlig egal, ob es mit der Wahrheit zu tun hat oder nicht, nur, damit er sich beruhigt. Doch es ist keine Zeit zum Luftholen, und Olli denkt nicht daran, sich zu beruhigen.

»Ach nee, klar, ihr habt natürlich nichts getrunken, nee, is klar, habt euch nur auf einen Tee getroffen oder was. Mann, ich kann einfach nicht fassen, dass du …«

»Olli«, unterbreche ich ihn, »Lisa ist schwanger.«

Da wird es mit einem Keuchen still in der Leitung. Drei Sekunden vergehen.

»Was?«, fragt er dann. »Das ist ja wohl 'n Scherz!« Seine Stimme ist kratzig.

»Nein, das ist kein Scherz«, sage ich inzwischen auch etwas ungehalten und wiederhole dann: »Lisa ist schwanger, und deshalb haben wir keinen Alkohol getrunken.« Olli keucht erneut. »Das ist …«, sagt er und dann: »Von wem denn?«

»Olli«, sage ich, »willst du sie das nicht vielleicht lieber selbst fragen? Ich meine …«

»Etwa von Jan«, unterbricht er mich. »Nein«, sage ich, »nein, nicht von Jan.«

»Dann von …«, platzt es aus Olli heraus, aber er vollendet den Satz nicht.

»Anna, ich muss auflegen«, sagt er dann und tut es, ohne eine Antwort abzuwarten.

Ich nehme das Telefon vom Ohr und starre es an. Scheiße, denke ich. Da klingelt es erneut. *Olli ruft an* steht auf dem Display. Ich zögere. Dann drücke ich auf das kleine grüne Hörersymbol.

»Ja?«, sage ich vorsichtig.

»Und du hast ihr nichts von uns erzählt, auch früher nicht oder so?«, fragt Ollis Stimme im Hörer.

»Olli«, sage ich, »ich weiß es jetzt grad nicht. Nein, nein, nicht bewusst oder mit Absicht. Aber ich kann gerade nicht ausschließen, dass ich mal irgendetwas Blödes gesagt hab, was man so interpretieren konnte, oder so, oder irgendeine Andeutung gemacht – keine Ahnung. Ich kanns dir gerade echt nicht sagen. Aber nicht mit Absicht!«

»Okay«, sagt er. »Du …«, setzt er noch an, vollendet jedoch auch diesen Satz nicht. Dann legt er wieder auf, ohne einen Gruß. Ich starre auf das Telefon. Scheiße, denke ich. Dann lasse ich es Lisas Nummer wählen. Es ist besetzt. Scheiße, denke ich wieder. Ich kann also nichts tun außer zu warten, dass es klingelt. Und das tut es auch, nach einer kurzen Zeit. Erstaunlicherweise ist es Max' Handynummer. Damit habe ich nicht gerechnet. Furchterregend, wie schnell sich die Dinge verbreiteten.

»Hallo?«, sage ich gedehnt in den Hörer.

»Hey«, sagt Max, »na, wie gehts?«

»Äh, gut«, mache ich langsam. Wie es mir geht? Will er vielleicht nur plaudern? Solche Zufälle kann es doch gar nicht geben.

»Sag mal, weißt du, was mit Lisa los ist?«, fragt er mich da.

»Äh, nein«, sage ich noch langsamer: »Wieso?«

»Ach, sie ist so komisch seit zwei Tagen. Ihr habt euch doch letzte Woche getroffen, oder? Hat sie da irgendetwas gesagt oder so? Ich meine, versteh mich nicht falsch, ich will nicht, dass du jetzt hier irgendwelche Freundinnen-Details ausplauderst, aber hat sie vielleicht irgendwie angedeutet, dass sie sauer auf mich ist? Oder dass ich irgendwas falsch gemacht habe? Ich meine, sie ist in letzter Zeit immer so sensibel, wegen der Schwangerschaft, und da will ich doch besonders vorsichtig sein und nicht irgendwas Blödes machen, was ich vielleicht selber gar nicht bemerke …« Max stockt. Für eine Sekunde wünsche ich mir nichts sehnlicher als ein Kind vom ihm. Dann ist es wieder vorbei.

»Nein, also, nein, sie hat nichts Dementsprechendes gesagt. Sie war auch nicht komisch oder so. Es war höchstens komisch, nüchtern mit ihr zu reden«, sage ich dann noch, um einen Witz zu machen. Max lacht kurz aus Höflichkeit.

»Mh«, macht er dann, »ja, dann weiß ich auch nicht. Sie ist echt seltsam seit zwei Tagen. Vielleicht hat sie so eine Schwangerschaftsdepression. So was gibts ja.«

»Mh, ja, so was gibts«, sage ich und frage dann ein wenig lauernd: »Hast du denn heute schon mit ihr gesprochen?«

»Nee, heute noch nicht, ich bin noch im Büro. Ich ruf sie gleich mal an.«

»Nein!«, sage ich viel zu laut und fügte dann schnell hinzu: »Äh, ich meine, äh, also, ruf sie doch heute Abend an. Das passt ihr sicher besser. Und außerdem, ich kann sie ja auch erst mal anrufen, vielleicht krieg ich ja noch was raus.«

»Mh«, macht Max. In diesem Moment klopft es bei mir im Hörer an.

»Du, es klopft an, ich, äh, erwarte noch einen Anruf. Ich melde mich wieder, ja? Ruf sie noch nicht an! Also, bis dann, ja? Bis dann!«, sage ich, lege auf und gehe wieder ran. Beim Anklopfen kann man nicht sehen, wer in der Leitung ist. »Ja?«, melde ich mich.

»Du … du blöde Kuh!«, kommt es aus dem Hörer. Es ist Lisas Stimme, doch sie klingt ganz verzerrt, und man hört sie weinen und schluchzen. Ich habe sofort das Bedürfnis, direkt zu ihr zu fahren und sie in den Arm zu nehmen.

»Hey«, sage ich, »hi, hey, was ist denn … was ist los?«

»Ich …«, schluchzt Lisa, »du …« Und dann krächzt sie: »Hast du Olli erzählt, dass ich von Max ein Kind krieg?«

»Äh«, mache ich, »also, nein, ich meine, nicht direkt, also …«

»Also hast du, ja?«, sagt sie mit verzerrter Stimme, schreit es fast. »Mann, Anna, du blöde Kuh, ich hab dir doch gesagt, du sollst es erst mal nicht rumtratschen!« Ich fühle mich sofort schlecht, obwohl ich es ja eigentlich gar nicht herumgetratscht habe. Und ich fühle mich noch schlechter, weil ich nicht weiß, wie ich es ihr erklären soll, ohne den eigentlichen Grund für Ollis Anruf zu nennen. Denn weiterhin weiß ich nicht, was Lisa überhaupt weiß und von wem sie etwas weiß und was sie mit diesem Wissen angestellt hat, dass Olli so sauer auf mich ist.

Ich sage: »Olli hat mich angerufen, und er war sehr aufgebracht …« Ich will noch weiterreden, doch überraschenderweise beginnt Lisa am anderen Ende der Leitung so herzzerreißend zu schluchzen, dass ich nicht mehr weiterreden kann.

»Ach, hey«, sage ich stattdessen, »hey, Lisa, was ist denn los, mh? Hey, beruhige dich doch mal. Soll ich vorbeikommen?«

»Das Kind ist nicht von Max!«, bricht es da aus ihr heraus. Für eine Sekunde stockt mir der Atem. Mein Kopf weigert sich zu verstehen, was meine Ohren gerade gehört haben.

»Das Kind ist nicht von Max!«, schreit Lisa noch einmal, ja sie schreit es, und ich kenne die Antwort auf die nächste Frage bereits, bevor ich beginne, sie zu stellen. »Aber …«, sage ich. Weiter komme ich nicht.

»Von Olli! Es ist von Olli, du blöde Kuh. Du machst alles kaputt!«, schreit Lisa mit verzerrter Stimme. Dann ist abrupt nur noch ein Tuten in der Leitung. Ich starre auf das Telefon. In meinem Kopf rattert es, und langsam, ganz langsam und zäh sickern Erkenntnisse dort ein, die mein Verstand sich partout weigert, als Wahrheiten anzuerkennen. Das kann nicht sein, kann alles nicht sein. Beim besten Willen nicht!

Das Telefon klingelt wieder. Auf dem Display steht *Olli ruft an*. Ich weigere mich, das zu sehen, aber es steht da, penetrant und unnachgiebig. Ich gehe ran.

»Ja?«, kratze ich.

»Lisa hat Vera in England angerufen und ihr erzählt, dass wir beide eine Affäre haben«, kommt Ollis Stimme aus dem Hörer. Sie klingt verhalten, aber sachlich. Auch etwas trocken. Haben wir doch gar nicht mehr, denke ich.

»Vera ist außer sich«, fährt Olli fort, »ich werde hinfliegen. Gleich morgen Abend.«

»Okay«, sage ich, »ja, ja klar, mach das, ja, das ist gut.« Meine Stimme ist auch trocken.

»Du bist jetzt natürlich nicht mehr zur Hochzeit eingeladen, Anna«, sagt Olli.

»Ja, ja natürlich nicht, das ist klar. Ist klar. Flieg du nach England. Viel Glück.«

»Leb wohl«, sagt Olli.

»Bis dann«, sage ich, ohne zu wissen, was das bedeuten soll. Dann legen wir auf. Ich starre das Telefon an, weiß nicht, was ich nun tun oder denken soll.

Eine kleine Weile vergeht. Dann klingelt es wieder. *Lisa ruft an* steht auf dem Display. Ich starre darauf, will nicht rangehen, tue es dann doch, melde mich schon gar nicht mehr.

»Ich liebe ihn so sehr«, schluchzt Lisa, »liebe ihn so!«

Sie hat tatsächlich gesagt: »Ich liebe ihn.« Noch niemals habe ich Lisa so etwas sagen hören. Ihre Worte sind befremdlich in meinem Ohr, und ihre Stimme auch.

»Ich liebe ihn doch«, schluchzt sie erneut, »und er, er heiratet diese Tussi, diese Vera. Diese blöde Kuh! Liebe ihn so … Dachte, mit Kind …« Sie unterbricht sich, schluchzt. Ich höre sie rotzen und schniefen.

»Mann, Anna, ich liebe ihn!«, fährt sie dann fort. »Ich wollte doch nicht … Da hab ich halt zu Vera gesagt, ihr hättet was am Laufen. Du und Olli. Mann, ich konnte ihr doch nicht sagen, wir hätten was, und dann, wenn sie hergekommen wär und hätte mich gesehen, mit dem Bauch … ging doch nicht! Aber ich musste doch was tun. Mensch, die können doch nicht heiraten, der kann diese blöde Kuh doch nicht heiraten! Aber ich konnte doch nicht mit dem Bauch …« Ich höre sie wieder rotzen. »Es tut mir leid«, sagt sie dann, »ich wollt sie nur … und ihn! Mann, was fällt dem Olli überhaupt ein! Tut mir leid, dass ich dich da mit reingezogen habe. Wusste nicht, was ich machen sollte …«

Lisa schnieft erneut. Ich bin inzwischen ganz starr, an meinem Hörer. Denke nicht, sage nichts – und denke dann, was nun zu tun ist. Wen anrufen. Wem was erzählen. Wen wie einspinnen, in das Netz aus Lügen. Und dann denke ich etwas Merkwürdiges: Ich denke, dass mich das alles eigentlich überhaupt nichts mehr angeht. Gar nichts geht mich das Tun dieser Leute an. Ich bin völlig frei davon. Und vor allem berührt es mich nicht. Nirgends. Und das fühlt sich gut an. Ich atme durch und lächle. Nichts davon schmerzt mehr.

»Wollte doch nicht …«, sagt Lisa einmal mehr. Blöde Kuh, denke ich, aber ich denke es teilnahmslos. Stattdessen sage ich: »Max wird ein guter Vater sein.« Wieder schluchzt Lisa, am anderen Ende der Leitung. »Er kann backen«, sage ich. »Ach, lass mich doch in Ruhe, du blöde Kuh, lass mich einfach in Ruhe!«, schreit Lisa in den Hörer. Dann ist nur noch Tuten. Vorbei, denke ich.

38

Ein Paar Socken

Meine Kollegin Rut kommt aus Schweden. Ich habe nicht besonders viel mit ihr zu tun. Doch bei einem der traditionellen Sommerfestwichteln in der Agentur bekam ich einmal, nach langen Würfel- und Tauschrunden mit anschließenden Saufspielen, ihr Päckchen. Es war recht klein und knautschig, wenn man darauf herumdrückte, und sie hatte es in altes Weihnachtsgeschenkpapier eingeschlagen, an dem schon zahlreiche Tesafilmstreifenreste klebten. Ich erwichtelte, ertauschte und ersoff mir also Ruts Weihnachtsgeschenk vom letzten Jahr, so dachte ich und packte es aus, wobei ich schon nicht mehr ganz nüchtern war. Es enthielt ein Paar ziemlich dicke Wollsocken, die ungefähr die Größe 45 haben mussten.

Rut kam dann im Laufe des Abends zu mir. Unaufgefordert erzählte sie mir, dass sie dieses Paar Socken von ihrer älteren Schwester geerbt habe, die es wiederum von ihrer beider Tante Madeleine erhalten hatte. Diese Tante war seinerzeit in die USA ausgewandert und in dritter Ehe mit einem Amerikaner asiatischer Herkunft verheiratet gewesen, dessen Vorfahren aus China kamen. Ihr erster Mann, mit dem es wohl überhaupt nicht funktioniert habe, war Österreicher gewesen, der zweite Thailänder, doch auch das ging in die Brüche, und mit dem Chinesen sei sie heute auch schon nicht mehr zusammen, so erzählte Rut damals. Aber das spielte für das Paar Socken keine weitere Rolle. Auf einer gemeinsamen Reise nach China jedenfalls hatte Tante Madeleine von den Verwandten ihres damaligen Mannes, neben zahlreichen anderen Zuwendungen, dieses Paar Socken geschenkt bekommen, das angeblich eine weitere, entfernte Verwandte aus Nepal, die leider nicht hatte persönlich anreisen können, selbst aus echter Lammwolle extra für sie gestrickt und mit der Post zum Besuch geschickt hatte. Bestückt mit diesem

Paar Socken und weiteren Geschenken sei Tante Madeleine dann wieder nach Hause, in die USA, gekommen und hätte einen großen Teil der Präsente in einer Kiste im Schrank verstaut. Dann, einige Zeit später, trennte sie sich von diesem Mann chinesischer Abstammung und dann gleich noch von dem Land und kam zurück nach Schweden, wohin sie unter anderem ebendiese Kiste mit den unangetasteten Geschenken aus China mitbrachte, die sie unter ihren Nichten und Neffen verteilte. Das besagte Paar Lammwollsocken hätte dann also die ältere Schwester von Rut, die Brit, bekommen.

Brit hatte sich sehr über das Paar Socken gefreut, da sie gerade mit ihrem Freund, der Marokkaner war, eine Rundreise durch Mittelamerika plante und gehört hatte, dass auf der anderen Seite der Welt genau das gegenteilige Wetter von Schweden herrsche und es also vielleicht kalt in Mittelamerika sein könne, in ihrem Sommerurlaub. Auf dieser Rucksacktour nun, die sechs Wochen dauern sollte, verließ ihr marokkanischer Freund sie wegen einer Bolivianerin, die er in Panama kennenlernte, was die ältere Schwester von Rut, die Brit, so frustrierte, dass sie sich mit einem in der Dominikanische Republik ansässigen Briten einließ, der braun gebrannt war und dort eine Surfschule betrieb und bei dem sie die ganzen sechs Wochen blieb und lebte und anfing, in seiner Surfschule auszuhelfen.

Dann schrieb Brit einen Brief nach Hause, nach Schweden, dass Brian, so hieß der Brite, plane, eine neue Surfschule in Madagaskar zu eröffnen, und dass sie mitgehen würde, um ihn zu unterstützen, und vielleicht wollten sie auch ein Baby. Um sich zu vergewissern, dass es ihrer Tochter noch gut ginge, reisten wohl alsbald dann, nach der Übersiedlung von Brit und Brian nach Madagaskar, die Eltern von Rut und Brit ebenfalls dorthin. Sie kamen genau zwei Tage, nachdem Brian, der Brite, wegen Drogenbesitzes von der madagassischen Polizei verhaftet worden war, an. Daraufhin packten die Eltern ihre Tochter und ihr gesamtes Hab und Gut, wozu auch immer noch die dicken Lammwollsocken gehörten, ein und machten erst einmal eine Safari durch Afrika, um sich von den vorangegangenen Strapazen zu erholen.

Von Kapstadt aus flogen sie dann anschließend wieder nach Schweden, allerdings mit einem Zwischenstopp in Berlin, um ihre jüngere Tochter, meine Kollegin Rut, zu besuchen. Ihrer älteren Schwester, der Brit, ging es in dieser Zeit gar nicht gut, sie weinte wohl viel und schrie auch manchmal, und dann riss sie alle ihre Klamotten aus ihrem Rucksack, darunter auch das Paar Socken, schmiss das ganze Zeug in Ruts Wohnung auf den Boden und sagte, dass sie das alles haben könne, sie wolle nichts davon behalten und auch nichts mehr wissen, denn sowieso würde sie nach Mexiko auswandern, oder nach Alaska.

Rut nahm die ganzen lustigen Klamotten ihrer großen Schwester gerne an und freute sich ganz besonders über das Paar dicke, nach wie vor ungetragene Socken, da sie wiederum ihrerseits gerade mit Freunden eine Tour mit einem Kleinbus durch ehemalige Ostblockstaaten und Russland bis nach Sibirien plane und davon ausging, dass sie die Socken dort bestimmt gut gebrauchen könne. Als die Reise losging, packte sie die Lammwollsocken ein – aber als sie sie dann einige Tage später, in ihrem Winterzelt in der Tundra, zum ersten Mal anziehen wollte, da waren sie weg. Sie suchte und suchte und räumte ihr ganzes spärliches Gepäck aus und wieder ein, fand die Socken aber nicht und dachte, dass sie geklaut worden seien, und ärgerte sich sehr und fluchte laut, wer denn so blöd und gemein sei und dicke Socken stehle. Sie suchte die ganze Reise über immer mal wieder in ihrem Gepäck, doch die Socken blieben verschollen. Nach zehn Tagen mussten sie die Reise abbrechen, weil ihr Kleinbus von einem Parkplatz gestohlen wurde, glücklicherweise ohne Gepäck.

Als sie wieder zu Hause war, so erzählte Rut, drehte sie ihren Arktis-Schlafsack auf links, um den Tundrasand herauszuschütteln. Da fielen ihr die Socken entgegen. Sie hatte sie also die ganze Zeit über in ihrem Schlafsack mit sich durch Sibirien getragen. Nun war nicht nur ihre Tante Madeleine und ihre Schwester Brit, sondern auch sie selbst sauer auf das unschuldige Paar Lammwollsocken und wollte es nur noch loswerden. Deshalb hatte sie gedacht, so schloss Rut ihre Erzählungen, dass das Sommerfestwichteln doch eine gute Gelegenheit dazu sei, da die Socken ja immer noch ungetragen und also quasi neuwertig waren und trotz allem bestimmt sehr warm und kuschelig sind, an kalten Winterabenden, so habe sie gedacht.

Und nun hatte ich mir dieses Paar Socken mit Würfeln, Tauschen und Saufen verdient, und ich könne damit machen, was ich wolle, sagte Rut noch, und dass sie mir das nur hatte erzählen wollen und dass sie selbst einen Topf von IKEA erwichtelt habe, den sie gleich nächste Woche ihrer Schwester nach Schweden mitbringen würde, die dort inzwischen von zu Hause aus und in eine eigene Wohnung gezogen sei mit einem Italiener zusammen, weshalb sie Einrichtung noch gut gebrauchen könne.

Ich hörte Rut die ganze Zeit über zu, erst interessiert, dann fasziniert, dann staunte ich, mit offenem Mund, und betrachtete die dicken harmlosen Socken, die noch in dem zerknitterten Weihnachtsgeschenkpapier auf dem Tisch lagen, und langsam meinte ich, dass ein vager Geruch von ihnen ausging, ein Geruch, nach dem Strand Puerto Ricos, der Sonne der Sahara und der Erde Turkmenistans – oder wie ging die ganze Geschichte noch gleich?

Ich packte die Socken ein und trug sie ehrfürchtig nach Hause. Dort legte ich sie in ein Schubfach, denn es war Sommer und niemand hatte Bedarf an dicken Lammwollsocken der Größe 45. Dann wurde es Herbst und dann Winter. Dann wieder Sommer. Und ich vergaß die Socken.

*

Jetzt, viel später, ist Lisa mit ihrem kugelrunden Bauch zu mir gekommen, weil ich ihr alte Klamotten schenken will, die mir hoffentlich nicht mehr und ihr vielleicht gerade noch passen. Sie wühlt und kramt in meinem Schrank und meinen Schubladen, zieht überall meine vormals liebsten Sachen hervor, hat außerdem eine Schwangerschaftsdepression und ist unausstehlich.

»Wat isn damit?«, fragt sie mich dann und hält das Paar Lammwollsocken hoch, das ich, wie gesagt, inzwischen lange vergessen hatte und das mich nun wieder mit einem Schlag an seine Geschichte erinnert, als ich es dort in den Klauen der dicken, unausstehlichen Lisa sehe. »Die kannst du …« *haben,* hab ich eigentlich sagen wollen, doch irgendwie gönne ich sie ihr nicht. »Die kannst du für Max mitnehmen«, sage ich also. Lisa brummt und stopft sie in ihre Tasche. Danach habe ich das Paar Socken nie wieder gesehen. Ich weiß nicht, was aus ihm geworden ist. Danach gefragt habe ich nie, aus Angst, Lisa würde antworten, sie habe sie in die Altkleidersammlung gegeben.

39

Oneironautin – zu den Sternen

Ich schlafe, und ich träume, und ich weiß, dass ich träume. Ich stehe auf einem Bahnsteig, der in beide Richtungen ins Unendliche geht, und sehe in den schwarzen Himmel. Er ist voller Sterne, und ich schaue eine Weile hinein. Dann kommt ein Zug angerast, und obwohl er nicht hält, kann ich einsteigen. Ich gehe im Zug durch den Gang und gehe und gehe und sehe die Reisenden links und rechts sitzen und erkenne niemanden. Dann komme ich an ein Sechserabteil. Ich schiebe die Tür zurück, und darin sitzt ein Mann, er dreht sich zu mir, und es ist Emil. Das weiß ich, obwohl er kein Gesicht hat.

Ich setze mich ihm gegenüber. »Wohin fährst du«, frage ich ihn im Traum. Emil antwortet nicht. »Wohin fährst du«, frage ich erneut, und dann kann ich gar nicht mehr aufhören damit: »Wohin fährst du. Wohin fährst du. Wohin fährst du.« Sage ich in einer Endlosschleife, und der Zug rattert durch die Dunkelheit. Man kann nichts sehen, vor dem Fenster, außer Schwärze. Dann geht die Abteiltür auf, und eine Schaffnerin kommt herein. »Fahrscheine, bitte«, sagt sie. Ich ziehe meinen irgendwoher hervor und reiche ihn ihr, sie nickt ihn ab, wendet sich an Emil. »Fahrschein, bitte«, wiederholt sie. Emil reagiert nicht, sitzt da, kann nicht einmal starren, da er kein Gesicht hat, und der Zug rast weiter durch die Schwärze vor den Fenstern. »Fahrschein. Los, den Fahrschein!«, sagt die Frau in der Uniform nun lauter, und als er sich weiterhin nicht bewegt, packt sie Emil an den Schultern und beginnt, ihn zu schütteln. Sein gesichtsloser Kopf klappert hin und her. Ich will schreien, aber kein Laut kommt aus meiner Kehle. Die Schaffnerin schüttelt ihn und schüttelt, und ich glaube, Emil wird gleich in seine Einzelteile zerfallen, wenn sie ihn weiter so malträtiert.

»Um Himmels willen, so zeig ihr doch endlich deinen Fahrschein!«, gelingt es mir, dann endlich zu rufen. Da steht er plötzlich vor mir, riesengroß und gleichzeitig unendlich weit weg, der Zug ist fort, die Schaffnerin ist fort, alles ist nun dunkel um uns, und Emil sagt: »Aber ich weiß doch selbst nicht, wohin die Reise geht!«

In meinem Traum hatte er kein Gesicht, und als ich nun erwache, klopft mir das Herz bis zum Hals. Ich reiße die Augen auf, schaue ins Halbdunkel, versuche, irgendetwas zu erkennen, doch nichts kommt mir bekannt oder vertraut vor, die Zimmerdecke nicht, nicht die Farbe der Bettwäsche oder der Bildausschnitt eines Fensters mit Bücherregal daneben. Ich bin nicht bei mir. Ich zucke unwillkürlich auf die Seite und ziehe die Knie fast bis ans Kinn heran, keuche dabei halblaut in einer ungünstigen Bewegung. Da erscheint plötzlich ein Gesicht über mir, und dieses Mal ist es eins, denn es ist kein Traum mehr, und ich erkenne es auch. Ich bin bei Hendrik.

»Was hast du?«, fragt der jetzt. »Was ist mit dir? Alles in Ordnung?«

»Ich …«, ich bin noch leicht verwirrt, und mein Mund ist trocken. Ich schlucke ein paarmal. »Ich habe schlecht geträumt.«

»Möchtest du Wasser?«, fragt Hendrik. Ich nicke stumm, und er steht auf und bringt mir welches. Ich trinke, er nimmt mir das Glas wieder ab, stellt es weg, dann beugt er sich über mich, beginnt, mich zu küssen, aber nicht fordernd, sondern zärtlich, wie liebevoll, küsst meine Lippen, meine Halskuhle, zwischen meinen Brüsten hindurch, meinen Bauch, spielt mit seiner Zunge in meinem Nabel, und ich muss kichern. Dann kommt er mit seinem Gesicht wieder zu mir herauf und arbeitet sich fühlend vorwärts, unendlich zart, biegt mein Bein leicht zur Seite, streichelt meine Flanke, meine Brüste, gleitet immer näher heran, und ganz sanft, mich mit seinem Körper wärmend, schiebt er sich in mich. Und die Worte »sich lieben«, für das, was ich eigentlich nur als Ficken, Vögeln, Bumsen und Es-Treiben kenne, haben für mich mit Hendrik eine völlig neue Dimension.

Als er gekommen und aus mir geglitten ist, zieht er das Kondom ab und macht einen Knoten hinein. Dann setzt er sich im Schneidersitz mit dem Rücken an das Bettgestell, bedeutet mir, näher zu rücken, und als ich mich quer vor ihn lege, die Arme hinter dem Kopf verschränkt, beginnt er, über meinen Körper zu streichen. Nicht fordernd tut er das, sondern beruhigend und folgt seinen bedeckenden Händen mit den Blicken. Und als ich in seinen Augen sehe, dass es ihm dabei um mich geht, schauert es mir.

*

Achims Mutter ist gestorben. Achim hat vor zwei Tagen bei mir geklingelt, und als ich die Tür öffnete, stand er ganz ruhig davor, ohne Katze, ohne Poltern, dafür mit gekämmtem Haar, grauem Gesicht und schwarzem Anzug. Und sofort wollte ich den alten Achim wiederhaben. Ich musste dem Drang widerstehen, die Tür wieder zuzuschlagen, bis drei zu zählen und sie wieder zu öffnen, um festzustellen, dass es einfach nur ein böser Traum gewesen war, dass Achim wieder wie sonst dort steht, schreiend und spuckend, wirr und mit dem wuselnden Herkules mit den stechenden gelben Augen. Doch ich widerstand, weil ich wusste, dass es nicht geschehen würde.

»Mutter ist tot. Ich reise ab«, sagte Achim sehr ruhig. Es tut mir leid, wollte ich ganz unbedingt sagen, schaffte es aber nicht. Ich würde nie sein wie sie, hatte Achim mir einmal gesagt. Nein, nicht einmal, mehrfach. Das war aber lange her. In den letzten Monaten hat er es nicht mehr gesagt.

»Wo ist Herkules?«, brachte ich dann hervor und musste mich danach räuspern.

»Bei Ottmar«, sagte Achim. Es klang so normal, dass mir die Tränen in die Augen schossen. Ich öffnete den Mund, doch es gelang mir nicht zu sprechen. Da sagte Achim mit fester Stimme: »Ich gehe jetzt, und ich lege Mutter eine Blume von dir mit ins Grab, aber ich suche sie aus. Sie ist jetzt bei den Sternen. Sie träumt jetzt. Sie weiß jetzt alles. Du wartest hier. Und wenn ich zurückkomme, wird alles anders sein als früher. Alles wieder gut. Und gieß ordentlich.«

Ich biss mir auf die Zunge, um den Schmerz zu betäuben und meine Augen unter Kontrolle zu halten. Meine Nasenflügel zitterten. »Ja!«, sagte ich. Dann knallte ich die Tür zu.

*

»Was hast du?«, fragt Hendrik da. Es scheint zu dämmern, denn es wird langsam heller im Zimmer. Auch wenn es eine graue Helligkeit ist, da es dem Berliner Himmel wieder einmal gefällt, keine Sonne durch seinen dicken Vorhang zu lassen. Aber immerhin Licht, ein kleiner Anfang.

Ich bemerke, dass meine Augen feucht geworden sind, während des Denkens.

Ich möchte antworten, aber was soll ich diesem Mann sagen, der mich fragt, mich sieht und mich berührt, unter meiner Haut? Ich sage: »Mein Exfreund ist gerade Vater geworden, und mein Exlover hat vor zwei Monaten geheiratet.«

Hendrik antwortet nicht, sondern sieht nur weiter mich. Dann bewegt er sich, rutscht herum, nimmt vorsichtig mein Gesicht zwischen seine Hände und bettet meinen Kopf auf seinen Schoß. Er streichelt mir über die Wange, die Narbe und das Haar, fährt mit dem Finger die Konturen meiner Nase entlang, meiner Brauen, meines Kinns. »Ich liebe dein Gesicht«, sagt er. Dann beugt er sich zu mir herab und küsst mich, langsam und zärtlich, so, wie ich bislang nicht gewusst hatte, dass man überhaupt küssen kann. So liege ich eine Weile, und er sitzt und pflegt mich.

Dann steht Hendrik auf. Er geht zu einer Kommode, nimmt Unterwäsche heraus, zieht sie an. Er dreht sich zu mir um. Und er sagt: »Du musst jetzt gehen, Anna. Du weißt, dass du jetzt gehen musst. Sabine kommt gleich von der Nachtschicht. Sie darf es nie erfahren. Niemals.«

GEWITTERSOMMER

WOHER WEISS MAN, WIE SICH DIE BESTMÖGLICHE BEZIEHUNG ANFÜHLT?
EIN TRÄUMERISCHER, SINNLICHER UND KLUGER ROMAN

GEWITTERSOMMER
EROTISCHER ROMAN
ANAIS Band 32
Von Xóchil A. Schütz
288 Seiten, Taschenbuch
ISBN 978-3-86265-187-0 | Preis 9,95 €

Sinai ist Malerin, Mitte dreißig und lebt in Berlin. Seit einem Jahr ist sie mit dem Ingenieur Marek zusammen und verbringt immer mehr Zeit auf seinem alten Weingut in der Pfalz. Bald geraten Sinai und Marek in ein erstes Gewitter: Marek stört sich plötzlich an Sinais lässigem Umgang mit ihrem Aussehen. Sinai hingegen findet Mareks Perfektionismus anstrengend und beginnt, von anderen Männern zu träumen. Derweil gestalten beide ihr Leben, reisen, genießen und arbeiten. Sinai ist mit einer anstehenden Einzelausstellung beschäftigt, die lang schlummernde Erinnerungen in ihr wachruft. Und Marek, dessen Arbeitsvertrag bei einem Rennwagenhersteller ausläuft, bewirbt sich in Warschau. Wird es Sinai und Marek gelingen, ihre Krise zu überwinden? Und können sie einander überhaupt so lieben, wie sie es sich erträumen?

WWW.ANAIS.DE

PETRA WODTKE wurde 1981 in Westfalen geboren. Von 2001 bis 2009 studierte sie Archäologie in Berlin, Lausanne und Wien. Parallel zur Entstehung ihrer Dissertation eröffnete sie 2010 ein Blog, auf dem sie Kurzgeschichten über Anna veröffentlichte. In DAS ANNA-PHÄNOMEN finden Annas Episoden im Romanformat zusammen. Petra Wodtke ist Mitglied der Lesebühne Straßenmädchen (blaues Herz).

Petra Wodtke
DAS ANNA-PHÄNOMEN
Roman

ISBN 978-3-86265-526-7

Lektorat: Anne Tröst | Coverfoto: © Mark Higgins / depositphotos.com
Foto der Autorin: © Michael Pliwischkies

KATALOG
Wir senden Ihnen gern kostenlos unseren Katalog.
Schwarzkopf & Schwarzkopf Verlag GmbH
Kastanienallee 32, 10435 Berlin
Telefon: 030 – 44 33 63 00
Fax: 030 – 44 33 63 044

INTERNET | E-MAIL
www.schwarzkopf-schwarzkopf.de
info@schwarzkopf-schwarzkopf.de